TEMPOS EXTREMOS

MÍRIAM LEITÃO
TEMPOS EXTREMOS

"Sonho lúcido e fantasia encarnada, a ficção nos completa — a nós, seres mutilados, a quem foi imposta a atroz dicotomia de ter uma única vida, e os apetites e as fantasias de desejar outras mil."

MARIO VARGAS LLOSA / A verdade das mentiras

"Dentro da casa-de-fazenda, achada, ao acaso de outras várias e recomeçadas distâncias, passaram-se e passam-se, na retentiva da gente, irreversos grandes fatos — reflexos, relâmpagos, lampejos — pesados em obscuridade. A mansão, estranha fugindo, atrás de serras e serras, sempre, e à beira da mata de algum rio, que proíbe o imaginar. Ou talvez não tenha sido numa fazenda, nem no indescoberto rumo, nem tão longe? Não é possível saber-se, nunca mais."

JOÃO GUIMARÃES ROSA / "Nenhum, nenhuma", Primeiras estórias

Eles vieram do nada
Sem convite, sem aviso.
Para eles escrevi,
em delírio e por deleite.

NOTA DA AUTORA 11
PREFÁCIO, DE JOSÉ CASTELLO 14

1. PASSAGEIRA DO TEMPO 18
2. SOMBRAS QUE SE CRUZAM 38
3. A ERA DOS CONFLITOS 50
4. TERCEIRO ANDAR 65
5. VESTÍGIOS DO PAI 76
6. ENCONTRO NA NOITE 85
7. NOTÍCIA NO INÍCIO DO DIA 97
8. URGENTE E PESSOAL 107
9. OS PRISIONEIROS 115
10. A GRANDE TEMPESTADE 132
11. FESTA E FUGA 141
12. A DIVISÃO DOS PRESENTES 158
13. O CANTO COSTURA NO ESCURO 170
14. O SOPRO DA LIBERDADE 188
15. NA BEIRA DO PORTAL 205
16. A DOR NO ALÉM DA VIDA 212
17. A HISTÓRIA REVELADA 221
18. REUNIÕES DE FAMÍLIA 239
19. HORIZONTES DO RIO 255
20. AS FLORES CHEGARAM TÃO TARDE 267
21. A QUARTA DIMENSÃO 274

AGRADECIMENTOS 295
CRÉDITOS 299

NOTA DA AUTORA

Dois passados vieram à tona no começo dos anos 10 deste século. Em 2011, as obras na área portuária do Rio de Janeiro, para as Olimpíadas, revelaram o cais do Valongo. Foi um achado. O local de desembarque do tráfico negreiro era procurado havia muito tempo pelos historiadores e arqueólogos. Em 2012, foi instalada a Comissão Nacional da Verdade, pela então presidente Dilma Rousseff, com o objetivo de o país olhar de frente, pela primeira vez, para os crimes da ditadura militar no século XX. Esses dois passados encaravam o Brasil quando comecei a escrever *Tempos extremos*, em 2012.

O futuro parecia conter algumas certezas. Ele seria democrático, com a natural alternância de poder entre grupos políticos adversários, mais à esquerda, mais à direita. A disputa nas quatro eleições anteriores havia sido entre o PT e o PSDB, e voltaria a ser em 2014. Tornava-se mais acirrada na hora do voto, mas nada indicava o futuro de polarização extremada que anos depois se instalaria no Brasil. Muito menos que a política invadiria a vida das famílias, separando irmãos e arruinando os encontros até em datas festivas.

Aí está o mistério da ficção. O objetivo era escrever sobre dois passados — o da escravidão e o da ditadura militar —, mas o livro acabou apontando um futuro que se tornaria concreto anos depois. A família, centro da trama, atravessa o livro tentando uma trégua para o reencontro programado, porém a fratura política irreconciliável, as "desavenças cristalizadas", como descrevo aqui, instala-se dissolvendo o amor entre irmãos. Isso tudo parece hoje familiar no Brasil, mas passou a ser realidade apenas a partir de 2018, na polarização entre a esquerda e a extrema direita. A ditadura, então, voltou a ser defendida e, numa inversão perversa, pessoas que sofreram violências no regime militar passaram a ser acusadas e atacadas pelo homem que ocupou a Presidência entre 2019 e 2022, por seus filhos e por seus seguidores.

Nunca quis escrever autoficção, mas logo após a primeira publicação deste livro decidi revelar que havia sido presa e torturada durante a ditadura militar. Não que eu escondesse o fato. Um pequeno trecho da denúncia que fiz, durante meu depoimento à Justiça Militar em 1973, foi incluído na obra *Brasil, nunca mais*. Achei que esse registro fosse o suficiente. Mudei de atitude diante de uma nota das Forças Armadas, reagindo à Comissão da Verdade, em que garantiam não ter havido "desvio de função" na instituição durante a ditadura. Eu havia sofrido na pele o desvio de função, por isso falei.

Emprestei à personagem Alice algumas experiências que vivi, mas não quis fazer dela nem minha voz nem meu espelho. Contudo, ficção e realidade se misturaram algumas vezes. Uma apuração feita pelo meu filho Matheus para o livro que ele estava escrevendo, *Em nome dos pais*, revelou a identidade de três dos meus torturadores. Eu já havia entregado os originais deste *Tempos extremos* para a editora, quando um deles teve o mesmo destino que eu dera ao personagem que criara para a trama.

Nesta edição comemorativa, nada foi alterado ou suprimido da versão original. Houve pequenos acréscimos que não mudaram a trama. Foi feita também uma revisão em detalhes de linguagem. O que estimulou a ideia de republicação, uma década depois de o livro ter chegado às livrarias, é que a obra, hoje, parece mais atual do que antes, pelo que o Brasil viveu nesses dez anos de conflitos radicalizados, de turbulência política contaminando relações pessoais, além da ameaça de novo surto autoritário.

Uma parte de *Tempos extremos* se passa no ambiente que foi o mais terrível dos nossos passados, a escravização dos negros. Nos últimos anos houve, em grande parte graças ao debate estimulado pela adoção das cotas raciais no ensino superior público, um aumento do entendimento da dimensão do racismo estrutural no Brasil. Os estudos sobre o assunto foram aprofundados e o racismo passou a ser mais confrontado. Mas aquele passado horrendo, com sua herança de desigualdades, ainda pesa sobre o nosso presente.

Tudo o que ocorreu nos últimos anos reforça o alerta apontado neste livro. Passados extremos não resolvidos sempre vão assombrar os países. E as pessoas. Falar sobre eles é parte da cura e da construção do futuro.

Míriam Leitão,
janeiro de 2024

PREFÁCIO:
MÍRIAM LEITÃO AMPLIA PERSPECTIVA DO PRESENTE*

José Castello

O passado ilumina o presente ou o ofusca? Em tempos intensos como os nossos, em que medida a memória nos ajuda a viver ou, ao contrário, nos serve de fardo? Perguntas difíceis surgem durante a leitura de Tempos extremos, romance de estreia da prestigiada jornalista Míriam Leitão. Um romance delicado, escrito com leveza, que caminha na direção oposta à do áspero noticiário econômico que Míriam é levada a manipular em seu cotidiano. Conta a história de Larissa, uma mulher sensível, que volta à fazenda Soledade de Sinhá, em Minas Gerais, casa da avó Maria José, de 88 anos, para passar um feriado. É um reencontro de família — que não só traz alegrias, mas também abre dolorosas feridas.

A história humana é pontuada por fantasmas — vultos indefinidos que surgem para Larissa, a protagonista, a meio caminho entre o sonho e o real. No fim das contas, Míriam mostra: a realidade é fluida e frágil e se esfarela se não a ma-

---

* Texto publicado no jornal Valor Econômico no dia 24 de maio de 2014.

nipulamos com destemor e confiança. Leitora assídua de escritores como Mario Vargas Llosa, Virginia Woolf e Guimarães Rosa, Míriam sabe que a história está sempre infiltrada pela ficção — e que é a ficção (o sonho, materializado em projetos humanos) que a empurra para a frente. Seu romance — contrariando a tendência contemporânea das narrativas compactas — convoca à cena, em torno de Larissa, um grande número de personagens, o que lhe empresta a feição de um painel social.

Atingidos pelos eventos da história, os laços familiares se esgarçam e se rasgam. "Era sempre assim com Alice e Hélio, dois irmãos nunca suficientemente reconciliados da grande fratura." Paira a sombra dos anos da ditadura militar, que extremou posições, tornando a convivência áspera e difícil. Drama paralelo ao experimentado nos tempos da escravidão. Surgem sinais, também, dos anos contemporâneos, com sua instabilidade e a fragilidade de suas representações. Derramando-se sobre o passado remoto — a escravatura — e o passado recente — a ditadura —, *Tempos extremos* amplia, por fim, nossa perspectiva do presente. No fim das contas, é sempre do presente que se trata, das dificuldades de lidar com partes que não se encaixam, do sofrimento em manipular o inconciliável, duras experiências que significam viver. E também de nosso irreprimível desejo de voar para além do real.

O que se destaca na escrita de Míriam é o hábil manejo dos personagens, múltiplos e complexos, e também a habilidade nos saltos no tempo. Tempo sempre intermediado por fantasmas, por fantasias vitoriosas ou não, por vislumbres. A linguagem do romance é coloquial: muitas conversas e muitos eventos, em uma prosa na qual o intimismo não exclui o sobrevoar o grande manto da História. Larissa funciona, assim, como eixo em um espaço ficcional no qual os personagens vivem sentimentos paradoxais — e é do paradoxo que

Míriam arranca a complexidade do ser humano. São as contradições que mostram a fragilidade, mas também a beleza da existência. Cemitérios, celas, grilhões, a figura triste dos escravizados trazidos do além-mar, duras imagens de tempos ferozes aumentam em Larissa o sentimento de fratura. Ela não pode ter uma imagem nítida de si — ninguém tem. Tudo é quebrado e incompleto, e é a incompletude, aos poucos ela aprende, que dá sentido ao existir. Sonha se tornar escritora, na esperança de que a ficção vede aquilo que se parte. É tudo o que nos resta: enfrentar pesadelos e fantasmas é o único caminho para nos aproximar de nós mesmos.

Não se pode falar em romance histórico, apesar da profusão de personagens e embora a história esteja presente todo o tempo. A força do particular se injeta no grande painel, desestabilizando-o e lhe emprestando cores singulares. A história se torna, assim, a alma secreta da intimidade. O romance é escrito, na verdade, em uma fissura do tempo. "O tempo parecia horizontal. Presente e passado convivendo, e ela [Larissa] entrara por alguma fissura. Imaginação? Tudo era real. E impossível." A história particular da família que se reencontra se transforma, por força da ficção, em um naco da realidade brasileira. O que justifica a epígrafe tomada de Vargas Llosa: "Sonho lúcido e fantasia encarnada, a ficção nos completa — a nós, seres mutilados, a quem foi imposta a atroz dicotomia de ter uma única vida."

Somos múltiplos — e os personagens de Míriam não só lutam entre si, como também oscilam dentro de si mesmos, guardando a precariedade que marca o existir. Como efeito dessa cisão, também a história se torna um grande puzzle no qual os eventos se encontram, mas nunca se complementam. É porque somos incompletos e temos tanto virtudes quanto fragilidades que tememos o passado. Passado que, na verdade, nunca passa e sobrevive em grandes segredos. "Vivos, mortos, isso é relativo. Posso ser mais viva que você", diz uma sombra que lhe aparece na noite. Chamada para viver um tempo que não lhe pertence, Larissa sente uma mistura de "carinho e aflição" pelos entes que lhe surgem. "Não entende a mágica que a transportou a um mundo antes do seu tempo." Foi escolhida para evitar o pior, é transportada para o passado em viagem que se parece com a busca de salvação. Ela tem uma missão a cumprir. Não há salvação — mas o romance de Míriam nos mostra que o passado é sempre o manto que nos aconchega. Sobre ele caminhamos. Dele somos feitos.

"Nunca vou saber toda a verdade", lamenta-se Larissa. É obrigada a viver com "retalhos de informação e a saudade visceral que nascera com ela". Difícil tarefa para a jornalista: somos obrigados a partilhar e a aceitar nossa incompletude. A história — que Míriam persegue com afinco — é paradoxal: ela nos engrandece, mas também nos apequena. Nos salva, mas também condena. Ela nos confere, enfim, um lugar para viver.

1 / PASSAGEIRA DO TEMPO

O vulto que surgiu à porta do quarto onde Larissa estava parecia tanto um fantasma, que não podia ser.

Sozinha num pequeno cômodo da fazenda centenária, Larissa olhou para a coisa imóvel perto da porta e se aborreceu:

— Vá embora, não estou com medo.

Escurecera mais cedo. Era um tempo em que o dia se cansa fácil e a noite se apressa. Como em todas as fazendas antigas, aquela carregava suas histórias. E foi sobre elas que se conversou ao entardecer. Normalmente encolhida, Joana, a cozinheira, crescia nos momentos de contar estranhezas. Assegurava ter visto, ou saber de alguém que viu, pessoas de outras épocas perambulando pela enorme propriedade. "Uma mulher, décadas atrás, se matou naquele quarto perto da sala de jantar", dizia. "E lá sua alma ficou prisioneira." Garantia com ar fatalista que aquela casa sempre fora, em qualquer época, palco de grandes eventos. Gloriosos ou trágicos.

Em vez de cenário de dramas, a fazenda Soledade de Sinhá parecia um refúgio do tempo. Longe da rodovia, fora da rota do turismo, sem luz elétrica, sem telefone, a mansão era um fantasma de eras perdidas.

Larissa olhou de novo. O vulto não se mexia.

A brincadeira de amedrontar não funcionava com ela nem quando era criança. Menos efeito ainda teria agora. Ela gostava do que os outros temiam. O silêncio da noite quebrado por barulhos inexplicáveis acentuava sua imaginação. Sentia como se o escuro a abraçasse. A falta de luz era abrigo na infância; agora era a desculpa perfeita para fugir ou retardar decisões.

O que se pode fazer no escuro? Tudo se pode entrever, inventar; mas nada se pode fazer. A brincadeira — Larissa tinha certeza — era encenada pela pessoa de sempre.

— Crescemos, Mônica. Chega de bobagem.

O vulto teimoso permanecia. Estranhamente mais alto que sua prima.

O encontro naqueles feriados tinha sido convocado por Maria José, a avó, que fazia 88 anos. Data bonita, de dois números iguais, desenhados em superposições circulares, pensou Larissa. No entanto, a tensão nunca estivera tão forte na família, com o distanciamento sempre crescente entre Alice, sua mãe, e Hélio, seu tio. O momento político avivara velhas feridas entre os irmãos.

Chegaram todos ao longo do dia e se espalharam pelos quartos já preparados, dispostos a passar por cima das desavenças cristalizadas por anos para permitir momentos agradáveis.

Marcos, o filho mais novo de Maria José, tinha levado o violão, que costumava ajudar a reunir a família em torno da música, apagando discussões. Fora sozinho, sem a mulher com quem seus filhos jamais haviam aprofundado uma relação. Não gostavam, não desgostavam, era apenas muito diferente da mãe deles. Marcos decidira ir sem ela na esperança de que houvesse mais diálogo entre ele e os filhos, Felipe e Luisa. Agora, já grandes, iniciando a vida profissional, quem sabe, pensava, haveria chance de refazer o clima de intimidade que um dia tivera com eles quando pequenos. No fim da infância, com a separação, a ex-mulher mudara-se com eles para São Paulo. O afastamento entre pai e filhos foi sendo tecido pelos desentendimentos que sobreviveram ao casamento. A cada tropeço de Marcos, a ex-mulher lembrava às crianças que o pai não era o exemplo a ser seguido. Os momentos juntos foram ficando cada vez mais raros.

Hélio, o filho mais velho de Maria José, chegara no começo da tarde com a mulher, Márcia, e a neta, Clara, de onze anos, filha do primeiro casamento de Mônica. Clara morava com os avós. André, o filho mais velho de Hélio, também chegara cedo. Ele havia conseguido sair no fim da manhã da universidade, apanhara na escola os dois filhos, Pedro e Maria, e foi disposto a terminar a viagem durante o dia. Preferia dirigir com luz.

Larissa tinha madrugado para estar lá durante a manhã; Mônica apareceu no começo da noite, alegando cansaço pela festa da véspera. As duas tinham a mesma idade e temperamentos opostos. Larissa era quieta, tímida, recolhida; Mônica, expansiva. Larissa, profunda, filosófica; Mônica, leve, frívola. Larissa, de beleza discreta, dessas que precisam de tempo para se mostrar; Mônica, explicitamente bela. Essas diferenças elas manejaram bem ao longo da vida. Era o menor dos conflitos da família. Foram colocadas no mesmo quarto em homenagem à antiga amizade. Larissa estava sem o marido, Antônio; Mônica, claro, sem o novo — e secreto — namorado.

As crianças foram instaladas no que era conhecido como quartão: um cômodo comprido, com cinco camas dispostas paralelamente com as cabeceiras encostadas na parede maior. A sexta cama, no entanto, fora colocada perpendicular às outras, debaixo de uma janela. Na cabeceira, um enorme crucifixo. Os primos Clara, Pedro e Maria ocuparam as primeiras camas e puseram as malas e os brinquedos em cima das outras duas. Mas olhavam com certa desconfiança aquela cama que, separada de todas as outras, ficava lá de frente para onde eles estavam. Nela, ninguém aceitava se deitar, não se sabia por quê. Era o medo pelo medo, sem explicações.

O que confortava os meninos era a certeza de que no quarto ao lado ficavam duas adultas: Mônica, mãe de Clara, e Larissa. Principalmente Larissa as acalmava, dizendo nada haver de sobrenatural por ali.

Quando todos foram dormir, Mônica começou a dar detalhes não pedidos. Sim, seu namorado era casado. Riquíssimo. Estava comprando um avião para visitar suas fazendas de gado em Mato Grosso. Tinha apartamento em Nova York. Romântico.

— Casado, mas está apaixonado por mim. Esse, se eu pego resolvo meus problemas.

Larissa se espantava com a intacta superficialidade de Mônica. Sempre fora o que era agora. Não lembraria a ela, para não ofender, que ela deveria era se preocupar em organizar-se, ter uma vida de gente grande; morar com a filha, Clara, e assumir a educação da menina. Até quando viveria nas festas, como se tivesse eternamente vinte anos?

Aquela conversa a aborreceu. Quis recolhimento e silêncio. Decidiu procurar outro recanto. O quarto escolhido foi exatamente o que ninguém jamais quis, sobre o qual pairavam dúvidas e sombras. O cansaço da viagem, o peso das suas angústias maduras, as difíceis decisões a tomar eram mais fortes e, por isso, ela quis fugir das conversas de Mônica.

— Você está falante demais para o meu gosto, eu quero sossego. Vou dormir no quartinho perto da sala de jantar, que amanhã levanto cedo e não te acordo.

— E o fantasma, sua doida?

— Ora, você acredita nisso?

Para chegar ao cômodo era preciso sair da ala dos quartos, passar pelo salão central de tábuas largas, cruzar salas menores, atravessar um corredor que dava na sala de jantar e entrar na primeira porta. De dia, era um local acolhedor. De noite, o lugar evitado.

O fantasma seria o de uma mulher infeliz, segundo contara Joana na conversa do entardecer. Cansada das traições do marido, teria se vingado com a própria morte. O marido a encontrou quando chegou. O remorso o consumiu ao saber do padecimento da esposa.

Uma doença, em seguida, devastou as plantações. As flores não floriram durante anos. O pasto secou e os bois morreram. Uma onda de morte se espalhou pelos campos. A natureza murchou. Praga, diziam. A alma da infeliz teria ficado instalada no local de sua agonia. Assim Joana contava, trágica. A cada recontar, novos detalhes eram adicionados.

A lenda aterrorizava as crianças, mas Larissa a ouvia com todo o interesse que dedicava à cultura popular, que estava se perdendo no interior de Minas Gerais com a eletrificação do campo. Um retalho do passado completamente condenado na cultura atual. Ela sonhava guardar aqueles relatos em livro.

Sem medo nem espanto, mas com alguma irritação, constatou que a figura permanecia onde estava, ao lado da porta. Virou-se para o canto para demonstrar desprezo pela tentativa de assustá-la e falou, de costas para o vulto, quase em súplica:

— Mônica, para de ser infantil. Fantasma... era só o que faltava! Quando criança, eu não tinha medo. Vou ter agora? Acho superlegal a gente lembrar a infância, mas me deixa. Estou cansada e quero acordar cedo.

O tempo parava naquela escuridão. Larissa foi sentindo o corpo amolecer, o sono chegar devagar. Meio entorpecida, já quase dormindo, virou-se, em busca de melhor posição, e, de novo, viu o vulto à porta.

Basta — pensou.

Era hora de encerrar definitivamente aquela encenação imatura. Pegou a lanterna e a acendeu na cara da prima para mostrar que não estava assustada com o teatro de assombração.

O vulto desapareceu.

Sumiu no iluminado.

Larissa escorregou a luz da lanterna pela porta toda.

Viu que estava fechada.

Levantou-se e tentou abrir.

Estava trancada.

Lembrou-se então de que havia trancado quando entrara no quarto.

Enigma.

Se Mônica não poderia ter entrado no quarto, o que era aquilo?

Larissa duvidou pela primeira vez.

Olhou para a janela para ver se alguma luz externa, da lua, havia atravessado os vidros. A parte de dentro da janela, em estilo francês, de vidro, com pequenos quadrados, estava trancada. Na parte de fora, a janela era de madeira maciça e, durante o dia, ficava completamente aberta, presa pelos bonecos de ferro por causa do vento.

A parte de dentro da janela ficava aberta nos dias de sol e fechada nos dias de chuva, permitindo, ainda assim, que em qualquer época fossem avistadas as ondulações de morros sem fim.

Imaginou a possibilidade de que a janela externa tivesse alguma fresta pela qual passasse a luz da lua, criando o estranho reflexo na porta. Mas não. Tudo fechado, sem frestas. E, lá fora, a lua estava encoberta. Rodou a lanterna pelo quarto e não encontrou uma única entrada para qualquer luz ou reflexo pelas paredes.

Foi quando se inquietou.

Apagou a lanterna e conferiu a porta. Nada havia. Tentou espantar o desconforto e voltar a dormir, mas a curiosidade era um fermento. Ficou deitada encarando a porta.

O vulto reapareceu.

Larissa levantou automaticamente o corpo e se sentou na cama. Ela não acreditava em nada que não se pudesse ver e tocar. Nessa concretude descrente — e só nisso — se parecia com a mãe, agnóstica do período da militância política dos anos 1970. Criada em ambiente racional, Larissa tinha desprezo pelo sobrenatural. Seu apreço era ao folclore, à cultura popular.

Percebeu um sutil movimento no vulto e ouviu um som. Estranho, indefinível. Vindo de longe, mas aconchegante. Súbito, o som formou uma frase:

— Quer saber quem sou eu, minha irmã?

Larissa, prisioneira de duas forças. Iguais, contrárias. Fugir ou entender? O medo devastador. Paralisante. A tentação de aceitar o convite. Quem era ela? O que, de fato, acontecia naquele momento, naquele quarto?

Ouvi ou sonhei? Delírio? É sonho, só isso, pensou.

Instintivamente rechaçou:

— Não!

O vulto sumiu, obediente.

Ela procurou a lanterna. Sua mão apalpava a cama sem encontrá-la. Olhou em volta. Não via coisa alguma naquele quarto. A lanterna, enfim encontrada, reconfortou-a momentaneamente. Luz vasculhando o quarto. O nada. Nenhum ser ou sombra.

Cochilara, convenceu-se.

Foi isso. Por alguns instantes, dormiu. Mas todas aquelas histórias a haviam impressionado mais do que era capaz de admitir, com sua mente orgulhosa da racionalidade.

Era tarde para a razão. O desconforto tinha ficado forte demais. Abriu a porta, saiu do quartinho com a lanterna acesa e foi andando pelo casarão no meio da noite. Tropeçava em móveis, errava as portas, o chão de madeira rangia, o caminho parecia longo, infinito. A escuridão não a guardava mais. O escuro a feria, pela primeira vez, com a sensação de perigo desconhecido e iminente. Ela quis companhia. Foi para o seu lugar no quarto em que Mônica dormia.

Na cama, tremia. Olhava para os lados. Nada via, tudo intuía.

A escuridão de uma noite sem lua nem estrelas, numa fazenda centenária no parado do tempo de Minas, nada mostra, nada confessa. Entrega ao vivente o terror de suas fraquezas.

A Soledade de Sinhá ficava num vale cercado por montanhas e recônditos. Passara por vários ciclos econômicos e disso trazia as marcas. No começo, foi um centro de mineração, e uma primeira sede rústica — mas sólida — fora construída perto de uma ramificação da estrada que escoava riquezas para a corte. No início do século XIX, foi reformada e ampliada para virar uma próspera fazenda de plantações diversas, gado de corte e de leite, que atravessou gerações e conheceu a decadência. Então, um novo dono e mais um período de prosperidade. O filho mais velho herdou a terra e a manteve, até que foi para a cidade e envolveu-se em outros negócios. Houve mais um longo período de abandono e desleixo.

Nos últimos anos, havia surgido a esperança do recomeço quando Sônia, filha de Maria José, comprou a propriedade pensando em recuperá-la e fazer dela um hotel, além de atualizar a atividade produtiva dos quinhentos hectares de terra. O trabalho de refazer o destruído não estava pronto.

A construção fora plantada num declive, de forma que parecia, num dos lados, ter um andar a mais. Esse primeiro andar foi senzala, celeiro e selaria, dependendo da época. Hoje era um porão entupido de móveis para restaurar, caixas, entulhos. Dava para um agradável pátio de pedra interno, de onde se via melhor a grandeza do imóvel. De frente, tinha dois andares. O porão não aparecia. O primeiro andar — o segundo da perspectiva do pátio interno — já estava reformado. O último andar estava em obras. O conjunto ainda revelava o meio do caminho. Uma estação no tempo.

Pedras de cantaria contornavam as inúmeras janelas e portas; toras de madeira de cinco a sete metros seguravam a estrutura num entrelaçamento robusto. O piso de tábuas largas, verdadeiros pranchões, mantinha a elegância. Alguns móveis tinham sido refeitos e enfeitavam os aposentos, como um precioso arcaz da sala principal que alternava gavetões e gavetas menores. Os afrescos das vidraças das salas apenas insinuavam a beleza que haviam tido. Uma escadaria de pedra na entrada dava um ar de grandeza ao imóvel, ainda que este não tivesse o toque europeu na arquitetura nem a decoração das propriedades do Vale do Paraíba, no Rio de Janeiro. Em Minas, havia menos pompa. Acabada a época em que o ouro aflorara, atiçando a cobiça, o saque e as traições, a riqueza ficou mais difícil de ser extraída de terras montanhosas; e a gente do lugar cunhou esse jeito de guardar dos olhos alheios parte do que sabe.

A fazenda tinha resistido ao passar dos anos, ao descuido, ao abandono, com uma nobreza sóbria que sucumbe, mas não verga; que pode ser abatida, mas não vencida. Tinha a imponência sólida das construções feitas para a permanência.

Larissa vigiava acordada em espanto, tentando racionalizar o que vira e ouvira. Tudo impossível. Pela primeira vez, não sentia prazer de estar no escuro. Naquelas horas mortas, contava os minutos para amanhecer, inquieta. Se ao menos pudesse ler... Havia um velho gerador que iluminava apenas parte da casa, porém, depois que todos iam dormir, o motor era desligado para poupar combustível. Sem luz, nada podia fazer.

Quando a avó pedira a reunião, ali na fazenda da Sônia, Larissa fora a primeira a confirmar presença. Viu o convite como uma forma de se lembrar da infância, quando todos se juntavam na casa em que a avó tinha morado no Grajaú, no Rio. Antônio estava de plantão no jornal e às voltas com uma investigação complicada. Lamentou não ir. Desde o casamento com Larissa, tinha adotado como sua aquela família. Mesmo com seus defeitos e tensões ainda era melhor do que a dele, que se dispersara por desinteresse.

O asfalto passava muito longe do velho casarão. Após a morte da mulher, o último dono foi morar na cidade. Não exerceu sua influência no traçado da rodovia erguida nos anos 1960, no auge do compulsivo rodoviarismo brasileiro. A estrada serpenteou outras propriedades levando progresso, luz, apagando mistérios.

Um longo atalho de chão ligava a Soledade à estrada asfaltada. Nas chuvas, ficava intransitável; na seca, a poeira encobria quem se atrevesse. Ela ficou lá, com sua imponência inútil, meio longe de tudo, meio perdida e cercada de montanhas, protegida das mudanças, exposta apenas ao tempo que a marcava sem, no entanto, apagar a beleza. As pinturas descascadas de suas portas e janelas mostravam cores várias, em camadas, acumuladas, formando um decapê natural, quase moderno. Cercada de árvores que haviam crescido na época do abandono, a fazenda parecia um enclave do velho na sequência de casas renovadas em toda a região. A revitalização que estava em curso no vale fazia da propriedade um grande negócio. Havia sido comprada por um bom preço anos antes.

Da vida de economista do setor financeiro, Sônia havia ficado com esse talento. Sabia vender e comprar, entrar e sair, falar e calar. Tudo na hora certa. Só sua vida era incerta, escondida, como um segredo. O que se conhecia era um amor longo e infrutífero, seguido de amores breves e inúteis. Era melhor na alocação de ativos e na distribuição dos recursos em carteiras de investimento. Na diversificação dos bens, tinha decidido apostar um pouco naquele ativo fixo, por ser reserva de valor. Terra e um grande imóvel rural histórico são garantias em momentos de muita incerteza. Encheu os pastos de boi enquanto pensava em outras unidades de negócio a instalar ali. Deixou a mata intocada, imaginando uma exploração turística histórica e ecológica. Agora, com a reforma da casa, estava com chance de extrair boa renda do imóvel principal como hotel, desde que, claro, fosse resolvido o problema da estrada. Nas terras, além do gado de corte, iniciava um plantel de cavalos de raça. Não chegava a ser um haras, mas já tinha alguns bons produtos da raça campolina.

Os filhos do último proprietário cresceram longe, levados por ele para a vida urbana. Nunca se interessaram por Soledade. Depois da morte do pai, feito o espólio, venderam as terras e o casarão onde a mãe morrera. Eram insensíveis à sua beleza e à sua história. Queriam se desfazer do passado.

Essa foi a oportunidade que Sônia aproveitou. Só que a obra era mais demorada do que imaginara. Havia uma infinidade de detalhes para manter a autenticidade da arquitetura. Sônia tinha pouco tempo e uma carteira de ativos de renda fixa e variável para administrar e proteger das oscilações da conjuntura mutante do Brasil. Anos depois, ainda não havia conseguido dar todo o destino econômico ao local que havia calculado e reformara apenas uma parte da fazenda. Deixou um administrador supervisionando o trabalho, mas já pensava em um plano B: uma futura venda com lucro da fazenda arrumada e com uma dimensão razoável de terra.

Larissa via com desgosto o avanço da recuperação e certos detalhes da modernização. O que ela mais gostava era justamente do passado impregnado nas paredes, nos velhos métodos de edificação, nas dezenas de janelas enfileiradas no andar que a família ocupava, nas quais se debruçava pensando nos tantos que, antes dela, haviam visto a mesma paisagem, o mesmo verde em volta. Gostava da escadaria de madeira em caracol que levava ao andar superior sob o ranger dos pés nas tábuas. No salão do piano, com suas marquesas de vime, namoradeiras, adivinhava saraus, amores e traições. Imaginava o passado vivo, vivido e presente. Era quase possível ouvir a música tocada pelos dedos das mulheres prendadas e prisioneiras das convenções, burladas, às vezes, em pequenos flertes, sutis transgressões. Quantas foram?

O que mais a atraía era a sensação de abandono que havia em alguns cantos ainda intocados. O último andar tinha esse ambiente em certos pontos, como se a casa tivesse sido fechada por pessoas em fuga e tudo fosse deixado para trás por décadas. Os poucos móveis restantes pareciam solitários na amplidão das salas com assoalho de tábuas largas e compridas. Apenas um móvel se impunha: um enorme armário com livros e documentos guardados. As encadernações antigas, organizadas na estante com portas de vidro, eram irresistíveis aos olhos de Larissa.

Tudo parecia velho naquela fazenda. E era. Tinha a sensação quase física de que o tempo, de certa forma, fica por onde passou. Mas naquela noite, de volta à sua cama, começou a ver tudo pelo avesso. E já havia desencontro demais em sua vida.

Depois do mestrado, agora viria o doutorado em História, e nem isso ela sabia se queria. Temia ter perdido preciosos anos com aquela segunda graduação. Tardia. O jornalismo, sua primeira opção, havia sido uma sucessão de frustrações. O ambiente de competição a tragara. Não era feita para aqueles embates. Não sabia como se defender das maquinações e rasteiras. Depois de anos de repórter mal remunerada, enfrentou uma demissão injusta. Desistiu. Voltou à universidade para fazer o curso de História e passou a viver de trabalhos eventuais. A vida avançava, ainda indefinida perto dos quarenta anos.

Nunca soubera como se encaixar. Era como uma peça errada no quebra-cabeça da vida. De novo, estava em dúvidas cada vez mais profundas sobre o caminho escolhido. Sobrevivera, nos últimos anos, dos textos escritos como *freelancer* para revistas dos mais diversos setores. Seria pesquisadora. Mas ser professora... não. Não tinha vontade, vocação. Tímida extremada. "Fóbica", atestara um médico, oferecendo remédios para superar a limitação que ela sabia não ser química. Simplesmente nasceu assim, recolhida, miúda diante do mundo. Expor-se era um sofrimento. Tinha escolhido História pelo conforto de se abrigar no passado. O tempo velho não cobra, não exige, não tem mais urgência. Passou. Precisa apenas ser escavado, encontrado. O agora é exigente, implacável, impõe seu curso. Isso era o jornalismo do qual fugira. Estava ainda sem saber exatamente o tema no qual se aprofundaria no doutorado. Se é que o faria. Ao final daquele curto hiato, que seria o encontro da família, teria que tomar decisões. Sentia a pressão geral. Ninguém fazia a pergunta sobre o que ela pretendia, no entanto ela a ouvia nos olhares.

O dia amanheceu iluminado e poderoso. O sol tudo espanta.

Larissa havia conseguido dormir um pouco nas primeiras luzes. Acordou quando a família já comentava uma notícia surpreendente espalhada por Mônica: Larissa havia fugido do quartinho assombrado no meio da noite.

Larissa com medo?

Ela era a que desdenhava do temor alheio. Desde sempre era aquela que ninguém conseguia assustar. Seus medos eram outros: de enfrentar a vida, de se expor, de lutar por seus objetivos. Temia os vivos.

Era estranha por seus gostos e escolhas. Gostava de acordar de madrugada, antes de todos, em qualquer reunião de família. Desde criança estava sempre em algum canto mais escondido, com um livro na mão.

Esse fugir de todos e precisar deles era a contradição que a definia. Sonhava encontrar os primos e tios, porém ficava arredia, vendo-os de longe. As madrugadas eram a fuga perfeita. Sabia que eles levantariam logo, mas tinha aquele momento do dia só seu. Era a primeira a acordar, apenas pelo prazer de sentir a solidão.

Como o sono demorara a chegar, naquele dia acordou mais tarde. Ao aparecer para o café da manhã servido na enorme mesa da cozinha com fogão a lenha, a brincadeira geral foi sobre ela ter voltado para perto de Mônica. Serena, com um leve sorriso, ouviu as piadas até que elas cessaram.

Encheu uma grande caneca com o café coado no fogão da Joana, mordeu um pedaço de broa de fubá e soltou sua bomba:

— Vi um vulto no quartinho.

Os rostos se viraram para ela. O de Joana, pálido. Um silêncio inédito na família barulhenta. Todos com a mesma curiosidade. Larissa, que dizia nada temer, nada existir de sobrenatural. Ela vira o vulto; era a confirmação.

— Vi. Vi um vulto. Ficou parado na porta entreaberta. Pensei que era a Mônica. Mas depois verifiquei que eu tinha trancado a porta. Ela não estava entreaberta. Pensei que era a luz da lua, reflexo. Pesquisei para ver o que estava provocando aquele efeito. Só que a janela estava fechada, totalmente, inclusive a parte de madeira. Não entendi.

— Você teve medo? — perguntou Clara, apavorada.

— Bom, preferi sair de lá, Clarinha.

Escondeu uma parte do fato. A de que o vulto falara. Ela ainda não acreditava. Quem sabe foi num cochilo que pensou ter ouvido... Nem na mais delirante das histórias de assombração, que povoavam os ermos de Minas, os fantasmas falavam.

— Larissa viu o fantasma.

A frase foi dita de boca em boca, contada para os funcionários da casa. Confirmado. Provado. Havia o fantasma.

— Maria, a Larissa viu um fantasma. Eu não te disse que tinha fantasma nesta fazenda? — atiçou Pedro, de sete anos, entre excitado e amedrontado, querendo aterrorizar a irmã.

Maria, olhos arregalados, saiu correndo e aninhou-se no colo de André. O abraço do pai deu a ela o conforto que se tem aos cinco anos de estar protegida contra tudo, num aconchego.

— O que você acha que foi? — perguntou André a Larissa, enquanto abraçava a filha.

— Não tenho ideia, você que é físico talvez encontre uma explicação.

— Conta de novo? — pediu Pedro.

Maria ficou calada. Temia até perguntar.

— É isso. Só isso. Eu vi um vulto, mandei ele embora pensando que era a Mônica. E depois vi que não podia ser porque eu tinha trancado a porta. Não entendi e não fiquei para ver.

— Ótimo, bela história, isso rende dinheiro — disse Sônia.

— Como assim? Como pode uma história dessas virar dinheiro? — perguntou Maria José.

— Veja bem, já que a Larissa está confusa sobre o que fazer da vida... Desculpe, Larissa, não quis ofender, mas não é isso? Você ainda está em dúvida, não é?

— Não ofende, tia, estou acostumada e tenho que pagar o preço de mudar de ideia meio tarde.

— Um dos seus trabalhos de *freelancer* pode ser o de recuperar um pouco a história daqui, e isso ser parte do acervo. Quero uma espécie de memorial para dar ao turista a certeza de que ele visita o passado.

— Mas a história de um suicídio de mãe que faz os filhos fugirem daqui não vai atrair ninguém — argumentou Maria José.

— Isso é conversa da Joana. Crendice desse pessoal do povoado. O que os irmãos que me venderam a Soledade disseram foi apenas que a mãe deles morreu quando eram muito pequenos e, por isso, o pai decidiu mudar-se para o Rio e investir no comércio. No começo, teve pena de vender a fazenda, depois, nas crises econômicas dos anos oitenta e noventa, foi difícil encontrar comprador.

— Me explica melhor essa ideia de memorial — pediu Larissa, degustando o pão de queijo artesanal assado naquela manhã por Joana.

— Eu posso ajudar, que sei de muita coisa. Aqui tudo acontece, estou avisando — insistiu Joana do seu fogão, pouco se importando de ser alvo de descrédito.

Sorriram da oferta de Joana. Se ela fosse a fonte de informação, o memorial pareceria realismo mágico.

Sônia concentrou-se na sua proposta de pesquisa a Larissa.

— Por exemplo. Lá em cima, você certamente vai encontrar algum material de estudo. Os irmãos que me venderam ouviram do pai deles que nessa biblioteca centenária tem até documentos da época do Império, herdados da família da qual o avô deles comprou a propriedade. Você, que é historiadora — não é a sua profissão? —, poderia pesquisá-los. Isso dará um charme a mais ao hotel-fazenda quando ele estiver funcionando.

— Mas o que você pretende fazer com esse segundo andar?

— Vou chamá-lo de terceiro porque quero incorporar também o porão. Isso valoriza. A propaganda dirá que é uma fazenda isolada, de três andares, cheia de histórias e mistérios. Quero que você registre tudo. Esse terceiro andar vou destinar às suítes mais caras e maiores. No porão, ou primeiro andar, vou manter o ar sombrio e misterioso, valorizando a senzala dos escravos domésticos. De lá, os hóspedes sairão para o pátio interno, local dos castigos. Na senzala de fora, quero fazer umas salas de reunião, jogos, leitura, e explorar a vista para a beleza do vale e das montanhas em frente.

Mesmo com Sônia tentando transformar o assunto em negócio, a aparição é que ocupou as conversas do dia.

Larissa repetia o episódio para agradar às crianças, que ficavam hipnotizadas, mas o fato é que um certo mal-estar a perseguiu durante todo o dia. Vira algo estranho naquele quarto. Pior, ouvira. Sentia, de vez em quando, um leve tremor ao se lembrar da voz: "Quer saber quem sou eu, minha irmã?" A frase permanecia na mente de Larissa como indagação de sua própria sanidade mental.

Tinha vergonha de contar que ouvira uma voz vinda de um ser da sombra. Em nada combinava com a lenda da tal mulher que teria morrido no quartinho, de desgosto e ciúme. Era algo mais profundo, pelo qual sentia atração e repulsa. Da mesma forma que os temerosos de altura namoram os precipícios: como vertigem e destino.

De noite, era disso que todos queriam falar, na cozinha, ao redor da grande mesa de madeira de pau-ferro. Larissa deliciou-se com a canjiquinha com costela de porco que fervia no fogão a lenha e partiu para as sobremesas. Mas, mal acabou seu quinhão de ambrosia, fingiu sono e, para fugir do assédio, procurou refúgio no quarto que dividia com Mônica, deixando a família na algazarra das conversas sem rumo sobre mistérios ouvidos ou inventados.

Ela precisava pôr a mente em ordem. Uma parte dos seus pensamentos passara o dia prisioneira daquela figura que entrevira no escuro da noite anterior. Queria entender mais e não queria entender. Houve momentos do dia em que pensou simplesmente em fugir dali; alegar algum problema urgente, beijar a avó, declarar amor por todos e ir embora para perto de Antônio, seu porto seguro. O impulso era abandonado por vergonha. Seria admitir que era uma pessoa acuada diante do mais infantil dos medos.

O único momento de descanso do dia foi quando, recolhida num *recamier* de uma varanda interna da fazenda, iluminada pelo sol e pela lucidez da autora, saboreou um texto escrito por Virginia Woolf para um encontro de mulheres. "Ainda vai levar muito tempo até que uma mulher possa se sentar e escrever um livro sem encontrar um fantasma que precise matar, uma rocha que precise enfrentar." Tantos anos e tantas escritoras depois daquele 1931 em que Virginia Woolf pronunciara essa palestra, Larissa se sentia ainda tendo de enfrentar seus fantasmas e remover rochas para assumir que sonhava, desde sempre, com a ousadia de escrever livros. Não admitiria a ninguém, não confessaria nem a si mesma a intensidade do seu desejo. Continuaria estudando e se afundando em textos técnicos, destinados a leitores especializados, ou em matérias que redigia para publicações de área específica. Não entregaria sua alma e seu corpo à experiência radical, de nudez pública, que seria escrever um romance. "Falar a verdade sobre minhas experiências do corpo, creio que não resolvi. Duvido que alguma mulher tenha resolvido. Ela ainda tem muitos fantasmas a combater, muitos preconceitos a vencer." Tinha lido e relido essas frases durante a tarde. Virginia Woolf, que se expôs nua em seus livros numa era de mulheres encobertas, que atravessou com sua literatura perturbadora fronteiras impossíveis; até ela avisava da dificuldade. Só que, quase um século depois, muitas outras vieram. O caminho estava aberto. Fantasmas mortos, rochas removidas. O que Larissa temia?

A tese de doutorado lhe consumiria mais alguns anos com seu roteiro inescapável, das citações sequenciais do conhecimento consolidado à proposição da ideia central. Pensar nesse projeto a pacificava. A incógnita que permanecia era o inverossímil da noite anterior. O que a atordoava era a certeza de que tinha visto algo indescritível e inaceitável: um vulto no meio da noite.

No caminho até o quarto, andou devagar como se procurasse algo ou pesquisasse. A pouca energia do gerador era consumida no salão onde todos se encontravam. A maior parte da fazenda estava na penumbra de alguns lampiões. Ela andava com sua lanterna focando nos pontos que queria ver. A fazenda era mais bonita à noite, como se só então se livrasse do presente e pudesse viver em paz sua natureza de peça histórica. Larissa parou, pegou uma bateia de madeira, descansou a lanterna acesa sobre a mesa e fez o movimento que um escravizado faria ao garimpar ouro. Rodava a bateia, com o corpo ligeiramente curvado imaginando o rodopio da água e o ouro se revelando ao fundo. Repetiu o gesto, calculando quantas vezes, por quantos anos, pessoas cataram o ouro nos rios da região, que enriqueceu outras tantas. Deixou a peça sobre a mesa. Num canto de uma das salas viu, dispostos como decoração, velhos grilhões. Delicadamente alisou os objetos de ferro consolando tardiamente alguém que ali sofrera. Quando, enfim, chegou ao quarto, após esse sucessivo parar, admirar e acariciar retalhos do passado espalhados por salas, corredores e saletas, pegou um bloco de capa dura que havia deixado na cabeceira e começou a tomar notas, com a ajuda da luz da lanterna.

Nunca mais será assim.
O passado profundo está perdido.
Eu o procuro intensamente
nos pequenos detalhes das coisas
que ficaram.
Se ficaram, algo querem me dizer,
trazem um recado,
um lamento,
como as garrafas lançadas ao mar.
Rodo as bateias,
passeio minhas mãos atrás das mãos
que, muito antes, aqui sofreram imerecido castigo
em busca de riquezas que não lhes renderam o descanso.
Vejo com horror herdado os instrumentos
que trouxeram dor.
Em arcas, arcazes, cristaleiras e marquesas
tento o contato impossível
pelo tempo enorme interposto entre nós.
Sei que querem que eu saiba algo que não sei.
Me esforço e não entendo
as mensagens que guardaram para mim.
Em algum tempo, nos encontraremos
E saberei.

 Parou. Pôs um ponto final no que deveria ser o meio de uma frase. Descansou a caneta sobre o bloco de anotações, sentindo raiva de si mesma. Que tanto escrever era aquele que a nenhum lugar levava? Tinha vários blocos de anotações assim, sem sentido algum. Aquele seria apenas mais um deles, mais um trabalho perdido. Nunca seria escritora. Tinha as palavras, apenas elas. Não saberia jamais compor uma história, construir um enredo e chegar a um porto. Fechou o bloco, se deitou e desligou a lanterna.

2 / SOMBRAS QUE SE CRUZAM

Larissa chegou numa ampla sala com mobília dos anos 1950: a mesa de pés de palito, a televisão como móvel central, as poltronas. Época que não vivera e na qual sua mãe nascera. Parecia visitar algo já visto, e sabia que ali havia um segredo.
    Andou até a parede branca e parou.
    Olhou num ponto como se soubesse de algo. Apareceu uma maçaneta. Abriu. Tinha um corredor. Entrou e andou por ele. Uma enorme ala, de pé-direito mais alto, como nas casas antigas. A penumbra aumentava o mistério. Dos dois lados, portas abertas que davam para quartos de uma decoração de estilo ainda mais remoto. Camas prontas com dosséis com cortinados desenhando ondulações aconchegantes. Um ambiente antigo. Novamente, a estranha sensação de que já estivera ali. Caminhou pela infindável coleção de quartos e chegou a uma sala redonda para a qual convergiam outros corredores. No meio da sala, havia um piano. Sentou-se numa cadeira de espaldar alto. Alguém começou a tocar. Ela se levantou e se aproximou. Era uma mulher. As duas trocaram

um sorriso cúmplice como o de velhas amigas. No fundo da sala, Larissa divisou alguém, parecia um rapaz. Sentiu que havia um lugar em que os tempos poderiam se encontrar como num estuário da vida. A mulher tocava, o vulto permanecia ao longe, a música foi envolvendo o ambiente. A pessoa que olhava era familiar e lhe transmitia um sentimento acolhedor. Entendeu que a chave para encontrar o lugar de todos os tempos estava em descobrir onde ficava a porta escondida na sala principal.

O rapaz a distância confirmava que o escuro esconde vidas.

Ela andou até o jovem. Assustou-se ao vê-lo de perto. Reconheceu o rosto do pai. E estava igual ao da foto feita na época da prisão. Com o mesmo corte de cabelo que exibia no retrato em preto e branco do cartaz que ficava no escritório da mãe dela.

Aquela palavra, "procurado", era profética. Larissa o procurara a vida inteira. Inútil espera, que, na infância, parecia apenas questão de tempo. Até que ficou tarde demais.

— É preciso deixar decantar a dor para entendê-la, mas não espere demais. O passado precisa passar — disse o rapaz.

Era mais novo que ela e o pai que nunca encontrou.

Acordou inquieta. Alívio. Dessa vez tinha certeza: era sonho.

No meio da noite, acordada, pensou no pai, com quem sonhava com frequência, na mulher ao piano e no estranho evento da noite anterior. Não teve mais medo; apenas dúvida. Estaria com algum tipo de distúrbio mental? Confirmava-se a acusação, sempre repetida pela mãe em momentos azedos, de que ela era estranha demais para ser normal.

Ela feria a filha com essa frase. Várias outras. Hoje já não se importava. Longe de casa, Larissa a via cada vez com menos frequência. Distanciava-se. O que realmente mais a machucava não eram as palavras ásperas da mãe e sim o silêncio sobre o pai. "Carlos foi um homem corajoso do qual você pode se orgulhar. Foi levado no início de 1973 para a Polícia do Exército da rua Barão de Mesquita e lá torturado até a morte. Nunca se soube exatamente o que houve no final. Está na lista de desaparecidos políticos. Temos apenas fragmentos de fatos. Nada se soube de como morreu, ou do que houve com o corpo. Lutei muito, procurei muito, mas nunca tive certezas."

Era sempre com respostas assim que a mãe reagia quando ela perguntava do pai. Larissa não queria saber da morte dele, mas da vida. Queria seguir seus passos para mostrar que a vida tinha vencido, afinal. Ali estava ela, a filha, viva.

Sua mãe preferia falar de Carlos como parte da luta política contra a ditadura militar. O pouco que se conhecia sobre o desaparecimento fora levantado nos arquivos dos grupos que guardavam essa memória pelo interesse do resgate histórico e para ajudar quem pensava em entrar com processos de indenização. E ela crescera pegando migalhas de quem havia sido o pai, o jeito de seu pai, em algumas frases que a mãe soltava. Não ter o contorno dele, não ter consciência da sua personalidade e de como ele era no tempo solto da juventude era a sua aflição.

Fora informada do seu codinome, Ivan, da sua força, da capacidade de luta, das ações contra o regime. Porém, nada sabia dos seus silêncios e dúvidas. Dos momentos da sua calma. Era como se ele tivesse nascido militante político. Às vezes, sonhava com ele em lugares diferentes e inusitados, em conversas que nunca faziam sentido, como nada da relação dela fazia sentido com esse pai incompleto. A entidade, ela conhecia. Grandes feitos. Liderou a greve da universidade, a última de que se tem notícia em pleno período de radicalização do regime, quando poucos se atreviam. Nada entendia da pessoa anterior às decisões extremadas de uma época em que o Brasil inteiro enlouqueceu.

Perdeu o sono, inquieta com a lembrança do pai, essa figura pouco nítida que carregava com afeto e desentendimento. Se o encontrasse um dia, como naquele sonho, teria tanto a perguntar... Se ficou feliz ao descobrir que ela nasceria. Se gostaria que ela fosse um menino. Que sonhos tinha para depois daquela luta delirante que alguns poucos travavam contra as Forças Armadas. O que queria fazer depois, porque, afinal, ele era tão jovem. Gostaria de ter uma conversa preguiçosa numa tarde de sábado, sem roteiro, sem pressa, sem medos. Uma conversa de filha e pai. Só.

— Quem você mais gostaria de entrevistar? — perguntara certa vez uma colega na redação.

— Meu pai — respondera ela sem tirar os dedos do teclado nem os olhos da tela do computador.

— Seu pai? Você perguntaria sobre as circunstâncias da morte? É isso que você gostaria de perguntar a ele, se pudesse?

— Não. Queria saber das circunstâncias da vida — retrucara, com voz triste.

A colega se afastara com cara de quem sabia ter tocado em mais uma ferida daquela pessoa esquiva.

Agora se lembrava da frase poética dita no sonho. Inicialmente, decantar a dor para entendê-la, mas não esperar tempo demais porque o passado precisa passar.

No escuro, lembrava-se dos encontros que realizava quando dormia. Seu pai, concreto para o país. Meio vulto em sua vida. Aquele vulto da noite anterior. As perguntas ainda a consumiam. Vira realmente ou sonhara com aquela aparição? Teve vontade de conferir, por desatino ou coragem, como quem olha para o abismo. Sem pensar, pegou seu travesseiro, o lençol, a lanterna e foi andando em direção ao quartinho. Lá esperaria o contato, fosse o que fosse. O que era aquilo? Não suportaria não saber. Deitou e esperou, olho fixo na porta.

Apareceu. Meio sombra, meio verdade. Meio sonho. Bruma.

Quis fugir e ficou. Fascinada. Ao fim de um longo silêncio, Larissa falou.

— Sim, quero saber quem é você. Só não sou sua irmã.

— Talvez seja. Como saber?

De novo, a voz era diferente e agradável. Não era a coragem que comandava Larissa. Era o inevitável. Assim era porque tinha que ser. Quando se levantou para se aproximar do vulto teve um sentimento de que entrava numa ficção. O mesmo que a levou a andar com Riobaldo pelo Sertão, guardando o amor inconfessado; que a conduziu pelo misterioso monastério das mortes sequenciais dos monges, conspirando em sua enorme biblioteca de risos proibidos; que a trancou no quarto de Gregor Samsa, no seu desencaixe do mundo; que a fez temer a verdade do espelho de Dorian Gray; que a levou, na adolescência, das brincadeiras à dúvida final de Bentinho sobre o filho de Capitu. Que a fez caminhar com Fabiano, seus filhos sem nome, sua cadela Baleia, na fuga de vidas tão secas. Que a abrigou em Macondo desde a era do gelo. Que a seduziu nas instigantes conversas na Montanha Mágica. Tantos caminhos havia andado com o mesmo sentimento de entrega, o mesmo desligar-se do mundo. Ler era salvar-se. Fugir. Entregar-se. Entrega jamais permitida. Assustadora na vida. Mas, na ficção, que o autor a levasse, capturasse, que a inviabilizasse para o convívio incômodo da vida presente e real. Prazer que conquistara na infância das fadas e bruxas, das princesas desprotegidas e dos seus salvadores, do barão peculiar que puxava a si mesmo pelos cabelos, de viagens ao redor da Terra ou ao seu centro, e daquele sítio no qual gostaria de ter ficado também para sempre sem as dores do crescimento.

Assim, atraída, como quem penetra uma trama, ela se dirigiu ao vulto.
— Quem é você?
— Meu nome?
— É. Seu nome.
— Paulina.
— Você está viva?
— Estamos todos presentes.
— Você não é a mulher que morreu aqui?
— Você acreditou nisso?
— Todos presentes? De quem está falando? Dos vivos ou dos mortos?
— Vivos, mortos, isso é relativo. Posso ser mais viva que você.

Larissa mantinha o diálogo, sem medo nem coragem. Natural. Penetrava de novo no mundo de ficção, no qual se abrigava por não pertencer a mundo algum.
— O que você quer de mim?
— Você também precisa de nós.

Larissa tentou pegar a lanterna.
— Venha, mas sem lume. Você pode ver no escuro o que ele revela, basta querer.

Ela se levantou, e o rosto da mulher ficou visível.

Era bonita. Lábios grossos na boca bem marcada, olhos profundos, longilínea, pescoço longo. Vista de perto, sua roupa não era branca como presumira de longe. Tinha brilho. A cor bege do vestido ressaltava o negro da cor da pele e desenhava um corpo magro acima da cintura, quadris largos, pernas longas. Não adivinhou a idade. Ora era mais velha, ora jovem, como se flutuasse no tempo. Larissa estava hipnotizada. Entrara numa narrativa sedutora. Daquelas que tornam o mundo real meio irreal, como um eco.

Paulina saiu andando. Larissa a seguiu em silêncio e torpor. Atravessaram cômodos e corredores da fazenda, passaram pela enorme cozinha. Os móveis eram visíveis apesar da escuridão.

A mulher parou na escada que dava para o primeiro andar. Com um gesto, convidou Larissa a descer.

— Não dá para entrar nesse porão. Há uma pilha de móveis, caixas, entulhos. É difícil andar nele — avisou Larissa.

Sônia tinha jogado naquele espaço, sem cuidado ou ordem, mobília da casa dos pais, peças que encontrara ali precisando de reparos, móveis que garimpara nos antiquários da rua do Lavradio, no Rio, que precisavam ser recuperados. Nada se entendia. A passagem era bloqueada pela confusão. Prometeu arrumar um dia, e o tempo longo da desordem tornara difícil caminhar no local. A poeira se acumulou, teias foram tecidas por laboriosas aranhas. Virou um depósito de trastes aleatórios. A mulher sorriu na penumbra. Belos e brilhantes dentes, olhar maduro e afetuoso.

— Você vai conseguir.

Ao pé da escada, um rapaz aguardava as duas.

Antes que os três entrassem no porão, ele falou:

— Não tenho prazer de estar aqui. O que quero contar não me dá alegria. E ninguém gosta de quem dá más notícias.

— Eu pedi que não a assustasse.

— Por que, então, trazer a moça de tão longe? Não é para contar a verdade e pedir ajuda?

Os dois tinham traços semelhantes, o mesmo desenho de rosto, os mesmos olhos profundos, que se enfrentaram. O silêncio que se seguiu foi rompido por Larissa.

— O que exatamente está acontecendo aqui? Toda história tem enredo. Essa é interessante, mas esquisita, eu nem sei se sonho, vivo ou leio. Se vocês são reais, frutos da minha imaginação, personagens de um livro que estou lendo, delírio. Se estou enlouquecendo.

— Você escolherá o que quer saber; a escolha sempre será sua, mas temos o que contar — disse o homem, rodando a grande chave na porta de grade de ferro que abria o porão.

Não era o mesmo porão dos trastes, móveis e caixas. No primeiro momento, viu apenas um enorme espaço vazio. Amanhecia. A luz entrava por uns quadrados abertos na parte de cima da parede grossa que dava para a parte externa da casa. Não se lembrava de ter visto aquelas aberturas quando tentara entrar no porão, que tinha reboco de um lado e pedras nas outras paredes, que eram a sustentação da casa. Meio cega com a luz inesperada, precisou ficar parada um pouco até que começou a divisar pessoas sentadas no chão. O cômodo não tinha móveis. No fundo, outro homem parecia convidá-la a chegar mais perto. Apesar da distância, viu bem seu rosto marcado e sua magreza. O chamado do seu olhar era irresistível.

Larissa se aproximou do homem. O rosto escavado, os cabelos pretos, os olhos pareciam espelhos pelo efeito da luz que entrava pelas aberturas das paredes. Aquele brilho refletido nos olhos dele a encantava e atemorizava. Quantos anos teria? Parecia um velho e todavia o semblante informava que ainda não tinha chegado aos cinquenta. A noção de velhice era mutante, pensou.

— Não sei por que vim, aquelas pessoas me conduziram. Ou fui eu? Acho que vim de vontade ou impulso. Não sei onde estou nem quem são vocês.

— Venha sempre. A casa é sua.

A voz era amigável, envolvente. Foi o que mais a espantou. Achou que era prova de que estava falando com as paredes, como os doidos, e gostando.

Tinha medo de enlouquecer. Sair de si e nunca mais se reencontrar, não comandar seus atos, sequer perceber que agia de forma insana. As loucuras que chegam devagar. Essas amedrontam, porque são traiçoeiras. A loucura deveria avisar aos loucos que estava chegando. Era preciso fugir dali, sacudir-se, acordar.

— Preciso falar sobre meus filhos — disse o homem, olhando com carinho para a moça que a havia trazido e em direção ao rapaz que as encontrara na escada. E, voltando-se para Larissa: — Eles são irmãos e estão divididos. Preciso do seu conselho.

O homem indicou que aquele era o início de uma narrativa longa, sem pressa. Larissa ficou inquieta. Estava próxima demais da insanidade. Virou as costas para o velho, afastou-se de quem a encantava, atravessou o porão, subiu as escadas e fugiu.

Ainda o ouviu dizer:

— O tempo está se esgotando, não podemos esperar muito, e eu queria muito que você me ouvisse...

Saiu de lá com todas aquelas frases rondando sua mente. Voltou para o quartinho. Aquilo não parecia sonho, eles eram reais demais. Estivera em outro estágio e carregava estranheza e atração pelo mundo no qual penetrara por alguma espécie de desequilíbrio, do qual guardaria segredo. Era ainda noite no mundo real.

Deitou-se e esperou o amanhecer com os olhos no nada e a alma em espanto. Querendo o mundo que rejeitava. Adormeceu por exaustão com os primeiros raios do dia.

— Viu o vulto de novo?

— Vulto? Quê?

— Por que você voltou para o quartinho, maluca? Está cada vez mais esquisita, eu, hein?! Olhe só, os cavalos estão arreados. André, Felipe e Luisa e eu vamos cavalgar até a estrada de pedra. Você vem?

Mônica e seus imperativos!

Convite aceito. Assim poderia deixar-se arrastar para longe do torpor.

Passou pela cozinha, engoliu um pão de queijo com café e num minuto estava montada.

Cavalgar era quase tão bom quanto ler um belo romance. O cavalo a levava, precisava apenas ser dócil, entregar-se. O princípio era o mesmo. Havia momentos em que ela e o animal eram um só. De certa forma, sentia o que ele sentia. Ser gente e cavalo é mitológico, mágico. Assim subiu o morro, andou por um vale e entrou na mata que daria, por atalho, no pedaço perdido da estrada histórica. A trilha era cercada de ambos os lados por árvores, algumas finas e recentes, outras com grandes troncos. Numa clareira, distanciou-se de todos, como gostava de fazer, e entrou em uma vereda no meio da mata.

Mais ritmo, pediu a Serena, potra cujo nome era o reverso de sua inquietação. A égua pedia rédea, ela dava, e o animal pedia mais, mais, mais ritmo. Entre as árvores era perigoso aumentar a velocidade. Gostava desse perigo. Serena também. Marcha, marcha rápida. Galope.

Por um instante, pensou entrever alguém no meio das folhagens. Atreveu-se a entrar mais na mata, inventando o caminho. Serena foi mais devagar no espaço estreito, com cuidado para as patas não se enroscarem nos cipós nem serem traídas por algum buraco ou desnível do terreno. De novo, pensou ver uma pessoa andando por ali. Ouviu pés quebrando folhas secas. Ouviu as vozes dos primos chamando, depois elas sumiram. Era apenas o barulho da mata. Voltou-se com a sensação de estar sendo vista.

A mesma inquietação a perseguiu durante todo o trajeto, até que ela desembocou novamente na bela estrada real construída pelos escravizados, por onde passaram veios de Minas: passaram nobres, tropeiros, bandeirantes, senhores, cativos, sinhás, capatazes, inconfidentes. Era um atalho e não o eixo principal da estrada, mas impressionava, de qualquer modo. Minas tem em seu corpo, como cicatrizes, vários resquícios das estradas dos antigos; eles se separam e se perdem. Acabam e recomeçam. Têm todos a mesma beleza do chão que o passado pisou.

Olhou para as pedras largas, algumas com o verde do musgo, e imaginou o lento e difícil trabalho de construção. Cada pedra fixada; quebradas, uma a uma, em contornos irregulares. Como eram carregadas? Como eram tão firmemente encaixadas na terra? Quantos atravessaram aquelas mesmas pedras?

Por aqui passava um homem
(E como o povo se ria!)
Liberdade ainda que tarde
Nos prometia.

Versos do "Romanceiro da Inconfidência" na cabeça, olhos no chão e o cavalgar lento foram de novo refazendo a impressão de que, de certa forma, passados intensos ficam, com sua amargura ou beleza, nas coisas físicas. Olhou longe e viu alguém cruzando a estrada. Apressou o cavalo instintivamente. Queria entender por que não conseguia sair do clima do encontro daquela noite. Foi se aproximando da pessoa, que parou sob as árvores num elevado da estrada, perto da porteira para a fazenda vizinha. Resolveu chamá-la.

— Oi, moço.

Ele se virou. Larissa tomou um susto. Era o mesmo rapaz que havia visto na descida ao porão, à noite.

— O que você faz aqui? — indagou ela.

— Espero você.

O rosto visto na luz do dia era de beleza magnética, esculpido sem imprecisões. Vestia roupa de algodão. A camisa aberta revelava o dorso negro de músculos definidos. Tinha, no entanto, um ar de delicadeza e fragilidade. Como uma fortaleza com porta para entrar. O olhar duro e meigo; forte e desamparado.

A que tempo ele pertencia? Era um dos vultos da véspera feito carne e osso em pleno dia, em pleno descampado. Os primos se aproximariam em breve. Larissa temia estar se equilibrando entre dois mundos. Delírio e realidade. Um pé em cada século e o abismo que tragaria toda certeza. Desceu do cavalo e foi conferir se era mesmo real o que via, ou miragem.

— Você não existe. Eu não sei explicar o que houve durante a noite, nem por que eu o encontro agora à luz do dia, mas se estão tentando assustar alguém escolheram a pessoa errada. Eu não vou me assustar, vou tentar entendê-los para, assim, afugentá-los de mim.

Uma leve mágoa no olhar dele.

— Ouça apenas. Meu pai quer falar com você. É pedido de morto quase morto. Ele tem pouco tempo. Temos perguntas, você talvez tenha as respostas.

O som do tropel dos cavalos.

— Larissa, por que você apeou? — perguntou André.

Olhou os primos e voltou-se para o homem. Ele não estava mais lá.

— Para abrir a porteira e entrar nessa outra fazenda.

— Monte, Larissa, que eu abro de cima do cavalo mesmo, querida. E vamos juntos — disse André.

Saiu cavalgando com os primos em silêncio, carregando a estranheza. Não bastasse o sentimento de que estava sempre nesse desencaixe no mundo, peça fora do lugar, o temor agora era de que estivesse tendo os primeiros sintomas de uma doença, uma partição na personalidade. Deveria haver uma explicação racional. Ver vultos? Isso era primitivo demais. Vê-los de perto, de carne e osso, durante o dia, convencida de que pertenciam a uma época remota, passada? Era alucinação. O tempo parecia horizontal. Presente e passado convivendo, e ela entrara por alguma fissura. Imaginação? Tudo era real. E impossível.

3 / A ERA DOS CONFLITOS

O jornal chegou no fim da manhã trazendo a discórdia, quebrando a paz. Normalmente não havia jornais, o tempo presente nunca aparecia. Mas, naquele dia, o administrador da fazenda voltara do Rio com um exemplar.

A manchete foi lida com deboche por Hélio, tio de Larissa. "Polícia Federal prende assessor de ministro em hotel com malas de dinheiro." Embaixo: "'Operação Antígona' foi deflagrada após denúncia de mulher sob proteção policial". A identidade da denunciante fora mantida em sigilo. O nome tinha sido escolhido pelo chefe da operação, leitor de tragédias gregas, explicava um pequeno texto lateral. A foto central da página mostrava o assessor do ministro diante das malas de dinheiro e jovens policiais de preto.

— Ainda bem que temos a Polícia Federal. Foi o que nos restou de decente neste país. No nosso governo... — disse Hélio.

O constrangimento de Alice, mãe de Larissa, estava no rosto, mas ela reagiu atacando:

— No seu tempo, roubava-se à vontade, com a imprensa censurada, os opositores presos.

— Se fosse verdade, por que vocês não revelaram tudo quando acabou o que chamam de ditadura militar?

— Os documentos, Hélio, onde estão os documentos que vocês escondem até hoje dos mortos e desaparecidos políticos?

— Há quantos anos os militares deixaram o poder e entregaram tudo aos civis? Do que mesmo os governos civis têm medo? Eu digo: vocês não querem que toda a verdade apareça porque sabem dos crimes que a esquerda cometeu.

Alice se virou para a família, como a pedir mediação.

Era de esperar o conflito. Era sempre assim com Alice e Hélio, dois irmãos nunca suficientemente reconciliados da grande fratura. Sônia e Marcos, os outros dois irmãos, eram diferentes. Ela, prática, ele, romântico; ela, administradora, ele, incapaz de organizar o mínimo. Ela, economista vencedora, que ganhara muito em todas as oscilações da bolsa e da conjuntura econômica vacilante dos anos da inflação alta e dos planos inesperados. Ele, alternativo e mutante. Tentara teatro experimental, viver em comunidades, até se acomodar num trabalho de baixo retorno e numa vida de eternas dificuldades financeiras, das quais Sônia o resgatava de vez em quando com empréstimos que não seriam pagos. Ele, sem segredos no amor; ela, de um longo amor escondido. Secreto pelos motivos conhecidos. Sem nunca ter se casado, Sônia ficara ainda mais centrada na sua bem-sucedida vida financeira.

Mesmo opostos, Sônia e Marcos preservaram o afeto e o respeito às diferenças. Mas Alice e Hélio se enfrentavam em todos os encontros de família, perturbando a paz com um incessante tocar nas feridas, sem jamais curá-las.

Todos à mesa, a comida no fogão, o aconchego do encontro. O que Larissa queria, no conflito interno de estar vivendo algo inconfessável, era que a repetitiva discussão acabasse e que fossem todos ouvir a cantoria de violão de Marcos, que fugia daqueles embates constantes dedilhando canções de raiz, tendência que escavava atrás de pérolas:

Ô maravia, ô maraviá
O amor dos outros chega e o meu não quer chegar
Quando ele aparecer meu coração vai parar
Ai, ai, ai, ai... vai parar.
Ai, ai, ai, ai... vai parar.

A música capturou por um instante a atenção geral.
Não parou o conflito.
— Como é que você pode ainda estar num governo desses em que cada dia tem um escândalo? Antigamente diziam que lutavam contra as injustiças sociais. Eu nunca acreditei, mas não era isso que vocês falavam? Vocês não defendiam a ética na política? — atacou Hélio, agressivo, exibindo o jornal.
O cheiro do frango com quiabo, do feijão borbulhando e da couve refogada no fogão a lenha tentou se impor na cozinha. Joana, com suas ajudantes, se concentrava na finalização de tudo, mas de olho no drama daqueles irmãos em permanente conflito por política. Sentia que aquilo não terminaria bem. Marcos dedilhava baixinho a canção. Inútil. Fracassara mais uma vez na tentativa de aplacar a ira que dividiria eternamente aqueles dois.

O amor dos outros chega e o meu não quer chegar.

— De quem é a música, tio? — perguntou Larissa.
— De Ceumar, aprendi a tocar várias dela, sabia que você ia gostar.

Larissa ficou com o verso na cabeça pensando em Antônio, tão carinhoso e por quem tinha tanto afeto. Seria amor? Tinha tido dúvidas recentes. Talvez tivesse sido e perdera o melhor momento, desfizera-se o ímpeto.

O rosto crispado de Alice. Ela estava sempre assim, pronta para o combate. Nunca desarmada. Uma vida de poucos amores e aquele trabalhar intenso, incessante, para não parar e pensar.

Larissa sabia não ser a filha com que ela sonhara. Recolhida demais para ser filha da Alice, a aguerrida, pela qual todos tinham admiração e que, para ela, era quase inatingível. A corajosa rebeldia, as circunstâncias da prisão, o envolvimento com a luta contra a ditadura davam-lhe aura de heroína. Conviver com ela, porém, sempre fora difícil. Era admirável de longe, como mito. De perto, tinha seu lado sombrio. Na luta dos anos 1970, na tortura, algo se quebrara. O pragmatismo da militância tinha tragado suas delicadezas. A briga interna do governo, na qual tinha mergulhado nos últimos anos, confirmara aquela tendência de fugir do individual para o coletivo. Falava pouco de si, muito das questões nacionais.

Os irmãos brincaram juntos, na infância, tinham compartilhado emoções. Por que não poderia haver uma trégua que fosse? Um recanto onde cessassem todas as brigas e o afeto se conservasse, apesar das diferenças de escolhas e convicções? Para os dois era o silêncio ou esse ódio traspassado no olhar com que se feriam. Bastava uma chispa, como aquela manchete.

Larissa se perdia na sucessão de escândalos. Enfastiada, lia os jornais para se manter atualizada. Desde que deixara o jornalismo, começara a se afastar dos jornais também. Sabia como eram feitos. Foi desenvolvendo apatia e distanciamento pelo presente. Desalento. A política cotidiana não era com ela. Os partidos pareciam todos iguais. Poucas virtudes públicas, muitos vícios privados.

Interessantes eram as tramas passadas das lutas entre liberais e conservadores no Império, entre abolicionistas das duas hostes — ora republicanos, ora monarquistas — contra os defensores da escravidão. Havia todo tipo de arranjo e coalizão. O imperador e a princesa dúbios, comandando a ordem escravocrata e lutando contra ela. Época complexa, ambígua, instigante. Pessoas escravizadas penetrando pelas frestas do regime para se salvar, ou lutando em embates suicidas — hábeis ou heroicos. Tramas e teias de um século denso em que o governo do poder colonial tivera que atravessar o mar à deriva, com seu ouro e sua prata, com incompetência esperta. Assim o país, pelo mais improvável dos enredos, foi se forjando com suas qualidades, seus defeitos, sua ambição, sua negação do passado. O mundo da História era vivo. Tinha amplos caminhos centrais e veredas para as intermináveis perguntas. Estava apaixonada pelas trilhas da História. Assim entenderia melhor o país.

A historiografia da escravidão, que no início se deixara dominar pelo mito da queima dos documentos e de que nada mais havia a pesquisar, voltara a florescer nas últimas décadas. A partir da segunda metade do século XX, passaram a ser feitas descobertas de novas fontes e veios que definiram mais precisamente a face do país construído sobre o trabalho forçado. Depois veio a dimensão pessoal da História: achar um indivíduo em cuja vida o passado se explicasse aos contemporâneos. Larissa tinha se encantado por isso no estudo meio tardio da História.

A política de agora era a mesmice. Jamais diria isso à mãe, mas o tio acertava ao dizer que a corrupção parecia endêmica no país. Ela penetrara fundo demais.

— Não houve aumento da corrupção e sim aumento das denúncias, porque há liberdade; a Polícia Federal e o Ministério Público investigam, a imprensa é livre. Agora se denuncia porque existe a democracia pela qual lutamos.

— Ora, tenha dó, Alice! Será que vai chegar uma hora em que você vai reconhecer que lutaram para implantar no país a verdadeira ditadura?! Nós interrompemos aquela maluquice. Ainda bem que vencemos.

— Nós é que vencemos, você ainda não percebeu? O que conseguiram foi adiar nossas conquistas, e fizeram isso na base da tortura. Estava no Exército e sabe bem disso.

— Não vi nada, se é o que você insinua. Os interrogatórios aconteciam no DOI-Codi e eu nunca fui de lá. E eu era nada quando você foi presa, um tenente sendo promovido a capitão. Pare de me acusar. Você é que foi maluca de se meter com aqueles outros malucos.

— Ah, vai dizer que nunca soube de nada, que cumpriu ordens e uma delas era não procurar saber dos fatos, mesmo quando era gente da sua família que estava presa?!

— Você sabe que fiquei na área da Estratégia, nunca fiz parte da comunidade de informações.

— São Jorge de puteiro, o meu irmão!

— Alice, chega! Se você não respeita seu irmão, me respeite ao menos, que sou mãe dele e sei a pessoa que eduquei — impôs Maria José, a mãe dos quatro.

Marcos ainda tentou sacar do violão e terminar a guerra com a doçura do Adoniran:

Iracema, eu nunca mais eu te vi.
Iracema, meu grande amor, foi embora.

O canto morreu. Não havia clima para os lamentos musicais de Marcos. Morreu a concórdia. O ambiente aconchegante daquela mesa onde Maria José pensava reunir filhos e netos para o almoço havia sido sufocado.

Lembrava-se da juventude dos filhos, quando começara a grande guerra nunca terminada. Detestava aquelas discussões.

Larissa olhou a família. Ela os amava tanto... Sentados à mesa ou espalhados pela enorme cozinha da fazenda, eles eram, com suas falhas e conflitos, o seu povo. Não os escolhera, mal se encaixava, e os amava ainda assim. Mas havia aspereza demais. Os gritos dos dois irmãos escondiam a incapacidade de uma conversa sincera e libertadora.

A comida mineira foi saboreada em silêncio. Sua avó, devastada, vira mais uma vez o embate insanável entre Alice e Hélio. Seus lindos olhos azuis se acinzentavam em momentos de briga entre eles. Fugiam os olhos da avó. Para longe, para um passado que não se podia visitar. O início da fratura irremediável que azedava todos os encontros familiares. Como fora acontecer exatamente aquilo? Em que condições eles escolheram caminhos tão diferentes?

O passado era assunto intratável na família, porque a conversa terminava com Hélio e Alice se ofendendo. Tudo estava indo bem dessa vez. Bastara o jornal, a manchete. A velha ferida sangrava de novo. Gostaria de saber mais sobre o desentendimento. Havia não ditos demais naquelas breves e duras acusações, havia muitos clichês de uma era já superada. Mas a família preferia esperar que os confrontos cessassem. Nenhum dos primos, nem ela, nem a avó, nem o tio mais novo tentavam passar a limpo as dúvidas que havia dos dois lados. Do que se acusavam e o que não perdoavam um no outro? Era apenas o fato de que discordaram no passado? Ninguém encarava essas dúvidas. Todos preferiam pôr panos quentes em vez de tentar esclarecer e apaziguar os irmãos. Ouviam em silêncio o disparar de armas, seco e curto. O ar pesava, todos fugiam sem fazer as perguntas que precisavam ser feitas. Mudava-se de assunto. Era mais fácil.

Hélio fez uma boa carreira, até certo ponto. Perdeu a luta pelas últimas estrelas. Acabou se aposentando como general de brigada, o primeiro nível de oficial-general. Pouco para quem se preparara para o topo. Hélio tinha vivido os últimos anos da vida militar ressentido, atrás de uma escrivaninha, numa função burocrática sem brilho. Não era o pagamento justo pelo que fizera. Só ele sabia as cicatrizes que carregava daquela longa vida no Exército. Ainda se sentia jovem e o que restava a ele era, de vez em quando, uma reunião no Clube Militar.

Alice, depois da prisão, voltou para a universidade. Desdobrou-se nos estudos, na criação da filha e na militância política que jamais abandonou. Não saberia viver alheia. Quando a redemocratização revigorou a atividade política, ela passou para a atuação partidária. Para ela, que havia se tornado indispensável, imbatível em organização de campanhas, o presente era a estafante briga eleitoral de quatro em quatro anos. Vencida a eleição começavam as articulações, as divisões de poder em cada órgão e a expectativa de saber onde seria instalada pelo partido. Magoada, via que, apesar de ser apontada como quadro técnico competente, nunca ocupava uma função com poder real, porque não era indicada nem pediria indicação. Era encostada em algum cargo, subordinada a alguém que nem tinha tradição na legenda. Via recém-chegados, arrivistas alçando postos com os quais ela sonhava. Queria o poder de mudar o país para melhor. Governo após governo, desqualificados eram escolhidos para atividades que ela saberia como exercer. Tinha mais capacidade do que era exigido pelos lugares subalternos em que ficava.

Esse era o presente; os dois guardavam rancores inconfessados contra os próprios companheiros. Se conversassem serenamente, pensava Larissa, reconheceriam dores irmãs. O passado continha os ódios, esse que explodia, às vezes, diante de algum pretexto, alguma provocação ou uma notícia no jornal. Mas era um passado fechado. Nada se dialogava com a temperança necessária à pacificação. Eram a guerra aberta ou as insinuações e cobranças indiretas.

Quando o passado era trazido em agressões recíprocas, virava aquela sombra acinzentando os olhos de Maria José. O cansaço dos primos. Os acordes inúteis do tio que, com sua música, serenava a dor, dava a todos uma porta de saída. Nunca havia um diálogo sincero. Eram a explosão, as ofensas, as insinuações e, depois, o compungido silêncio imposto pelo cinza dos olhos. Um passado do qual se sabiam retalhos.

Maria José olhou a família, engolindo sem pressa a comida preparada com amor e esperança de paz. Onde errara? Seus filhos em conflito eterno; o ódio que ela via em certos momentos a feria duplamente. Não entendia a origem de tamanho rancor. Ela os acalentara no mesmo peito, eles dividiram alguns dos brinquedos; apesar da diferença de idade, iam juntos à escola. Pequenas escaramuças na adolescência dela, quando ele já se sentia adulto. Nada grave. As diferenças eram normais, como em qualquer outra família. Até ser tarde demais. Quando fora tarde demais?

Maria José achava que era sua a culpa por qualquer problema entre os seus. Joaquim viajava muito para acompanhar as obras que comandava como engenheiro. A notícia de sua morte chegou repentina e devastadora. Dava banho em Marcos, de dois anos, quando uma funcionária da empresa entrou pálida em sua casa, tentando com rodeios adiar o inevitável. A queda de um elevado soterrara trabalhadores e um engenheiro: Joaquim. Seu corpo foi resgatado dias depois em frangalhos. Maria José, aos 35 anos, estava viúva, com quatro filhos, e o mais velho acabara de completar onze anos. A boa casa no Grajaú, o dinheiro acumulado pelo marido em vinte anos de trabalho intenso na mesma firma, a indenização paga pela empreiteira e a pensão permitiram a ela criar os meninos. Quando a situação apertou, pediu na empresa de engenharia que lhe dessem de volta o emprego que havia abandonado para se casar. Foi aceita por caridade, ficou encostada, sem qualquer perspectiva da carreira que tinha ao se afastar de tudo por amor ao jovem e promissor engenheiro. Esqueceu que era ainda nova, escondeu a beleza e afundou-se na dedicação à família. Mesmo assim, achava hoje, não fizera o bastante. A falta de Joaquim havia alterado o caminho dos seus.

Larissa pegou o jornal automaticamente para preencher o silêncio pesado depois das ofensas. Leu a notícia. Viu os desenhos mostrando o esquema, a teia que ligava o ministro e seu assessor de confiança às verbas do orçamento liberadas para uma empreiteira. O dinheiro que voltava para o financiamento de campanha. Lembrava outros esquemas e só um detalhe a prendeu ao jornal: "Antígona". O nome da operação. Quem seria a Antígona daquele escândalo? Personagem misteriosa que estava sob proteção policial e que denunciara o roubo. O que os policiais haviam entendido da tragédia? Era a Antígona que enfrentava o poder? A que protegia a família? A que defendia o limite entre o direito público e o direito privado? A que amara o irmão e por ele correra riscos? Teriam eles capacidade de entender a complexidade dessa heroína grega?

— Uma bela tragédia.

— Que tragédia é bonita? — perguntou a mãe, enfezada.

— Tragédia, mãe. Grega. De Sófocles. Antígona, filha de Édipo, que o ampara na cegueira, no exílio, que enfrenta Creonte, pelo direito de enterrar o irmão, Polinices.

— Bom escapismo. Fugir para a Grécia antiga. Mas até isso me lembra de dores que vivi. Não enterrei o corpo do seu pai.

Larissa fez silêncio lembrando a dor que as unia: o enterro que não houve.

— Doloroso, sim, mãe, mas só queria dizer que o nome da operação é bonito: Antígona.

— Em que mundo você vive? Essa sua alienação desde que deixou o jornalismo é preocupante. Eu estou longe, não é no órgão no qual trabalho, não sei dos bastidores, mas o governo tem sofrido com a conspiração da grande imprensa, que não aceita que a esquerda esteja no poder. Estamos ferindo interesses da elite deste país. E a direita que está na imprensa quer nos desestabilizar. Esse é o único motivo que me faz gostar da sua saída do jornalismo. Mas, ao sair das redações, você ficou alienada. Não vê o que está por trás desse suposto escândalo?

— Antígona é um nome bonito, é só isso que estou dizendo. Sem maiores considerações.

— O problema aqui não é a sonoridade do nome ou a beleza do teatro grego, mas a acusação do seu tio de que agora há corrupção no governo e que, na época dos militares, não havia. De que lado você está?

— Não estou de lado algum. Quer dizer: óbvio que havia corrupção no governo militar, mas eu não estava tentando fugir de mais uma discussão de vocês. Só estou dizendo que a peça escrita por Sófocles...

— Tenho uma filha incapaz de ver o tempo presente, a vida presente. Você foi estudar História para fugir da atualidade, não para entender a natureza do país e atuar para mudar a realidade.

— Não estou fugindo. Há um momento da trilogia tebana em que Teseu, rei de Atenas, diz para Creonte, o governante de Tebas, algo que você pode um dia ter pensado em relação aos que combateu: "Terei de estar atento a essas circunstâncias para evitar que considerem minha pátria tão fraca a ponto de curvar-se a um homem só."

A beleza da citação a atraiu.

— A frase é bonita. Na ditadura, a pátria esteve fraca assim, a ponto...

Hélio interveio na conversa de mãe e filha.

— Querida sobrinha, nunca o poder no Brasil esteve tão concentrado num grupo restrito. No governo dos militares, as decisões eram tomadas coletivamente. Havia o Alto-Comando; o Congresso funcionava e o Colégio Eleitoral escolhia o presidente.

— As tropas cercaram o Congresso mais de uma vez. Os generais cassaram políticos, mataram opositores, jogaram no mar, enterraram não se sabe onde. Tem horas, Hélio, que acho que você é maluco ou tem memória seletiva.

— Calma, Hélio, Alice! — pediu Maria José. — Pelo amor de Deus! Larissa estava falando de Antígona, uma tragédia grega. Boa conversa para uma tarde, depois desse almoço bom e tomando um cafezinho. Tudo delicioso, Joana. Uma irmã que lutou contra o governo em defesa do irmão?

— Exatamente. Uma história da luta contra o poder abusivo do governante. Antígona, a irmã, tenta enterrar seu irmão Polinices, condenado pelo governante a ter seu corpo exposto, o que era intolerável para a cultura da época, aliás, todas as culturas, não? Uma pena que transgredia o direito de a família enterrar seus mortos.

— Nunca enterramos alguns dos nossos; nunca enterrei seu pai, Larissa — insistiu Alice, com os olhos cravados em Hélio.

— Alguns vocês mesmos mataram. Ou melhor, "justiçaram" — rebateu Hélio.

— Essa conversa está meio tétrica — reclamou Mônica.

Os olhos acinzentados da avó pediram socorro a Larissa. Ela entendeu. Era mudar de assunto, jamais tentar compreender o conflito interminável. Continuou.

— Mas tudo começa antes. Quando Édipo, cego, após saber que se casara com Jocasta, a própria mãe, vai errante para o exílio. Com suas duas filhas, ele vaga em desespero, por elas é amparado, principalmente por Antígona, que é a destemida. A outra, Ismene, é indecisa.

— Ismene então seria um bom nome para você — provocou Alice.

A mãe a feria outra vez. A agressão gratuita que ela lançava na frente de todos. O temperamento recolhido da filha ela via como covardia. Em família, expunha a diferença da personalidade, como a se descolar da filha. Larissa ignorou a farpa e guardou a ferida no mesmo escondido das mágoas. Continuou.

— Há frases lindas que eu até decorei nesses três livros de Sófocles. Há uma dita por Édipo, assim: "Já não é hora de chorar; cumpre-me apenas, enquanto estiver entre os vivos, suportar meus males, ciente de que és o meu verdugo."

— Verdugo... conheço bem — disse Alice.

Nova provocação a Hélio. Enquanto sofria no quartel, nunca foi capaz de esquecer que, em algum lugar, o irmão empunhava uma arma como aquelas que eram apontadas contra ela. Em algum quartel, um militar, carne de sua carne, poderia estar ameaçando pessoas tão desamparadas quanto ela se sentia então. A bruma cobria sua atividade profissional. Quando ela o espicaçava, exigindo que ele se explicasse, queria que provasse que jamais compactuara. Se tivesse tal certeza, Alice acalmaria suas dúvidas. Não havia meio-termo naquele tempo. Ambos pegaram em armas. Ela, as dos grupos de esquerda, clandestinos. Ele empunhara as armas do poder.

— Mas me conte como a irmã protege o irmão — insistiu Maria José.

— Esse é, a meu ver, o mais belo livro da *Trilogia tebana*. Os filhos de Édipo, Etéocles e Polinices, disputam o poder em Tebas. Haviam feito um acordo de alternância, mas Etéocles não cumpre. Polinices organiza um exército e luta para recuperar o poder. Os dois morrem, um pelas mãos do outro. O novo rei, Creonte, determina que Etéocles receba todas as honras fúnebres e Polinices é condenado a permanecer insepulto. Antígona chama Ismene e propõe que as duas enterrem o morto. Ismene pergunta: "Vais enterrá-lo contra a interdição geral?" Antígona responde: "Ainda que não queiras, ele é teu irmão e meu; quanto a mim, jamais o trairei." Ismene fica assustada e pergunta se ela, Antígona, terá coragem de enfrentar Creonte. "Ele não pode impor que eu abandone os meus", responde. Ismene lembra que elas são mulheres apenas, e mulheres não enfrentam homens. Antígona desconhece esse limite. Nada a demove. Discute com Creonte com ousadia. Diz que ele está impondo ordens contra as leis não escritas e imemoriais do dever de enterrar os mortos.

Silêncio na fazenda de Minas. Todos curvados à história contada com ardor por Larissa. Normalmente retraída, ela cresce quando armada de algum livro, território onde vive longe do ordinário da vida presente, onde busca forças e armas; abrigo para a timidez. Antígona tantas vezes estudada e encenada, base de tanta filosofia e debate, objeto de ensaios psicanalíticos, sobre a qual inúmeros livros foram escritos por mentes privilegiadas, estava de novo no centro de uma conversa. Inesgotável personagem de mais de 2 mil anos. Eterna Antígona.

— Creonte argumenta que quem quiser o bem de Tebas tem que estar ao lado dele. Ele se apresenta como a encarnação do próprio Estado. Um debate interessante, porque há uma hora em que ele admite que só se conhece um homem verdadeiramente, o que vai no fundo de sua alma, quando ele está no poder e é senhor das leis.

— É isso. Aplica-se perfeitamente sobre os que nos governam — alfinetou Hélio e foi ignorado.

— Mas ela consegue enterrar o irmão? — perguntou Maria José.

— Consegue. É definida no livro como "donzela indômita, de pai indômito". Não se entrega. Faz o que tem que ser feito. A história é linda. Ao final, é condenada a ser emparedada numa caverna. Ela define assim seu drama, numa das passagens mais belas da peça: "Como serei desventurada ali, nem pertencendo aos vivos nem aos mortos." Mas antes muita coisa acontece. Ismene surpreende, superando a própria fragilidade, pedindo pela irmã a Creonte. Ela lembra ao rei de Tebas — olhem que detalhe incrível da história — que Antígona é noiva de Hêmon, o filho de Creonte. Poderá o amado livrar a noiva da condenação do próprio pai?

— Conta direito, Larissa. Do começo. Ninguém está entendendo com você pulando direto pro final — pediu Felipe.

— Ótimo, eu vou fazendo um fundo musical. Vai contando, e eu no violão vou improvisando — brincou Marcos.

— Isso está virando um espetáculo — aprovou Sônia.

— As peças eram encenadas assim, para serem espetáculo. Tebas era o local mítico onde tudo acontecia.

Naquele início de tarde, a família, incapaz de lavar o passado recente que a fraturava ao meio, jogou-se no teatro grego. Ele ocupou o lugar dos casos de assombrações e dos fantasmas recentes jamais enterrados.

"Antígona", a operação da Polícia Federal, foi superada pela verdadeira Antígona, filha e irmã, que vivera para os seus. Amando-os tão desesperadamente, com altivez insensata e orgulhosa teimosia até o momento final. Os olhos furados do rei Édipo na longa expiação da culpa pelo incesto que cometera sem saber, o lavar e preparar o corpo do irmão para o funeral solitário executado por Antígona, as batalhas verbais travadas para ensinar ao poder os seus limites, cheias de significados para o presente, para todos os presentes. Em Tebas, Larissa enfim entendia a desavença política da família.

No auge da narrativa, empolgada, pensou ter visto um brilho de orgulho no olhar da mãe.

Ao fim, silenciou, pensativa. O que a consumia era a sua sina de não saber — como Antígona encarcerada — a que mundo pertencia: se dos vivos, se dos mortos.

4 / TERCEIRO ANDAR

Era um longo corredor logo no topo da escada. O tempo parado naquele lugar, raramente visitado. A poeira. O mofo. O terceiro andar ficara para ser incorporado um dia, no futuro, à pousada. Houve muito trabalho no segundo andar. O porão continuava local de despejo. A parte superior tinha sinais de ter sido a área mais reservada e o escritório da fazenda. Seria a última etapa da recuperação da antiga Soledade de Sinhá. Passara apenas por uma boa limpeza.

Larissa andou devagar, atenta, como se investigasse tudo. Dos dois lados do corredor, armários de madeira escura e forte até o teto. O cupim não prosperava em madeira tão dura. Não era propriamente um corredor, porque era bem largo. Parecia uma sala vazia com apenas armários de livros, frente a frente, e amplo espaço no meio. Ele dava para um salão de estar com janelas para a mata e, nas laterais, tinha quatro portas para aposentos que podiam ter sido quartos. Num deles, um grande baú de madeira. Abaixo, gavetões; em cima, uma tampa arredondada. Levantou a tampa e viu a sombra da pintura interna do baú. Dentro, roupas, objetos, peças e uma arma antiga. No outro cômodo, uma escrivaninha e mais armários com caixas de madeira, alguns livros.

Estava interessada nos enormes móveis do corredor, com esperança de haver neles documentos antigos. Girou a chave, abriu uma das várias portas. Encontrou livros. Foi abrindo as outras portas. Centenas de volumes cobrindo as prateleiras. De todos os tamanhos, encadernações, formatos, grossuras. Desde livros grandes de anotações de contabilidade até menores, clássicos da literatura brasileira e mundial, filosofia, direito, tratados de medicina. A maioria seguia normas de grafia de outras eras. Ficou ali horas numa procura a esmo. Não sabia o que buscava. Atendia ao impulso como se seguisse um roteiro escrito por algum fantasioso escritor.

Abriu uma das janelas do salão vazio para deixar entrar a luz do sol. A paisagem era linda vista daquele alto. O morro em frente era coberto pela sempre bela Mata Atlântica. Atacada a ferro e fogo por cinco séculos, ela resplandecia em seus fragmentos, como naquele, que se espalhava por diversos hectares da fazenda. Agarrava-se à vida, à pouca vida conquistada em minguados nacos, como se tivesse alguma chance. Condenada desde o começo, tombara por todos os motivos em cada ciclo econômico. Ardera para preparar o pasto. Devastada, desprezada, ela voltava a cada descuido do inimigo, como se pudesse lutar, como se fosse vencer. Luta perdida do primeiro ao último pau-brasil derrubado. Na vasta costa do Nordeste ao Sul, nas reentrâncias íntimas de Minas, ela se agarrava à terra, terra que lhe pertencia, da qual fora arrancada por ambição ou desprezo; desatino. Em qualquer espaço ela crescia, em qualquer abandono da terra por seus donos as árvores lançavam mudas de filhas, os pássaros pingavam sementes, a vida tentava se proteger agarrando-se a qualquer oportunidade. Era o pedaço que restava do que fora uma vasta floresta, hoje raras matas, pequenas reservas, mas não perdia o orgulho de soberana. Reinava em fiapos de vida, mas não desistia da pose nem do nome oceânico.

O verde-escuro do alto do morro à frente mostrava ser vegetação madura. Salpicada de alguns coloridos de paineiras e ipês. Em destaque, na mata, com suas copas altas, o jequitibá. A mata baixa era de recuperação recente. Disso informava a presença do prateado das embaúbas e do verde-claro das árvores pioneiras. Nos dois lados, em contraste, os morros pelados, com os montes de cupins, como se fossem espinhas, delatavam que se desmata por escolha, para o abandono no momento seguinte. O fragmento era um sobrevivente: escapara do fogo, do machado, da condenação à morte. Por quantos anos a mata estava em pé, combativa, resistente?

No baixo mais baixo da mata, começava o vale no qual se fincara a enorme mansão da fazenda.

Larissa deu as costas para a janela, sentou-se na marquesa de vime e começou a abrir os volumes maiores que tirara do armário. Achou cadernos com anotações a mão. Páginas de números incompreensíveis, registros contábeis e algumas notas. O tempo apagara boa parte, mas ainda era possível ler. Num deles, abaixo da data de 1º de novembro de 1825: "Chegaram hoje 39 peças adquiridas no leilão do Valongo. Vinte machos. Sete fêmeas. Fêmea com cria de pé. Dez crias, de sete a dez anos."

"Cria de pé" era filho de escravizado por volta de três anos, para diferenciar de "cria de peito". Com menos de três anos, o traficante não pagava imposto. Gente muito miúda era troco. Por isso vinha junto. Que chorassem em algum canto; depois de crescidos, serviriam para o trabalho. Investimento. No Valongo, os africanos desembarcavam da travessia e eram depositados em enormes armazéns que ficavam na mesma área central do Rio de Janeiro. Leiloados, eram distribuídos para São Paulo, Minas e o interior rico do Rio.

Larissa encontrara um documento histórico. Que outros haveria, por esquecimento e descuido, nos enormes armários do terceiro andar? Sônia tinha razão, havia o que pesquisar naqueles papéis.

Trinta e nove peças! Era possível vê-los chegando devagar, carregando a dor insanável da ruptura, do desterro e do trabalho sem paga. Pela vida toda. Crianças de sete a dez anos. Teriam ficado na fazenda? Teriam morrido ali?

Larissa fechou a janela e desceu para o segundo andar com o passado ainda presente, como se fechasse um livro e seus personagens continuassem a seu lado, vivos. Imaginava as 39 pessoas com olhares aflitos, após a longa viagem, sendo registradas como objetos naquele caderno grande das anotações da velha fazenda.

O presente também era intenso, como notou logo que desceu para o jantar. A paz fora definitivamente rompida e sua avó pedia socorro aos netos para abafar a animosidade que aflorara outra vez entre Hélio e Alice. Discutiam sobre a abertura dos arquivos da ditadura.

— Já não há documentos, Alice. Eles foram destruídos, queimados. Para que ficar remoendo esse passado? Por que esse revanchismo?

— O país tem direito à verdade e à memória.

— Não venha com chavões. Se é para contar, vamos contar tudo. O Exército, Alice, fez o que tinha que fazer para proteger o país do comunismo. O que você queria? Fazer disto aqui uma enorme Cuba?!

— Quem queimou? Com ordens de quem?

— Parem, pelo amor de Deus! Vocês estão discutindo desde a década de setenta, infernizando os encontros de família. Vocês dois foram vítimas de uma época — implorou Maria José.

— Vítimas, mãe? Como você pode achar que nós dois somos iguais? Enquanto Hélio estava seguro na sua vida de soldadinho, eu estava sendo torturada pelos colegas dele. Só há uma vítima aqui, e não finja que não sabe a diferença porque é mãe dos dois. Eu arrisquei minha vida por este país; o seu filho estava do lado dos que tomaram o aparelho do Estado e o usaram contra os cidadãos.

Ela falava alto com a mãe na frente dos netos dela. Maria José recolheu-se, ofendida, ao silêncio, enquanto Alice foi para o quarto em que estava, pisando forte no chão de madeira de lei.

Larissa viu a cena como se caísse do túnel do tempo, de um passado em que pessoas eram vendidas como peças. Sobre isso se assentara um país e, às vezes, esquerda e direita não se davam conta de que pisavam sobre um sangue mais antigo que marcou com violência a estrutura fundadora do Brasil. A herança nunca superada. Esperou a noite em silêncio, num canto, isolada, como quem espera o dia começar e a vida retomar seu curso.

Desceu sozinha a escada que levava ao porão, sem guia, sem medo, sem ter dormido. Acordada. O tempo decidiria por ela em que tempo estaria naquela noite.

Desceu e viu o passado. Ele estava lá. O mesmo ambiente da véspera.

Paulina estava com o irmão, ao lado do pai. Eles o acudiam num acesso de tosse. Outras pessoas dormiam no mesmo espaço. Eram dois cômodos enormes, mal divididos por uma meia-parede que permitia ver que havia gente na outra parte. No fundo, uma cela com a porta de grade fechada.

Andou até o velho. Era noite quando desceu as escadas, no entanto, de novo, já estava clareando no porão. Uma pequena luz do fim da madrugada entrava delicada pelas frestas da abertura no alto da parede.

O velho dominou a tosse, recostou-se e entregou a ela um sorriso aconchegante.

— O senhor me chamou?

— Não sou senhor, sou prisioneiro condenado a trabalho forçado.

— Há muito não existe mais a escravidão.

— Não viverei para ver. Achei que meus filhos viveriam até esse dia, mas temo que ficaremos neste inferno, todos, para sempre.

— O rapaz me disse na estrada que o senhor queria falar comigo. Por isso eu vim. Não sei se sonho ou se estou acordada. Se enlouqueci. Não entendo o que está acontecendo, mas vim.

— O difícil de entender não é o sonho, é a vida. Eu sonho muito com minha infância, brincando, solto. É quando me liberto. Sei bem a diferença entre dormir e estar acordado. Pedi ao meu filho, Bento, que encontrasse a moça na estrada porque sei muito, vi tudo e preciso contar antes da minha morte. Dessa doença ninguém escapa. Já vi outros. Ela está comendo meus pulmões. A falta de ar está piorando. E quero que a moça, que vem de uma época que ainda não houve, me ajude a entender a diferença entre os meus filhos e a dizer a eles que caminho devem seguir.

A voz era ainda forte, porém o corpo magro não escondia a fraqueza. De vez em quando, a tosse voltava. Não era velho exatamente, não o seria hoje, mas tinha no rosto uma sombra de velhice que o marcava. O mesmo olhar terno do filho, só que sem o brilho. O mesmo corpo comprido, mas já sem os músculos ressaltados. Sentado, recostado na parede com um pano sobre as pernas, começou a falar.

— Lembro tudo agora. Antes queria esquecer. Contar talvez me ajude a aceitar. Isso me dará paz depois que eu for embora.

— Por que eu? Me sinto fraca para essa tarefa tão grande.

— A tarefa não é grande. Minha história não tem glória nem beleza. Mas preciso falar. Ninguém sabe o fundo das dores.

Você só pode entender se abrir a porta que fecha o passado. É no coração que a gente entende, e o caminho tem muitos desvios, esconderijos. Eu convido a moça a me ouvir, mesmo sabendo que ela quer fugir. Todos fogem: de medo. Ver tanto horror não é bom, mas vai ajudar a moça a entender o futuro. Me angustia a hora da minha morte porque não sei qual dos meus dois filhos está certo. Eles querem ser livres. Cada um de uma maneira. Eu tentei do meu jeito. Perdi.

— Comece do início — pediu delicadamente Larissa.

— Me chamaram Constantino quando cheguei aqui. No lugar chamado Valongo, onde me colocaram, depois que o navio atracou, eu não tinha nome algum. O que ganhei ao nascer foi apagado. Num galpão, eles depositaram todas as crianças antes da venda, divididas em dois grupos. Grudados. Um corpo no outro, o mais perto possível, apesar do calor abafado. Era como se, ficando bem perto um do outro, o medo fosse passar. De um lado, os meninos; de outro, as meninas. Corpo colado, um buscando a força do outro.

— E antes da chegada?

— Tinha sido assim também durante toda a viagem. Tínhamos que ficar todos juntos, o corpo do outro tirava um pouco do medo. A imagem, de vez em quando, volta. Éramos um amontoado de pernas e braços e cabeças. Não seres separados. Eu fingia que não tinha medo para acalmar minha mãe. Na viagem, ela adoeceu. Meu medo era que morresse. Minha irmã pequena chorava muito. Minha mãe não queria comer. Todos lutavam por comida. Eles empurravam comida para dentro dela. Se existe inferno, eu já vi. Foi aquela viagem. As pessoas gemiam até morrer. Acorrentados, empurrados para dentro do porão à noite, amarrados, nem todos tinham a sorte da morte.

As cenas, sem ênfase, sem drama, foram sendo entregues a Larissa.

No navio a família foi separada. Ele ficou perto do pai, o suficiente para conseguir conversar. A mãe ficou muito longe, com a irmã menor. Esperaram longamente no porto. Os donos do navio diziam que era preciso completar a carga de quatrocentas pessoas aprisionadas. Muitas morriam antes que chegassem as outras. A carga ficava incompleta. Um dia, chegou uma grande quantidade de pessoas. Reconheceu algumas. O navio zarpou em seguida.

— Meu pai entrou em desespero, se debatia, se machucou, gritava. Depois, ficou dias sem falar. Eu perguntava, ele não respondia. Um dia, quando acordei, estava diferente. Ele me olhou firme e disse que eu seguisse suas ordens: aprender a língua deles. Quanto mais soubesse, melhor. Isso nos ajudaria a sobreviver. "Água", "comida". Foram as primeiras. Quando o navio zarpou, um homem se aproximou. Explicou que ensinaria a língua falada no lugar para onde nós iríamos. Sabia a nossa, mas não falaria na nossa língua. A gente tinha que entender o que ele falava. Apontava objetos e ensinava. Depois desenhava e dizia os nomes. Fomos aprendendo. Meu pai, com dificuldade. Eu, rapidamente. Aos poucos entendia até pedaços das conversas entre eles. Comecei a gostar. Era o melhor momento do dia. O resto era a fome, a espera, a dor no corpo. Quando ele chegava, dizia: "Terra". "Mar". "Trabalho". "Casa". "Árvore". Eu repetia depois sozinho, na minha cabeça, cada palavra.

Assim, aos poucos, Constantino foi entendendo também o destino. A vida tinha mudado para sempre. Não havia como escapar. "Boçal" era o nome dado a quem não aprendia. Via de longe que sua mãe não queria aprender. Teve medo. Os boçais eram mais maltratados. Do lado, viu um homem apanhando muito porque não quis repetir as palavras. O pai tinha razão, melhor saber.

Constantino fez um longo silêncio. Retomou numa parte adiante da história.

— Quando cheguei aqui o dono de tudo isso era o senhor João Damázio dos Santos Reis. Senhor de terras e terras, e a maior parte era mato. Logo, logo, eu já tinha aprendido totalmente a língua e sabia o serviço. Antes havia ouro, mas quando cheguei aqui não havia mais. Os velhos contavam que ficavam no rio, os pés na água, e peneirando de sol a sol com a bateia. Isso foi antes ainda das plantações e do gado. A mata fechada foi derrubada para o pasto ou o plantio. Essa fazenda conheceu muita riqueza e desgraça. Quando cheguei, eles já tinham outras pessoas trabalhando aqui na mesma situação. Ela se chamava Soledade. O nome Sinhá veio depois, quando foi tudo herdado pela filha mais velha. João Damázio tinha outras terras que distribuiu para os filhos. Esta foi para Sinhá. Fiquei na parte da casa, aqui neste lugar, porque era onde ficavam os meninos, as mulheres e os velhos.

Larissa estava prisioneira do relato e da cena: o homem, a voz mansa, o olhar firme de quem perdera lutas demais, tinha uma nobreza restante, teimosa. Lembrou-se do fragmento de verde que admirara da janela. Objetivamente derrotada, por que insistia a Mata Atlântica? Por alguma razão, ela via paralelo quando encontrava os olhos de Constantino ainda firmes.

O homem, sentado, aprumava as costas na parede e só se curvava nos acessos de tosse. Fazia longos silêncios quando parecia estar longe dali. Como se fugisse para alguma cena que só ele pudesse ver.

— Muitos estavam sumindo na aldeia. De vez em quando piorava. A primeira lembrança que tenho é de minha mãe avisando que os homens podiam chegar de repente. Que eu me escondesse. Metade da nossa gente já tinha morrido ou sido presa e levada. Eles preferiam os homens fortes. Meu pai era homem forte. Dos filhos, eram três os meninos. Ouvi de noite minha mãe e meu pai combinando a fuga. Era fugir, podendo morrer; ou ficar e ser capturado. Qualquer descuido era fatal. Qualquer escolha, perigo. Tínhamos treinado várias vezes, meu pai, minha mãe e meus irmãos, os caminhos de fuga pela mata. Havia um lugar bem escondido onde a gente poderia ficar, se os caçadores aparecessem. Um dia eles atacaram a aldeia. Tinha chegado a hora. Fugimos. Corri dentro da mata, corri muito até o lugar combinado. Meus irmãos vieram logo atrás de mim. Meu pai e minha mãe, com minha irmã pequena no colo, chegaram depois. O lugar estava preparado com comida e água. Ficamos lá no buraco, nas pedras, perto das árvores grandes. Na mata rala, era fácil ver a gente. Nas altas, os caçadores tinham medo de emboscada. Foram não sei quantos dias que ficamos naquele buraco escuro, escondidos. O tempo não passava. A gente esperava, acuada. Quando um saía, meu pai ficava de vigia. Um dia a comida acabou. Ele foi procurar alguma coisa. Foi o pior erro do meu pai. Eu era maior, fui junto. No caminho, nós encontramos os caçadores. Não dava para escapar; meu pai, desesperado, pulou em cima deles e gritou para que eu fugisse. Eu me embrenhei pela mata, o coração dividido. Meu pai, preso; eu, fugindo. Fiquei escondido durante horas. De noite, no escuro da mata, pensei que tinha escapado. Não ouvia nada. No começo do dia decidi voltar para onde estava minha mãe. Foi o meu pior erro.

Amanheceu. Larissa sentada no chão ouvia com respeito e fascínio.

— Hoje eu sei que pequenas decisões mudam o rumo da vida ou apressam a morte. Por isso penso em meus filhos. Eu fui para tão longe, quando queria era falar sobre o assunto da nossa conversa: os meus filhos. É coisa de velho, de repente se pega a lembrar de antigamente como se fosse agora. Mas quero falar do futuro de Paulina e Bento. Os dois lutam pela liberdade, mas por caminhos diferentes. Bento prefere fugir e lutar com armas. Quer revolta, acredita apenas na luta. Paulina prefere conversar, achar o momento certo para ter sua alforria. Quem conhece o futuro poderá nos dizer que caminho deu certo. Qual dos dois vai escapar?

Larissa se desconcertou. O que dizer? Os registros históricos mostravam que os dois caminhos poderiam levar ao sucesso ou ao fracasso. Fez um longo silêncio, espantada com a dimensão da pergunta.

O homem pôs a mão no braço dela delicadamente. Mão quente, de febre.

— Agora a moça precisa ir para pensar nisso tudo e nós também temos que ir, o trabalho vai começar. Volte depois, tenho muito para falar.

Seu corpo magro contra a luz que vinha de fora pelos buracos no alto da parede do porão ficou irreal. Nessa hora, as duas partes da grossa porta do porão, que dava para o pátio, foram abertas pelo lado de fora. A luz forte que entrou causou um estranho efeito, como se atravessasse o corpo do homem. Depois dele, os outros saíram. Uma triste procissão de gente sendo engolida pela luz branca do sol. O último a sair foi Bento. Ele olhou para trás e fixou o rosto de Larissa antes de sumir. No olhar, havia uma força trágica. De coragem e desespero.

5 / VESTÍGIOS DO PAI

O sol morno no rosto vindo direto da janela aberta deu a Larissa uma agradável sensação ao acordar. Normalmente, seus dias começavam em horas bem matinais, antes do sol. Aqueles dias em família, os delírios noturnos, estavam mudando seus hábitos.

Da janela, viu a mãe no pátio interno da fazenda. O local era cercado por um muro de pedra. De lá se avistavam os três andares, e a casa parecia mais imponente, com as sequências de janelas em azul colonial restaurado e as grandes portas que davam para o porão, a antiga senzala. As pedras desiguais do muro eram superpostas em assimetria que dava a impressão de encaixe sólido. Duas enormes árvores enfeitavam cada um dos extremos. No meio, trepadeiras cobriam o caramanchão e canteiros de flores cercavam os bancos de madeira, que ficavam voltados para o casarão, precisamente para as portas do porão. Larissa riu pensando que seria considerada louca se dissesse que estivera, horas antes, naquele mesmo lugar, só que no lado de dentro. E num outro século.

Notou que a mãe tinha um olhar distante e certo ar de calma. Estranho nela. O que combinava com Alice era o jeito espinhoso, a atitude belicosa, autossuficiente. Assim, ela cresceu com a certeza de que poderia convidar a mãe para uma guerra, que ela estaria preparada, mas nunca para entender as fragilidades, os meios-tons, as dúvidas, as inquietações que Larissa carregava grudadas ao corpo.

Passou pela cozinha, pegou uma caneca de café fumegante, saiu pela porta lateral, deu a volta na construção e alcançou rapidamente o pátio. Em silêncio, sentou-se ao lado da mãe e esperou a cobrança. Ela sempre vinha. Chegava em perguntas recorrentes. E aí? Já decidiu? Por que hesita tanto? Por que abandonou a carreira de jornalista? Que pretende fazer com o curso de História? Vai estudar para concurso? Por que, depois de anos casada com Antônio, não tem um filho?

A mãe a olhou em paz, sem cobranças. Há quanto tempo não recebia um olhar assim. Alice começou a falar devagar, como se estivesse esperando a filha. Por alguma razão, aquela suavidade lembrava Constantino.

— Sua avó tocava piano. Avó paterna, que você não conheceu. Na casa dela, enorme, cheia de camas com dosséis e corredores de pé-direito alto, quando ela tocava o som dominava tudo. No meio, havia uma sala redonda como um pátio interno, mas não era aberta, era fechada. Era parte da casa. Nela estava o piano. Seu pai gostava de ficar olhando de longe a mãe. Ele entendia que o piano era o fio que a mantinha viva, na rotina sem alegrias, na derrota de todos os sonhos. O sorriso dela era carinhoso. Você se parece com ela, de certa forma. Sem o talento da música. Ela também vivia em dúvidas e tinha, às vezes, um ar de desamparo que me angustiava. Mas, ao contrário de você, sua avó tinha razão. Era casada com um tirano. Seu avô era o homem típico daquela época. Fez fortuna do nada, como caminhoneiro.

Não estudou. Tinha a esperteza que o levou à fortuna. Ele se sentia no direito de fazer qualquer coisa. Queria ter tido muitos filhos e culpava sua avó por não ter conseguido. Sua avó tinha estudado até o curso Normal. O pai dela queria que as filhas fossem independentes, que fossem professoras, caso não se casassem. Ela quis ser pianista, mas não para tocar para a família. Queria ser concertista. O casamento enterrou seus planos e os projetos do pai. Nem pianista nem professora. Virou dona de casa dependente de um marido sem cultura. Morreu, como você sabe, de um infarto fulminante quando seu pai foi preso. Quando fomos presos. Ela soube um pouco antes que eu tinha engravidado e comemorou. Teve essa alegria. Queria muitos netos. A prisão do filho único foi um golpe forte demais. Só soube da morte dela três meses depois, quando saí do quartel em que fiquei presa. Não sei por que eu achava que ela apareceria em algum momento e me levaria roupas e livros; um carinho. Na prisão, eu sonhava com um vestido limpo e muitos livros.

Larissa escutava, encantada, o tom brando na voz da mãe. Ultimamente, quando falava, parecia estar sempre no comando: organizando, ordenando providências, fulminando incertezas e fraquezas com frases definitivas. Por um momento a viu, menina ainda, sendo presa. Que tempo estranho tinha sido aquele dos seus pais. Tempo que fraturara a personalidade de quem o tinha vivido. Alice sempre preparada para o contra-ataque, como se a guerra nunca tivesse acabado, eternamente numa trincheira. Hélio, ressentido. Dizia que o país não tinha a dimensão do sacrifício dos militares no combate ao comunismo. Sônia era prática e cética. Quase fria. Não se envolvera em coisa alguma, achava que a luta dos dois irmãos, em campos opostos, fora um desperdício. Tinha enriquecido no *boom* que houve na Bolsa nos anos 1970. Em seguida, perdera grandes somas. Voltou a ganhar muito, logo depois.

Ela entendia de valores: prejuízos, lucros, dinheiro. Para ela, aquela operação na qual seus irmãos se envolveram não produzira qualquer resultado palpável. Era inútil. Os dois lados estavam errados, e seus irmãos perderam a juventude naquela divisão da qual permaneceram prisioneiros. Ela fizera a melhor escolha: tinha ido ganhar dinheiro. Marcos sempre à deriva, em estado de negação. Ele fora contra, mas não sabia contra o quê, exatamente.

— Eu tenho orgulho da escolha que você e meu pai fizeram naquela época atormentada. Era a mais corajosa.

Alice olhou e Larissa constatou carinho no olhar.

— As elites deste país ainda não entenderam o tamanho da desigualdade e de sua perversidade, por isso a briga nunca terminou.

— Por que fala tão pouco de você mesma? Nunca fala da minha outra avó como falou agora. Sabia que era uma boa pessoa, mas nem sabia que era pianista. Você guarda segredos demais.

— Não são segredos, não escondo propositadamente. Não fico olhando para o passado, meu presente é intenso, preciso lutar sozinha contra muita coisa. O governo parece um ralo que vai te arrastando, e você fica evitando ser tragada por aquela burocracia paralisante, pelos que ficam ali só criando problemas. Fica-se enfrentando uma batalha exaustiva que não deixa saldo. Além disso, você nunca se mostrou exatamente interessada pelo que eu acho ou deixo de achar. Às vezes eu penso que você...

Larissa não queria perder a magia da trégua. Era tão rara, fora tão breve. Queria ver a suavidade no olhar da mãe, assim talvez se reconhecesse como parte de alguém.

— Por que você pouco fala do meu pai?

— Não tem muito o que dizer. Nós nos conhecemos na militância. Naquela época, as pessoas se aproximavam pelas ideias. Éramos poucos, ficávamos juntos. Seu pai e eu éramos do mesmo grupo, era natural que ficássemos juntos.

— Mas não se amaram? Era só um arranjo partidário?

— Larissa, você é de outra época, não conseguiria nos entender. Sim, amei seu pai. Carlos foi o homem que eu realmente amei. Às vezes, ainda sonho com ele. Depois penso que eu amo nele a juventude que perdi. Amo aquele frescor que vivemos, tudo era tão novo e excitante. Um tempo tão extremo. Um amor condenado, trágico. Sei que ele nunca voltará. Claro, sei que ele foi morto. Mas não houve enterro, não houve chance para o choro, não tive nada. Nenhum pedaço dele para me despedir. Nenhuma prova ou rastro. Depois que saí, voltei ao quartel para perguntar por ele. Simplesmente me disseram que não estava lá. Nem companheiro de cela ele tinha, estava na solitária. Ninguém viu. Eu sabia o que aquele desaparecimento poderia significar. Chorei, procurei, pedi socorro, gritei, segui pistas que me deram, acionei advogado. Não tinha quem me ajudasse. Sua avó, Maria José, foi solidária. Com você pequena para cuidar, eu não saberia o que fazer sem ela. Mas a procura pelo corpo de um desaparecido, se é difícil hoje, imagine na ditadura. Na família de seu pai não tive ajuda. Seu avô me culpou e mandou que eu sumisse. Se procurou pelo filho, não sei. Morreu logo depois. Fingia aquela dureza toda, porém não suportou a morte do filho e da mulher. A família dele ficou com a herança e nunca deu notícia. Eu procurei pelo seu pai sozinha. Eu implorei até ao Hélio que me ajudasse. Ele prometeu buscar informações e nunca moveu uma palha para não se prejudicar no Exército. Me deu uma desculpa qualquer. Disse que não havia notícia alguma do paradeiro do Carlos e teve a coragem de insistir na versão oficial: que seu pai tinha fugido. Sei lá, eu sempre achei que ele sabia de alguma coisa.

— Houve testemunhas de que ele foi preso. Isso não é suficiente para agora se procurar uma pista?

— Tenho tentado. Há uma nova esperança, novas pistas estão sendo seguidas. Larissa, minha filha, sei que frequentemente a gente se desentende. Que você me acha fria, pouco carinhosa, que acha que entendo pouco você e não tenho sensibilidade, mas pense assim: eu não tive chance. Eu nunca tive direito a fraqueza. Estou condenada a ser forte. Deve ser bom ser fraco, nem que seja por um dia. Pedir a alguém que cuide da gente, escolher um ombro para desabar, dizer a frase "Eu não aguento". Deve ser bom. Não sei o que é isso. Criei você num mundo hostil, sendo vigiada, perseguida. O dinheiro era pouco. Quis fugir do país, mas como? Para onde? E eu esperava que seu pai chegasse, por milagre que fosse. Acreditei na quimera do reaparecimento. Larissa, você não sabe como se pode sofrer numa ditadura, quando se decide, na juventude, enfrentar um regime inteiro. A gente endurece por necessidade. Você deve duvidar que aquela luta tenha servido para alguma coisa. Sei que gostaria que eu fosse uma mãe como as outras. Mas nunca fui uma mãe como as outras. Não tive uma vida como as outras. Fui obrigada a lutar, e ainda luto, Larissa. Não existe paz no mundo que escolhi.

— Você está enganada, tenho orgulho da sua escolha. Foi difícil, mas a mais honrosa. Havia outros caminhos: ficar com o regime, como o Hélio; ganhar dinheiro, como a Sônia; o "desbunde", como se dizia, foi o caminho do Marcos, seu irmão caçula. Ou essa luta desigual e desesperada que você e meu pai escolheram. Vocês estavam condenados. Por isso tem maior valor. Exige coragem. Mas passou, o mundo mudou, o comunismo morreu; é hora de dar adeus às armas. Eu acho que você transpôs para o mundo privado a briga pública. Parece estar sempre com a mão no coldre, mesmo em família. Relaxa, mãe! Por que você não se permite ser feliz? O que a impede agora de se apaixonar novamente, de tentar outra vez? De ter, enfim, uma vida como as outras pessoas?

— Você sabe que tentei. Tive vários namoros e até casamento. Terminaram sem que eu quisesse. Isso de ser feliz não é o meu forte. Por isso decidi vencer todas as brigas públicas. É uma forma de ser feliz também. Coleciono vitórias em batalhas. Claro que sei que perdi a grande guerra. Por isso me concentro nas pequenas disputas. Você acha que uma mulher de quase sessenta anos tem alguma chance de recomeço? Os homens da minha geração querem mulheres jovens, gostosas, desfrutáveis. Olhe para mim e veja: o tempo passou, Larissa. Eu fiz más escolhas, vamos admitir. Você sabe o quanto errei na vida amorosa. Amei algumas vezes, só que não me atreveria agora. É tarde, Larissa. É tarde para mim.

Larissa olhou a mãe e constatou que ela ainda era bonita. O rosto com rugas, sim, porém uma bela pele. O cabelo com movimento e volume. O corpo em boa forma, que ela mantinha à base de exercícios, com a disciplina que aprendera na militância. Sim, uma bela mulher chegando aos sessenta anos. Mas com aquela couraça, como se tivesse se blindado para uma guerra há muito perdida.

— Sei tão pouco de você — lamentou Larissa.

— Sabe tudo. O que quer saber?

— Você fala pouco da tortura.

— Você sabe. Cansei de contar. Perdi um dente num murro que levei de um filho da puta. Os tapas nas minhas orelhas... perdi um pouco da audição. Fiquei dias sem comer, porque eles me mostravam a comida e levavam de volta. Era parte do sofrimento. Tive que ficar nua, andar nua num corredor polonês com eles passando a mão no meu corpo, mas, pelo menos, evitei o pior. Afinal, eu estava grávida. Algum sentimento tiveram. Devo isso a você. Ou a ele. O Carlos. Ele me defendeu como pôde. Garantiu que eu tinha acabado de entrar na organização e não sabia de nada. Eles me ameaçavam incessantemente. Era o terror psicológico. Toda noite era ameaçada de morte, de estupro coletivo. E aquelas perguntas repetidas: Quem é esse? Onde se reúnem? Quem mais está na organização? Qual o próximo encontro? Fotos e fotos sendo mostradas e as perguntas me martelando na cabeça: Quem é esse? Quem é essa? Tinha medo de dizer algo que não pudesse. Negava tudo. Me fazia de boba. Eu tive certeza de que ia morrer. Que todo mundo ia morrer. Já te contei isso quantas vezes, Larissa? Por que pergunta de novo hoje? O que deu em você? Não faço segredo. O que quer saber? Do dia que bateram tanto na minha cabeça que sangrou e eu senti o sangue escorrendo pelas costas? Da noite que fiquei em pé sem poder sentar, encostar em nada? As pontas de cigarro queimavam como se a faca estivesse entrando. Eu gritava e desmaiava. As marcas ficaram... Quando o sofrimento acabava, eu era colocada de volta na minha cela com baratas e ratos. E o terror de ouvir os gritos dos outros? Tem horas que ainda ouço, como se o som tivesse ficado prisioneiro da minha lembrança. Quem gritava? Alguém estava morrendo? Meus amigos? Carlos? O que aconteceu com o Carlos naquelas noites? Que outras maldades fizeram?

Alice parecia, no final, estar falando para si mesma, não vendo a filha, repetindo as perguntas que nunca a abandonaram.

— O que você sentiu? Raiva? Ódio? Medo? Humilhação?

— Larissa, um torturado sente tudo isso. O pior é o sentimento de solidão. Há um momento, no meio da noite de um interrogatório — e elas são tão longas! —, que você tem certeza de que foi abandonada pelo mundo inteiro, que todas as pessoas ignoram a sua existência. Houve um momento em que eu quis muito que meu irmão aparecesse. O Hélio nunca deu as caras por lá. Entendo. Ele era de outra área, mas eu queria que ele tivesse interferido. Queria um milagre. Que alguém me dissesse que aquilo teria fim. A solidão de que falo, Larissa, não é a falta de alguém específico. É a falta do mundo inteiro. Um torturado é uma pessoa só. Terrivelmente só. Irremediavelmente só. Exposta. Sem defesas. Invadida. Esta é a maior dor. Há momentos em que, em desespero, a pessoa tenta achar nos olhos dos que a torturam um sinal de que sejam da mesma espécie, para estabelecer alguma conexão. Procura a esperança de que haverá um limite. No fundo, sabe que eles se embruteceram, não terão limites. Quando penso em seu pai, me aflige saber o que ele sentiu. O sofrimento dele foi muito maior, tanto que o levou à morte. Eu conheço o sentimento que ele levou da vida, no seu último minuto: a pior, a mais vasta, a mais profunda solidão. Carlos morreu sob tortura, em agudo desamparo. Os que estavam em volta, impondo tudo aquilo, já não eram humanos. Ele deve ter se sentido o único ser humano da Terra no momento em que expirou. É a pior forma de alguém morrer.

No final, Alice falava baixinho, quase sussurrava. Depois, mergulhou em seu mundo, num silêncio tão seu, que Larissa ficou muda, olhando o rosto marcado de sua mãe. E entendeu a couraça na qual ela se abrigara pela vida afora.

6 / ENCONTRO NA NOITE

O vento no rosto ou a sensação da velocidade. Talvez os dois e a estatura que o cavalo campolina dava a ela. Alta e forte, assim ela se sentia. O oposto de si mesma. Cavalgou pela noite saboreando o sentimento de estar livre do desconforto de não se encaixar nas rodas de conversa, nos lugares. Tudo havia sido tão entediante. Deslocada, é assim que havia se sentido. Como se tivesse nascido com um defeito, peça fora do lugar, pessoa fora do tempo.

A ideia de ir em cavalgada até a fazenda vizinha, onde havia outras pessoas passando temporada, tinha sido de André. Não houve um único assunto pelo qual se interessasse, ninguém com quem gostaria de ficar meia hora. O que a incomodou, de fato, foi a certeza de que seu silêncio incomodava.

— Não é mesmo, Larissa?
— O que você acha, Larissa?
— Conta aquela história, Larissa?

E ela, em respostas a conta-gotas, de monossílabos.

A prima Luisa falou de jornalismo em um esforço para incluí-la:

— Você concorda, Larissa, que os jornais vão acabar neste mundo multimídia? Por isso entrei logo em televisão por assinatura, porque até a TV aberta está em dificuldade. Você, que foi jornalista, não acha que o impresso vai morrer?

Ela diria que o jornalismo superficial que a prima fazia havia nascido morto no sentido de que era inútil. Era a resposta que daria. Se desse.

Felipe falou sobre seu trabalho, pelo qual estava deslumbrado, numa agressiva gestora de recursos.

André tentou, gentil, falar da vida acadêmica na qual a prima estava entrando. Fez elogios:

— De todos nós, a mais inteligente é a Larissa. Sempre era a que tirava as melhores notas, primeiro lugar no vestibular. Não se deixem enganar por esse acanhamento, se alguém perguntar sobre o Império Austro-Húngaro, ela começará a falar como se fosse um tema banal: em 1867...

— Pelo amor de Deus, um assunto contemporâneo, do meu tempo — pediu Luisa.

— Claro, não vamos para o passado, senão Larissa não sai de lá. Mas é melhor perguntar a ela como era o Rio em meados do século XIX, na época da escravidão. Ela não vai parar de falar — completou Mônica.

— Os escravizados de Minas eu conheço — respondeu Larissa.

— Calma, eu estava só dando um exemplo — brincou André.

Larissa convenceu-se de que realmente não estava com humor para conversa coletiva, e aquela insistência para que ela falasse a deixava encurralada. Deu um breve sorriso e mergulhou no silêncio.

Depois de outras tentativas de incluí-la, Mônica estocou, dando o golpe derradeiro:

— Você é sempre esquisita.

Foi o momento em que se desculpou. Alegou que não se sentia bem e que voltaria sozinha. Os sete quilômetros seriam facilmente vencidos pelo cavalo acostumado com a trilha. Que não se preocupassem, não era a primeira vez que cavalgava à noite.

— Não, não precisa mandar o cavalariço me acompanhar. Volto outro dia e prometo que não falarei nem de Império Austro-Húngaro nem da morte dos jornais. Alguma coisa no meio do caminho — disse, despedindo-se da família da fazenda vizinha.

Montou no cavalo, saiu da estrada principal e embrenhou-se na trilha alternativa. Sozinha.

Noite linda, lua cheia, iluminada, e o animal vencendo a distância, veloz. Quis parar e prolongar o gosto de liberdade e poder. Depois, enfiou-se no mato à procura de um rio. Ouvia o barulho da água. Convidativo. Perdeu-se algumas vezes dentro da mata. O cavalo teimava, tentando voltar para o caminho conhecido, e ela, firme na rédea, impondo o desconhecido aos dois.

O rio, nesse ponto, formava uma pequena queda-d'água. Não chamaria cachoeira, porque era apenas um desnível e uma espécie de lago, antes de seguir para nova queda maior. Ela apeou. O fresco da água próxima, o vento breve, a solidão no escuro, tudo dava alívio a Larissa.

Nada contra os primos com quem tinha crescido. Na vida adulta eles se distanciaram em valores e preocupações. Ficara forte apenas o carinho por André, tão leve e de cabeça meio etérea, física e metafísica. Larissa nunca havia entendido a vantagem da conversa sobre nada. Desse desperdício. O campeonato europeu de futebol, o último modelo de carro no mercado, o novo aplicativo para o celular, a grife da moda, personagens da novela, as novas séries americanas tinham sido temas da noite.

Abriu os ouvidos para a mata. Ela produz sons naturais que informam que a vida continua diversa e incontrolável. Sons previsíveis como o coaxar, um galho quebrado, um pio de ave noturna. Todos, juntos, fazem o rumor da mata viva. Os barulhos saltam, estão em qualquer lugar, tudo se espera quando se anda perto das árvores à noite.

O som de passos humanos não está entre o esperado. Não é da mata. E se aproximava.

Na beira do rio, no meio do nada, ela e seu cavalo esperavam o encontro. Os passos chegando. O animal levantou a orelha. Havia deixado Serena com Luisa porque ela pedira. Viera com Carrasco, sanguíneo, impulsivo, de natureza assustada, como se fosse eternamente a presa temendo o predador. Ela se aconchegou ao animal. Naquele momento, ela e o cavalo eram um só. Duas presas com medo do predador. Os estranhos passos se aproximando. Som não de bicho, não da vida da mata. Carrasco recuou um pouco, como se tivesse visto. Ela olhou na mesma direção e viu. Era um homem.

Há um momento em que correr é inútil. Larissa ficou.

—A moça não tem medo de nada?

Era Bento. Na penumbra, com apenas a luz da lua, vislumbrou sua beleza. Bento tinha uma mistura inquietante de serenidade e angústia, de conflito e paz. Voz e olhos amenos. Homem bravo e brando.

Eles se sentaram perto do rio e começaram um diálogo como se tivessem passado a vida juntos. Ela contou por que estava ali sozinha. Impossível continuar na reunião com os primos e os amigos na casa, que um dia havia sido de um barão. Se ainda se falasse sobre esse passado, quando, um dia, os casarões tiveram outras vidas... Mas era uma conversa sem rumo, sobre alguma coisa que julgava fútil. Ele ouviu o desabafo até o final. Sem a desmerecer nem desfazer do seu sofrimento, contou que desencaixe maior era o dele, tendo nascido prisioneiro de alma livre.

Nascera ali na Soledade de Sinhá, nada vira além daquele pedaço de terra ao qual vivia amarrado, encarcerado. Não era do trabalho que queria se liberar. Era do proibido, de não mandar em si mesmo, de não ser seu.

Seu pai tinha seguido a orientação do pai dele de aprender tudo o que fosse possível para derrotar o inimigo e buscar a liberdade. Era isso que seu avô tinha dito antes de se separar do filho pela última vez, depois da longa viagem. No Valongo em que viu a mãe morrer e o pai ser vendido no desembarque. Constantino guardara a lição: com todas as forças buscar o conhecimento. Isso iluminaria a mente e ajudaria a pensar na estratégia de sobreviver ou fugir. Conhecer o inimigo, tudo que fosse dele. Fingir aceitação para esperar a hora da fuga. Um dia voltaria para a sua terra, imaginava. Aprendeu a língua dos que o aprisionavam já na viagem. Quando chegou à fazenda, encontrou o caminho de continuar aprendendo. Um velho, Estácio, o ensinou a ler. Estácio morreu havia muitos anos, mas viera da África com conhecimento bem acima do de seus senhores. Sabia ler, fazia contas, entendia o céu. E dizia coisas de grande sabedoria. Passou a Constantino, que as ensinou aos filhos, Paulina e Bento.

Vários escravizados achavam inútil aquele persistente estudar, um esforço excessivamente pesado. Exaustos do trabalho duro, dormiam, descansavam, cantavam juntos, enquanto os dois pequenos ouviam o incansável pai ensinando.

— Nossa mãe foi vendida quando Paulina e eu éramos pequenos. Ela trabalhava na casa. Fora ama de leite, depois foi para a cozinha. A gente ficava às vezes aos pés dela ou no quintal, próximo dela. Tenho algumas lembranças desses primeiros anos; foram os melhores. Ela nos levava delícias que tinha acabado de fazer. Lembro-me do seu rosto um dia, com um sorriso, nos entregando um quitute quentinho. Não podia. Levava escondido. Primeiro, os donos; comeríamos as sobras. Só que ela achava um jeito de proteger suas crias. De noite, dormíamos todos juntos. Eu aprendi a acordar no meio da noite só para ver meu pai e minha mãe juntos. Ficávamos na senzala de fora. Naquela época, a sinhá, Catarina, fazia algumas de nossas vontades. A do meu pai era essa. Ficar junto dos filhos e da mulher. Ter família. Sinhá estava no segundo casamento. Tinha ficado viúva logo depois do primeiro casamento. Uma enorme tragédia. Morto numa emboscada. Dizem que a mandante foi uma antiga amante, mulher casada, que não aceitou que ele se casasse. Sinhá Catarina e ele nem chegaram a ter filhos. Ela havia herdado a fazenda do pai, aquela era a sua terra, ficou. Na tristeza dela, minha mãe ajudou muito. Consolava sinhá no seu luto com tudo o que podia. Nada resolvia. Ela secou por dentro. Foram cem dias de silêncio, trancada no quarto. Só comia o que minha mãe levava. Minha mãe a lavava, penteava, vestia, como se ela fosse uma boneca sem alma nem vontade. Eu era bem pequeno, mas assim contam os antigos. Sinhá parecia morta. Melhorou aos poucos, começou a sair do quarto, a falar algumas palavras, porém continuava inconsolável. Luto fechado. Então o lugar passou a ser chamado de Soledade de Sinhá. No começo, era só Soledade, mas como por essas bandas ermas de Minas havia muitas fazendas de nome Soledade, essa ficou sendo Soledade de Sinhá. Primeiro, porque ela era dona mesmo, tinha herdado. Depois, o povo achou que o nome ficava melhor assim. Descrevia a verdade. Quando ela passou a andar pela casa, parecia ausente, solitária, toda de preto, e nunca sorria.

— Quanto tempo durou esse luto todo?

— Um ano de preto, sem sorrir e pouco falar. Um dia, ela se levantou diferente, se vestiu sozinha e mandou abrir as cortinas, a fim de iluminar a casa, e deu ordens para preparar uma grande festa. Convidou todos da redondeza. De léguas e léguas. Parecia ser um recomeço. Os velhos me contaram. Ver, não vi. Lembrar, não lembro. Soube que foi uma alegria geral. Foi quando ela conheceu o segundo marido, pai dos filhos, com quem está casada até hoje. Amou para sempre o primeiro marido de vida breve. O segundo foi um arranjo. Alguém precisava cuidar da fazenda. Ela nada entendia. Eles se entenderam. Ele passou a mandar, apesar de, como o nome diz, a Soledade ser mesmo de sinhá. Desse dia em diante, passou a ser dele o mando. Até hoje é assim. Foi dele a ordem para vender minha mãe, anos depois. Minha mãe era bonita. A dona não gostava dos olhares do marido para minha mãe. Sinhá se arrependeu depois e quis buscá-la de volta. O marido não deixou. Precisava do amigo que tinha levado minha mãe para a corte. Se ela tivesse protestado na época... Agora não queria desagradar ao amigo. Certa vez, ele voltou por aqui de passagem. Um dos seus homens nos contou que minha mãe trabalhava muito na casa e também nas ruas do Rio, vendendo os doces que fazia. O dinheiro maior era do senhor; uma parte era dela. Que juntava para comprar a liberdade e assim voltar um dia para nós. Minha mãe nunca voltou. Não sei se é livre, morta, ou se ainda é obrigada a trabalhar. Sei que nos amou. Eu a vejo, às vezes, em sonho. Ela era bonita assim como Paulina. Não sei se é isso ou se confundo. No sonho, ela sempre me diz que eu não desista. Não vou desistir. Desde o dia de sua partida, entreguei aos brancos o meu silêncio. Cresci falando apenas o necessário. Escolhi trabalhar longe da casa. Palavras, eu as dedico a quem amo. Com os outros não falo de vontade própria, só respondo ao que perguntam. Falo com você que vem de longe, de outro mundo. Sinhá Catarina não defendeu minha mãe. Elas eram amigas. Minha mãe acreditava nisso. Sinhá não fez o que devia por covardia. Era dona de tudo antes do casamento, herdeira destas terras de João Damázio. Não precisava aceitar a ordem do marido. Odeio todos eles. Paulina pensa diferente. Fez amizades. Gosta de alguns. Protege. É amiga da primeira filha de sinhá, Antonieta. As duas têm a mesma idade, nasceram juntas. Minha mãe foi ama de leite de Antonieta. Paulina e ela cresceram como amigas. Minha irmã ouve histórias. Guarda segredos. Acha que assim a porta vai se abrir um dia. Não vai. Portas assim precisam ser derrubadas. Aos socos, chutes e gritos. Quero fugir deste inferno. Mato, se for preciso. Meu pai está morrendo. Paulina escolheu seu caminho. Minha mãe, eu nunca verei de novo. Perdi os amores que tive. Uma era impossível, a outra foi embora, também vendida num negócio entre os senhores. Hoje não quero ninguém. Só a liberdade. Pagarei por ela todos os preços. E já tenho um plano. Já sei o dia. Já me armei. E aguardo.

Ele falara muito, como se fosse para si mesmo, e terminou quase em fúria. Larissa ouvia, fascinada e respeitosa, o lento desenrolar dos fatos numa vida muito antes da sua, e ali a seu lado. Contemporâneo e distante. Diferentes e unidos sob a lua, à beira de um riacho, por algum mistério que tornara o tempo linear. Tentava entender a lógica daquele encontro fisicamente impossível. Temia estar penetrando no umbral de uma loucura específica não registrada nos manuais médicos. Era uma loucura só sua. Inventada. Um doce enlouquecer. Naquele momento sentiu a magia encantadora de Bento com sua história, tão antiga e tão irmã da sua. Ela também tentava escapar pelo conhecimento dessa prisão interna, desse deslocamento da vida, do sentimento de ser estrangeira na própria história. Tentou explicar isso a Bento, sua angústia e seu desencontro. Disse que, se ele não teve mãe, ela não teve pai. Fora feito prisioneiro e desapareceu. Nunca mais voltaria, isso era certo. Bento estranhou tudo o que lhe foi contado.

— Você não entende. Não há nada como o que eu vivo. Não há nada que se compare. Como escapar? Diariamente eu me pergunto, de sol a sol; desde sempre eu me pergunto. E já escolhi não esperar. É por isso que meu pai mandou buscar a moça do futuro. Ele quer nos aconselhar, acha que salvará os filhos. Minha escolha está feita.

Larissa entrou na água devagar, como se o rio pudesse pôr ordem na confusão de sentimentos que a queimava. Lembrou-se dos homens que tivera e olhou aquele a seu lado na beira do rio. Teve a estranha sensação de ter estado ali a vida inteira, perto de Bento. O impossível encontro que a realidade nunca permitiria. Sentia que era delírio. E verdade. Ele entrou junto, ensinando os passos mais seguros no traiçoeiro do rio. Voltaram molhados. E se olharam em silêncio.

A mente de Larissa dizia que ela não vivia o que vivia. Sua emoção avisava que era real demais para ser sonho, organizado demais para ser delírio, tarde demais para ser dúvida.

Deixou a mente com seus alertas dos improváveis.

Sentiu o momento único. Um casal no suspenso do tempo.

Pôs a mão no corpo dele, por dentro da roupa de algodão molhada. Nada pensou, não saberia. Ele a pegou pela cintura. É um corpo de gente viva e não fantasma, pensou Larissa. Tremeu um tremor de dentro, suave e intenso. Não pelo frio da água na roupa. Por atravessar terreno desconhecido e perigoso. Por flertar com a loucura. Encostou seu corpo no dele lentamente, conhecendo o sentido da fatalidade.

Foi longo e breve. Foi eterno, como se o tempo não existisse. Cada toque da mão dele em seu corpo a fazia vibrar. Penetrava num mundo novo. A entrega sem reservas. O pulo no proibido, no impossível. Já que nada disso fazia sentido, para que a reserva com que sempre se protegia? Não quis ser racional. E se fosse ainda permitido interromper, não aceitaria. Os dois juntos eram contraste e encaixe, eram a impossível existência, a convivência de eras distanciadas por um século e meio. O prazer escorreu pelo corpo como se tivesse estado sempre à espera. Aflito e pacificador.

Entender ou aceitar? A pergunta foi afastada por demasiada e tardia. Nada a fazer, a não ser seguir o corpo, o desejo soberano. Aceitar tudo completamente, como nunca tinha sido possível. Enfim, a entrega sem medo, sem limites.

E sentiu o prazer que é meio morte, que penetra o corpo, que desfaz a alma, que grita no livre da noite, no aberto daquele momento ancorado no impossível. Grita como um pedido de socorro e êxtase.

Larissa entendeu que tinha atravessado fronteiras. Não do tempo. Da percepção. Sabia que não tentaria entender nem explicar. Que por impossível tudo aquilo iria se desfazer. No mundo das coisas nada daquilo era real. E tudo era tão espantosamente verdadeiro... Viu o descanso de Bento, um guerreiro desarmado, olhando para ela com seu olhar ameno. Pegou seu rosto e depositou no colo. Sabia que estavam todos condenados. Era apenas a loucura de uma hora suspensa. Falou para ele do seu mundo, que viria muito depois. Ele ouvia, fascinado e incrédulo, a descrição do futuro. Larissa contou das mudanças e das permanências, das impossibilidades agora possíveis. Transposto por palavras para uma era além da sua, Bento apenas duvidava e sonhava. Também não entendia por real aquela visitante do futuro. Apenas seguia as ordens do pai. Perto da morte, a ele tudo estava sendo permitido. Tinha aberto uma passagem para uma única visitante. E era uma mulher frágil e determinada. Livre e libertadora. Fora buscar a moça, a pedido do pai, e na beira do rio aconteceu o imprevisto.

A seu lado, Larissa falava de um mundo que ele nunca visitaria, que não sabia se era sonho, visão, delírio. Ela avisou que cantaria uma velha música, que um dia seria composta e um dia seria guardada numa certa voz de mulher negra. Já antiga a canção e ainda não composta, cantada por alguém que não nascera naquele momento em que estavam, mas já morrera no tempo dela, Larissa; numa língua que ele não conhecia nem conheceria.

— É possível guardar uma voz?

— O impossível é o que vivemos agora. Guardar voz, imagem, movimento, tudo é fácil — brincou Larissa.

E contou mais sobre a velha canção pela qual se apaixonara desde o primeiro instante e que ouvira até aprender, na voz inigualável de uma mulher chamada Nina. Nina Simone. Que inventara letras diferentes para a mesma música, como se ela fosse um moto-contínuo.

E ele ouviu o que nunca tinha ouvido antes nem ouviria depois.

> *Black is the color of my true love's hair*
> *His face so soft and wondrous fair*
> *The purest eyes*
> *And the strongest hands*
> *I love the ground on where he stands*
> *I love the ground on where he stands.*

Larissa amou a terra, amou Bento, amou Nina, com seu recado eterno. Contou o sentido da música. Explicou que numa das várias versões Nina diz que a pessoa amada tem o corpo e a beleza negras. Em uma versão canta que ela "apareceu, como uma visão da minha mente".

Essa música antiga e mutante era a sua declaração de amor.

Na noite dos impossíveis, ela imaginava cantar forte como Nina. Trágica como Nina. Sabendo que nunca chegaria o momento do verso sempre presente nas várias versões: "When he and I will be as one."

A voz segura e forte que nunca teria, o homem que não podia ser seu, o tempo fora do tempo a embalaram naquela estranha magia em que se sentiu plena, afinal. Era uma noite condenada; mas era a sua noite.

7 / NOTÍCIA NO INÍCIO DO DIA

O telefone tocava insistentemente na sua mesa. Antônio correu pela redação vazia naquela hora matinal, pensando: por que diabos ainda tocavam tanto os telefones fixos na era dos celulares?!
Atendeu.
— Alô!
— Antônio?
— Sim — respondeu o repórter, reconhecendo a voz.
— Decidi falar. Venha com seu gravador e bloco. Já separei os documentos. Não quero fotógrafo.
Antônio queria perguntar o que o convencera, depois de tanta hesitação. Mas isso não era importante, poderia atrapalhar. O importante é que, após meses de tentativa de aproximação, o torturador tinha decidido fazer o que era uma insensatez: contar. Antônio mentia ao dizer que seria melhor para todos. Seria para quase todos. Menos para ele, o torturador, que se denunciaria sem garantia de perdão.

Estava preparado: gravador no bolso, bloco, caneta. Tinha tudo. Só não sabia que encontraria o fio que o levaria, de novo, a Larissa.

— Quase não consegui atender, estou chegando agora na redação. Muito cedo. Por que não ligou para o meu celular?

— Está grampeado. O telefone do jornal é um ramal. Mais difícil de rastrear.

— Quem iria grampear meu telefone e por quê?

— Você quer saber o que eu tenho para te contar ou não, cara? Porra! É agora, antes que eu me arrependa. Anote o endereço.

— É onde mora?

— Não, um lugar neutro. Um ponto, como eles diziam. Não quero que me encontre quando eu não quiser ser encontrado.

Antônio apressou-se. O lugar que ele marcou era intrigante. Na via Ápia, a rua central da Rocinha. Subiu e andou pela rua até o pequeno prédio que foi descrito. Subiu uma escadaria e chegou ao segundo andar, como ele havia dito. Perguntou por Amaro. Ninguém tinha ouvido falar.

— O que é aqui?

— Aqui fazemos quentinhas para fornecer para empresas.

— Antônio? Estou aqui.

Ele viu Amaro no fim do corredor.

Entraram numa sala espartana. Uma mesa de metal e algumas cadeiras. Sobre a mesa estavam várias pastas.

— Aqui, meu chapa, tem o que tu quer. Provas do fim de alguns dos desaparecidos. Os subversivos que tinham mesmo que ter um fim ou este país não teria a paz que tem hoje. Não vê o que está acontecendo aqui, atualmente? Foram as Forças Armadas que entraram nas piores favelas do Rio. Aqui na Rocinha foi a polícia, porque já estava tudo dominado, e o bandido fugiu antes. Mas no Complexo do Alemão, fortaleza do tráfico, precisaram das nossas tropas. Agora a gente pode circular, porque os militares vieram para o Rio garantir a lei e a ordem. Até na criminalidade as Forças Armadas é que dão jeito, apesar de se ter chegado a esse ponto de descontrole por causa desses putos que deixaram a bandidagem crescer para cima da gente de bem.

A falação alongava o tempo. Antônio olhava as pastas, ansioso. Não diria nada para não alimentar ainda mais aquele discurso político. Tinha apostado naquela fonte contrariando sua chefe. Renata achava que só sairia alguma informação sólida de uma fonte no Alto-Comando na qual ela investira. Uma estúpida visão burocrática. Já tinha ido três vezes a Brasília almoçar com o comandante, que prometia entregar os documentos que o Exército garantia terem sido destruídos.

— Você está falando com marginais, Antônio. Que garantia tem de que essa sua fonte não está mentindo? — perguntara Renata.

— É besteira achar que um general da ativa vai entregar coisa importante. Lá, ninguém fala. Tem que investir é em quem foi marginalizado, está ressentido, se sente abandonado e levou documento para casa quando foi para a reserva — respondi.

Antônio estava convencido da necessidade de achar os que torturaram e mataram no Exército, na Marinha e na Aeronáutica. Com autorização e ordem da instituição. Estavam dentro do sistema, tiveram poder para além das suas patentes, numa época em que foi tudo subvertido. Tenente-coronel batia continência para capitão, se o capitão fosse da chamada comunidade de informações. Veio a democracia e eles foram escanteados. Tratados como se tivessem peste. Foram protegidos, mas os comandantes atrasaram suas promoções, ou os nomearam para cargos burocráticos. Quando foram para a reserva, muitos torturadores levaram grande quantidade de documentos para casa.

— Qualquer que seja a informação que esse cara te passar, tem que checar tudo. Confirmar — dizia Renata.

— Claro, eu vou tentar. Vou ouvir as famílias das vítimas e testemunhas que conseguir encontrar.

— Não. Estou falando que tem que ouvir o Exército, em Brasília, para a palavra oficial. Ou o militar acusado. O chamado "outro lado".

— O Exército vai dizer que nada sabe. O militar acusado vai negar. E há o risco de expor a fonte.

— Você quer proteger esses filhos da puta?

— Claro que não, mas eu cumpro o que prometo às minhas fontes. Estou garantindo a ele não dizer onde o encontrei nem revelar qualquer dado que o identifique. Os caras que começarem a falar vão ser mortos, Renata. O Exército brasileiro é o único da América Latina que não pediu perdão, não admitiu que errou, ainda chama aquela coisa de "revolução". O pessoal da comunidade de informações está todo se borrando e há uma guerra entre eles.

— Isso é verdade, mas a gente vai ouvir os milicos acusados, porra, e o Exército. É isso que eu estou te dizendo. A gente tem que procurar gente da ativa também, que possa nos passar alguma coisa. É o que eu acho.

— Inútil.

Antônio pensava nessa conversa e olhava as pastas. Estava com a mão na história e do jeito que ele achava que tinha que ser. Vibrava. Por fora, impassível. Há meses cortejava aquela fonte desagradável. E Amaro fazendo guerra de nervos. Sumia e aparecia, prometia e não cumpria. Agora estava ali. Olhou para ele. Tinha o ar sórdido que combinava com o personagem, porém parecia frágil, apesar do tom de voz ainda autoritário. Agora Antônio tinha certeza de que dali sairia algo. Torcia para que sua brilhante chefe não fosse derrubar a reportagem com o burocratismo de sempre. Confirmar com o Exército?! Maluquice.

Amaro voltou a falar:

— Aqui tem o esclarecimento de, pelo menos, cinco presos mortos. A maioria morreu na PE da Barão de Mesquita. No DOI. Guardei fotos antes de darmos fim aos corpos. Guardei os depoimentos que foram anotados. Nem tudo era anotado. Na hora do pau quebrando, não tinha nenhum taquígrafo, claro. Mas tem registro de antes da coisa piorar. A ordem no fim foi queimar as provas. Eu guardei muito documento para minha segurança. Fica claro que não fui eu que matei. Estava lá, mas não torturei. Interrogava com técnica, é diferente.

Antônio tremia. Há quanto tempo buscava aquele furo...

— Amaro, posso olhar?

— Amaro, não, rapaz. Coronel.

— Ok, coronel, posso abrir as pastas?

Sobre a mesa enferrujada e meio descascada, Amaro foi depositando as fotos dos mortos. Primeiro, fotos, de frente e de lado, para as fichas policiais. Eram todos jovens. Jovens demais, alguns. Depois, as fotos de corpos com sinais aparentes de tortura. Ele foi dando os nomes dos presos.

— Jorge da Silva Teixeira, 25 anos, preso em 1973. Tinha assaltado banco, fugiu, mas foi encontrado. Sandra Abdala, vinte anos, 1972. Era bonitinha. Ainda me lembro bem. Parecia um galo de briga quando chegou. Amansamos ela, só que o pessoal exagerou. Uma fatalidade. Mário Custódio Antunes, trinta anos. Era o intelectual do grupo. Sua biblioteca já era uma confissão de culpa. Quando entramos na casa dele, sabíamos que estávamos certos. Este aqui morreu de repente, no meio do interrogatório. Não aguentou. Simulamos um confronto: Gustavo Mello Filho, 22 anos. Olha aqui a notícia no jornal. Falsa. "Terrorista reage a prisão e morre no confronto."

Antônio começou a se sentir ligeiramente tonto. Eram velhas mortes, mas, ainda assim, mortes. Corpos jovens. Perto dos quarenta anos, ele tinha noção de que, aos vinte, se é jovem demais.

— Tem este último aqui.

Antônio gelou.

— Qual era o nome dele? — perguntou, ainda com esperança de que estivesse tendo uma alucinação.

— Carlos...

— ...Almeida Lara Viana — completou Antônio.

— Você sabe alguma coisa dele?

— Sei de todos os desaparecidos. Estou nessa história há um tempão — Antônio tentou disfarçar. — Sei o nome e sobrenome de quase todos da lista.

— Esses cinco já são muita coisa. Está bom ou quer mais?

— Sim. Preciso saber mais sobre os cinco. Como morreram, circunstâncias da morte. Quem matou. Quem esteve nas torturas. O que você souber. Depois eu procuro o resto.

— Fiz parte dos interrogatórios de todos eles. Meu papel era perguntar, perguntar, cansar e confundir. Fui treinado em interrogatório, em pressão psicológica do inimigo. É uma arte. Não tinha que ligar a tomada, pôr no pau de arara, na cadeira do dragão, no piano, essas grosserias.

— Lembra os nomes de quem fez esse trabalho?

— Nome, patente, posto. Sei tudo. Vou falar, mas quero fazer um negócio contigo. Meu nome não aparece.

— Não aparece como informante?

— Não. Não aparece.

— Não é melhor você confessar?

— Para quê? Para ser o Judas que entregou tudo? Esses caras vão me caçar até no inferno.

Antônio continuou perguntando o nome de cada torturador. Nem todos batiam com as listas mais conhecidas de torturadores.

— Este aqui se deu bem. Caiu o regime e ele foi promovido. Foi levado de São Paulo para um cargo em Brasília. Mudaram o nome do SNI para Abin e tudo ficou na mesma para ele. Todos haviam sido protegidos antes daquele puto do Figueiredo entregar a rapadura. Este aqui inventou que ajudou a abertura política e foi homenageado com discurso no Congresso no dia em que morreu. Esse é outro que se deu bem, aposentou-se major. Mora numa supercasa no Lago Sul, em Brasília; diz que é inocente. Era um dos piores. Só eu me ferrei, meu irmão. Olha essa foto, fui eu que tirei, durante um trabalho. Ninguém queria aparecer em foto, claro, mas peguei a máquina do fotógrafo e tirei sem eles verem. Depois guardei essa prova comigo por garantia, para ir para cima desses que se fazem de bonzinhos, fingindo que não viram nada.

Antônio gelou de novo e perguntou o nome dos três da foto.

— Cada um tinha um apelido. A gente preferia assim.

— Este aqui, quem era? — Antônio quis saber, apontando como se fosse ao acaso.

— A gente chamava de Ledo.

— Ledo?

— De "ledo engano" — disse Amaro, dando uma gargalhada.

— Por quê?

— Esse aí, meu irmão, é a novidade maior que eu estou te contando. Esse tem chefe dele que não sabe até hoje o que ele fez. Ledo Engano, porque trabalhava na Estratégia. Era um intelectual da Defesa. Chegou a general, mas também foi sacaneado no final. Na verdade, esteve com a gente por um certo período. Depois, sumiu. Ele trabalhava em outro setor e um dia apareceu lá no DOI no meio da noite, com a autorização de um chefe do batalhão para acompanhar um interrogatório. Parece que buscava uma informação pessoal, só que gostou e voltou várias vezes secretamente. Por isso a gente brincava e chamava ele de Ledo. Ledo Engano. Enganou tanto que nem os terroristas colocaram o nome dele nessas listas de pessoas que eles acusam.

— O nome dele mesmo qual era? — indagou Antônio, ainda com um fiapo de esperança de que fosse equívoco.

— Ele queria ser general de exército. Tinha uma carreira promissora, porém terminou seu período na geladeira, um cargo bem burocrático. Alguma merda ele fez para não chegar lá, porque era dos quadros de comando. Mesmo assim se deu bem, o cara. Só eu me ferrei.

— Qual era o nome do Ledo Engano?

— Hélio. General Hélio Vieira Leite.

— Era torturador?

— Não gosto da palavra.

— Era como você, que só fazia perguntas e confundia o interrogado?

— Ficou pouco tempo, já disse. Voltou para o setor de Estratégia e ficou lá fazendo pose de intelectual, mas algumas vezes botou a mão na massa.

Antônio olhava as fotos tentando segurar a ansiedade. Estava com um baita furo. Mas sabia que a informação detonaria uma tempestade particular. Era explosiva a verdade que começava a aparecer em cima daquela mesa enferrujada, no meio de uma sala, num prédio da via Ápia.

— Tenho mais fotos aqui, se você está tão curioso, pode olhar.

Antônio foi passando as fotos. Os militantes presos, em salas de interrogatório, ou simplesmente sentados em algum lugar, sem identificação. Uma das fotos o perturbou tanto que ele teve medo que Amaro percebesse. Mostrava Carlos Almeida

Lara Viana sentado com as mãos amarradas às costas, de cuecas, o cabelo grudado na cabeça, após uma evidente sessão de tortura. Alguns militares à paisana conversavam em torno dele, e um estava fardado: Hélio Vieira Leite. Antônio bem que gostaria, todavia não era um ledo engano. Aquela foto, sim, era uma bomba. Familiar.

— Nesse caso, esse tal Hélio está fardado. O único. Ele está ao lado de um preso que está sendo torturado. Ele participou da tortura?

— Não me lembro de cada detalhe, de cada preso, tanto tempo depois. Dessa eu me lembro bem, porque mostra a primeira vez que Ledo Engano foi lá. Ele foi atrás desse cara aí. Nem me lembro a essa altura se ele também deu cacete no cara. No mínimo, posso garantir que participou do interrogatório.

— Esses nomes que você me deu e esses das fotos têm a ver especificamente com a morte dos cinco?

— Já contei o suficiente por hoje. Tenho documentos, relatórios secretos. Levei muita coisa comigo quando achei que estavam me sacaneando. Hoje decidi falar. Tenho contas a acertar. Por que você não faz logo a pergunta?

— Que pergunta?

— Ora, jornalista, vocês são especialistas em perguntas. Depois de nós, é claro. A grande pergunta é por que eu decidi falar. Sabe por que você não fez? Porque acha que essa pergunta pode me afugentar e pensa que está me conduzindo para o abatedouro. Antônio, ninguém engana um cara como eu. Fui eu que te atraí, há muito decidi falar. Fui sacaneado. Vejo quem se deu bem, e eu fiquei em lista de torturador, ninguém fala comigo. Minha mulher é a única que me defende, até meus filhos se afastaram. Estou sozinho, doente, e com esses documentos trancados em casa. Eles sabem que tenho provas comigo e têm medo de chegar. Tenho um verdadeiro arsenal. Podem atacar minha mulher, numa hora em que ela estiver sozinha, ou se eu morrer antes dela. Se tudo for publicado, eles podem querer me executar. Aí haverá menos risco para ela.

— E quem são "eles"?

— Eles. A comunidade de informações nunca se desfez. Foi protegida pelas Forças Armadas. Ainda é. Eles sabem quem tem documentos e a qualquer suspeita vão agir. Achavam que eu divulgaria meus papéis. Comecei a ser seguido, recebi ameaças. Isso é muita sacanagem com um cara como eu, que enfrentou tudo sem ter medo de nada. Eu tinha dois caminhos: entregar meu arquivo a eles e parecer um cagão; ou divulgar para a imprensa. Acho que eles podem me matar. Pelo menos protegerei minha mulher. Doente como estou, faz pouca diferença, no final das contas.

Conversaram até o fim da manhã. Amaro disse que precisava ir embora. Tinha médico.

— Estou estropiado, cara. Estou muito mal.

Amaro começou a guardar as fotografias e os documentos.

— Isso tudo não é meu?

— Não. Não, por enquanto. Teremos que nos ver amanhã. Precisamos nos entender sobre alguns detalhes que não estão claros para mim. Vamos nos encontrar. Eu te ligo no mesmo horário. Espere o contato. Quem esperou três meses espera mais um dia.

Antônio pediu permissão para ao menos fotografar os documentos com seu celular. Mas Amaro guardou tudo rapidamente dentro da pasta e disse que Antônio descesse cinco minutos depois dele. Quando desceu, não viu sombra do informante na rua apinhada de gente: carro, vendedor ambulante, lojas abertas, crianças indo à escola, fios de eletricidade cruzando as casas.

Concentrou o pensamento na sua aflição. Tinha revelações poderosas, vira as provas, mas voltava para a redação com nada na mão e a cabeça concentrada numa pergunta: o que fazer com a bomba que acabara de saber?

8 / URGENTE E PESSOAL

Carrasco e Larissa voltaram para casa sem pressa. O cavalo foi em marcha picada, confortável. Deslizava pelas trilhas e, depois, pela estrada de terra que os levou à Soledade de Sinhá ao amanhecer. O sol nascendo por trás da mata criava um efeito mágico. Rastros de luz surgiam entre as árvores, como apontando que ali era o local a se deter. Tudo parecia mais musical naquela manhã. Larissa parou o cavalo para esticar o momento. A paz se espalhava em cada músculo. Via, entrevia, pensava ver o rosto de Bento em cada ponto da bela imagem que tinha diante de si. Alongava o prazer e a plenitude ouvindo o som do alvorecer.

Enxergou, de longe, Marcos sentado embaixo do caramanchão. Sentiu pelo tio caçula certo afeto infinito e condoído. Ele também era um deslocado. Tentara todas as experiências alternativas da sua geração, que se debateu inutilmente contra a repetição dos roteiros da vida. Transferiu a inconstância para a profissão. Demorou dez anos para concluir um curso de sociologia com o qual não conseguiu emprego fixo.

Era alvo da objetividade demolidora de Sônia, que, com seus cálculos do custo do investimento do tempo trazido a valor presente, provava matematicamente que ele desperdiçara anos de existência. Criticado por Alice por não ter se engajado em algo com efeitos concretos na luta contra as injustiças. Desprezado por Hélio pelas ideias que o irmão mais velho definia como eternamente infantis. Vivia exposto a essas críticas até porque, de vez em quando, pedia ajuda financeira aos irmãos e ouvia as duras avaliações sobre suas escolhas. Seus dois filhos passaram dificuldades na infância, tendo que mudar de colégio quando os atrasados se acumulavam, devido à instabilidade do pai, sempre atrás de um trabalho novo. A mãe, depois da separação, construiu carreira como executiva em São Paulo. O pai não tivera exatamente uma carreira, mas uma sucessão de empregos: corretor de imóveis, vendedor em loja de automóveis, representante comercial. Tudo entremeado com períodos de desemprego nas crises econômicas.

Na hiperinflação, nos anos 1980, sua falta de habilidade com as finanças fora um desastre. Assim, o valor do pouco que economizara naqueles trabalhos incertos perdia para a inflação. No Plano Collor, a empresa de revenda de automóveis onde trabalhava demitiu metade do pessoal. Marcos estava nessa leva. Os filhos muito pequenos. Só o socorro de Sônia manteve a família abastecida.

Gêmeos. O menino parecia ser filho de Sônia. Felipe, economista, trabalhava num banco e fazia segredo de seus investimentos. Luisa iniciara carreira promissora na televisão. O rosto bonito, a dicção treinada, a mania de andar maquiada e de cabelo arrumado dava a impressão de que ela estava sempre pronta para entrar no ar. Adaptada e enquadrada. Os dois eram diferentes do pai, com seu permanente ar de transgressão. Haviam sido treinados pela mãe para serem, como dizia, o oposto do pai.

— Tio, acordado tão cedo?

— Ooooi — disse.

Tão mole e alongado era o oi que ela entendeu que ele mantinha o velho hábito da juventude.

— Você ainda fuma, Marcos? Sua geração já abandonou o baseado faz décadas.

— Ah, só assim para aguentar o estresse desta família. Gente tensa. Sônia parece que engoliu uma HP-12C, faz cálculos como se a vida fosse apenas um encontro de ativos e passivos. Me sinto um déficit perto dela. Hélio e Alice me dão a impressão de que vão se atracar a qualquer hora. E isso tudo foi há tanto tempo... Por que não esquecem?

— Para esquecer é preciso lembrar. Esse conflito é de quem não parou para entender a decisão de cada um. Eles deixaram camadas de ódio, desentendimentos e ofensas irem se acumulando como terra sedimentada. Se escavarem tantas palavras lançadas, tantos silêncios guardados, tantos desentendidos, talvez possam passar esse passado a limpo.

— Entendi. Você é sábia, minha sobrinha. Grande Larissa.

— Você está acordado tão cedo...

— Não dormi.

— Por quê?

— Quando a gente se encontra fico meio detonado. Ainda bem que tenho o meu violão, meu fuminho. Bem mais cedo, ouvi o tropel dos cavalos. Seus primos chegaram faz tempo. Você está vindo agora? Seu cabelo molhado... roupa. O que aconteceu?

— Saí antes. Me senti deslocada na conversa lá. Meio sem sentido o papo.

— Sei como é. Mas saiu mais cedo e voltou depois?

— É.

— E tomou banho onde?

— No rio, perto da cachoeira.

— Gosto de você. Me entendo mais com você do que com meus filhos. Você não fica me cobrando. Não tenho que me explicar. Você não cobra de ninguém. Fica na sua. Bom, a Alice preferia que você fosse diferente. Eu gosto.

— Minha mãe parece ter sempre os dentes afiados para uma mordida. Entendo. Teve que lutar cedo demais, até pela vida. Depois, me criar sozinha com a sombra do meu pai desaparecido. No governo e nas campanhas políticas, ela dá alimento a essa alma belicosa, está sempre achando que tem um inimigo contra o qual lutar. Mas não para. Não relaxa, não é feliz, não ama direito, não se desarma com alguém.

— Tá vendo? Não falo que você é sábia? E você? Antônio não veio. Vocês estão bem?

— Mais ou menos. Depois que deixei o jornalismo temos nos distanciado um pouco. Antes a gente trabalhava perto um do outro. Agora eu formei outro grupo de amigos, com os quais saio sem Antônio. Além do mais, a gente se vê pouco nos fins de semana porque ou estou fazendo pesquisas ou ele está no plantão. É uma relação carinhosa. Ele aceita minhas obsessões pelo passado, essa busca de fatos velhos. Ele está sempre atrás de um escândalo novo. Temos tido interesses divergentes, é isso.

— Está parando de amar o Antônio?

— Não exatamente. Sei lá.

— Você está com cara de felicidade...

— Se eu contar, me achará doida e chamará uma ambulância com camisa de força.

— Eu? Justo eu, que nunca acho nada doido demais... — respondeu, rindo.

— Existe loucura excessiva e eu estou no meio dela.

— Nada. Um pouco de doideira é normal. Anormal é ter a vida toda arrumada, prevista, planejada. Veja meus filhos. Felipe só quer ganhar dinheiro. Luisa acha que está ficando famosa. Outro dia, foi reconhecida na rua. Gosta mais da fama do que da notícia.

— Ela começou em TV muito cedo. Precisaria de um tempo como repórter de rua. Foi logo para o estúdio, aí naturalmente se preocupa com a iluminação, com a maquiagem, com a roupa. Mas acho que ela vai amadurecer, tio. Vamos dar tempo ao tempo.

— Dê uns conselhos a ela.

— Eu? Todo mundo acha que fracassei no jornalismo porque deixei as redações. Eu mesma penso que estou confusa demais, tarde demais. Eu me cobro.

— Entendo. Sei bem o que é isso. Você devia fumar um baseado, tomar um porre de vez em quando. Para relaxar, sabia? Eu estou te achando mais bonita esta manhã, mais feliz. O que você está escondendo do seu velho tio?

— Vivo um delírio.

— O importante é se te faz feliz. Faz?

— Hoje não me preocupo em saber nem o que eu acho.

— Bom, bom. Curtindo o momento.

— É isso.

— Está apaixonada? Algo aconteceu?

— Estou vivendo uma vida paralela, impossível.

— Namorando um homem casado?

— Nada disso, tio. Para uma pessoa tão aberta, esse comentário é meio velho.

— Então, o que é?

— Estou vendo pessoas que viveram aqui escravizadas há um século e meio, mais ou menos. Estou vivendo emoções em tempos diferentes. Eles são reais e não aparições.

— Pô, que viagem! O que você anda fumando, Larissa? É mais forte que o meu. Que viagem! Tá, depois você me conta mais. Essa é boa — disse Marcos, e se afundou no seu distanciamento.

Larissa riu, misteriosa, e saiu do caramanchão. Nem seu tio doido a entendia.

Ela vivia no descolado do tempo.

Pensou em Antônio no caminho para a casa e achou que era urgente tentar falar com ele. Foi até o abandonado terceiro andar. Sentou-se diante de uma escrivaninha centenária do escritório e escreveu uma carta. Sentia uma estranha culpa e, também, uma necessidade de alertá-lo de que ela derivava, escapava pelas frestas do tempo e se distanciava dele cada vez mais. Era uma despedida e um pedido de socorro. Uma carta ambígua, concluiu ao relê-la, mas a enviou ao Rio por um portador que estava indo naquele dia. Subscreveu o endereço do jornal. E alertou o funcionário da fazenda para pedir que, na portaria, discassem o ramal 5713 e avisassem a Antônio que havia uma encomenda para ele. Escreveu no envelope: "Urgente e pessoal".

Antônio,

Estou presa numa fissura do tempo. Fascinada por dois passados inconclusos como feridas vivas; soterrados antes de serem compreendidos. Preciso esperar o fim de tudo, só então voltarei. Eu te amei muito, hoje estou confusa. Penso que precisamos nos afastar um pouco. Por isso esta é uma carta de despedida e também de até breve. Nos veremos, mas tudo poderá ser diferente no reencontro.

Temo que nosso amor tenha virado amizade. É mais valioso, portanto, mas isso hoje não me basta mais. Por alguma razão, as tramas nas quais fiquei prisioneira nas últimas horas me ensinam mais sobre a vida, ainda que meus companheiros dessa viagem estejam todos mortos.

Escrevo a mão como os antigos, e isso, descubro agora, permite mais reflexão. Acalma e ensina.

Queria que compreendesse minha aflição e meu desterro. A nenhum tempo pertenço. Transito sonâmbula ou insone por uma enorme casa escura. Nela vejo tudo com visão mais aguda do que jamais tive. Encontro pessoas que não são deste mundo nem desta época, mas elas eu entendo mais do que a minha família. São eles os escravizados, ou sou eu a prisioneira de um tempo ao qual não pertenço? Sim, sei, pareço estranha. Você não diria "louca" por carinho. Mas minha estranheza, ou loucura, você conhece e sempre me senti confortável em mostrá-la a você, o único que não me julga, não me acusa, não me dá conselhos.

Nós nos amamos ainda, Antônio? Amor romântico não existe mais. Ficamos na superfície da vida, envoltos numa teia tão fina que podemos agora nos salvar sem sofrimento. Hoje entendo que nos guardamos de medo ou susto. Nunca fomos um do outro. Porque é assim a nossa era. Não é de entrega. É de redes de relacionamentos. Dos poucos toques. Do sexo imediato. Virtual. Das rotinas. De ficar nos bares esperando que algo nos embriague para tudo ser mais fácil e indolor.

Quando digo que entrei numa fissura do tempo é isso mesmo que pretendo dizer. Segui um vulto na noite em que chegamos e atravessei a barreira do tempo. Ando entre escravizados nesta fazenda de nome tão lindo. Eles me fazem perguntas para as quais não tenho respostas. Sim, sei, pareço louca. Não fale a ninguém sobre isso. Sua amizade é um delicioso conforto e sei que, por você, não serei classificada, rotulada, medicada. Outros dariam o diagnóstico e prescreveriam: depressão, bipolaridade, esquizofrenia. São estes alguns dos nomes que os médicos distribuem entre os pacientes como senhas, quando o mal não é passageiro o suficiente para ser diagnosticado como virose ou estresse. Há remédio para qualquer distúrbio. O meu poderia ser chamado de síndrome de deficiência de adaptação. Se tratada com algum desses medicamentos a dor se aplacaria, mas eu não viveria mais. Penso em Virginia Woolf e no seu maravilhoso Orlando. A dualidade de autora e personagem é parte do mistério que os tornou inesquecíveis. Se a escritora fosse tratada com todos os medicamentos modernos não teria morrido no momento do seu suicídio. Mas sem sua loucura e fratura como a teríamos hoje? Ela seria mais um anônimo do mundo onde habitam os mortos. Orlando não existiria. Estamos condenados, hoje, a mitigar nossa lucidez com alguma droga. As que buscamos ou as que nos prescrevem.

Estou livre de tudo, principalmente das fronteiras do espaço e do tempo. Caminho entre mundos paralelos. Não são visões e pressentimentos. São certezas. Liberta, sei que, enfim, serei capaz da entrega. Aquela que nunca pude, nunca soube.
Com carinho,
Larissa.

9 / OS PRISIONEIROS

O tempo começava a virar. O dia se repetiu na mesmice do encontro da família, conversas relaxadas, alguns desentendimentos, pausas para os risos, gostosas conversas laterais, alguns espinhos. A noite chegou mais cedo confirmando que a chuva estava vindo. Era certo.

Atraída pelo impossível, Larissa buscou de novo a escada no primeiro silêncio. Os debates e conflitos a exauriram. O sono, afinal, abatera os combatentes da luta insana, perdida por todos os lados. A fuga seria possível e agora ela já sabia o caminho.

Desceu as escadas, mas nada encontrou. O presente estava lá, intransponível. Caixas, caixotes, móveis em sua poeira impediam a entrada. Desolada, ela se sentou ao pé da escada, olhando impotente o tempo estático. Olhou, inútil, para armários, com suas portas de espelhos ovais, penteadeiras que serviram aos toucadores femininos, mesas e cadeiras com encostos de palhinha dispostas com as pernas para cima, candelabros meio quebrados, lustres embrulhados em jornais.

Tudo um dia tivera vida, enfeitara e mobiliara uma casa. Assim empilhadas eram peças mortas, obstáculos ao seu desejo de encontrar de novo o que a inquietava e consumia.

Aos poucos, os objetos começaram a sumir. Lustres, mesas, cadeiras, armários e caixas foram desaparecendo. A cada novo olhar, menos móveis. Depois, o local ficou estranhamente vazio. O completo nada. A não existência, a vida suspensa. Parada. Não era o passado que vinha visitar nem era o presente. Andou pelo enorme porão, vendo no chão e nas paredes apenas marcas. Onde vira argolas de ferro em que se penduravam pessoas, havia buracos, como se os instrumentos de tortura tivessem sido arrancados dali. E um silêncio compacto se espalhou. Ela andou, olhando as teias de aranha iluminadas pela luz que entrava pelos buracos. Tempo da vida morta. Não parecia haver vivente naquele espaço. O vasto salão sem alma, dividido em dois cômodos. No fundo do último, ainda estava a mesma grade que vira desde o primeiro dia que descera ao porão. Ela fechava uma cela de pequenas dimensões. Sentou em frente à cela e imaginou o sofrimento de quem ficou ali. Passou suavemente a mão na grade, solidária com quem fosse, com quem tivesse estado nem que fosse por um minuto naquela gaiola. Por quantos anos ela confinou pessoas? O sofrimento longo ficara impregnado como uma gosma, como um fantasma maldito.

Como fora possível ao Brasil conviver com essas coisas por três séculos? A escravidão, os açoites, a tortura e a prisão de quem se rebelava. A dor aguda, profunda, impressa naquelas paredes, nos ferros das barras, permanecia. Larissa entraria se tivesse coragem; poderia, assim, sentir o que sentiram os que ali foram confinados, mas teve medo. Uma dor, assim tamanha, amedronta. Não entraria, preferia não saber o que poderia ter sido estar naquele espaço mínimo. O buraco lá dentro era visível. Ela abriu a grade como se libertasse alguém, a cela fechada estava tirando dela o próprio ar.

Permaneceu sentada perto da cela, aguardando. O nada ficou presente como armadilha. Levantou-se, desolada, para ir embora. Atravessou as duas partes do salão vazio ouvindo apenas seus passos no mundo inteiro em silêncio, como se caminhasse naquele tempo suspenso. De costas para o salão, ela começou a subir a escada imaginando onde estava, que nova surpresa teria.

— Larissa!

Ela ouviu seu nome vindo do fundo mais fundo do salão. Era mais que um chamado. Era um gemido, um pedido de socorro. Reconheceu a voz de Bento. Virou-se devagar. Esse estranho enredo no qual estava prisioneira ainda a surpreendia.

Tudo voltara ao lugar no mesmo cenário que avistara. Pessoas dormiam no chão. No canto onde estivera parada, Constantino estava em pé. Seu corpo delgado mantinha uma espantosa dignidade. Ao lado dele, Paulina. Mas fora a voz de Bento que ela ouvira. Onde estava Bento?

— A moça precisa nos ajudar — disse Paulina.

— Por que me chamam? Eu voltei apenas para dizer que, se mal me ajudo a viver, como posso orientar pessoas de um mundo ao qual não pertenço, de uma era que não vivi, de mistérios que não entendo?

— Apenas nos diga o que virá depois de nós — pediu Constantino.

Os dois vinham andando e se aproximando dela no pé da escada.

— Mas e Bento? Onde está? Foi a voz dele que ouvi.

Constantino afastou o corpo da frente da visão de Larissa e apontou o fundo do salão. E ela então viu Bento dentro da cela.

Larissa correu até ele. As argolas de ferro estavam agora de volta à parede perto do enorme portão de saída.

— O que fizeram com você?

— Não é a primeira vez que venho. Só sei que será a última.

O rosto crispado de ódio de Bento era bonito, ainda assim. Mais belo, talvez. A raiva desenhara nele uma beleza trágica. Viu as marcas da tortura em seu corpo. Como ele coubera em lugar tão pequeno?

Larissa se virou chorando para falar com Constantino.

— Onde está a chave deste inferno?

— Não está entre nós. Se pudesse, já teria aberto. Eu mesmo fiquei aí várias vezes. É o castigo, sempre foi assim.

— Por isso eu insisto, meu pai, não é esse o caminho — disse Paulina. — Não adianta lutar, eles são mais fortes. Outros conseguiram sua liberdade. E foi como eu disse que tem que ser. Fazendo aliados entre eles, conseguindo, de alguma forma, ganhar a confiança. Afinal, para que estudamos, aprendemos a ler, por que todas aquelas horas de estudo com você nos ensinando, tarde da noite, com o candeeiro? Se era para ser assim, como o Bento acha que é, não precisávamos de cérebro.

— Esse é o centro do conflito entre meus filhos e eu não sei o que aconselhar — murmurou, desolado, Constantino.

Com o olhar, pediu socorro a Larissa.

— Por que você acha, Paulina, que para montar uma estratégia de revolta, de fuga, não se usa o cérebro? — questionou Bento. — Muito mais do que você consegue imaginar. Resistência exige mais que obediência. É preciso ter um plano, esperar os imprevistos, improvisar no perigo, encontrar uma chance; qualquer erro é fatal. Mais se pede da minha mente do que da sua, que precisa apenas adular os senhores, aguardar alguma caridade, se humilhar.

— Você não entende a dor que tenho de viver — respondeu Paulina. — Cercada da alegria alheia, fingindo ser parte dela, à espera de que gostem de mim, de que sejam gratos, de que ouçam minha aflição, vejam minha lealdade e, em algum momento, retribuam. Com inteligência, tenho me feito útil e importante. Com inteligência, fujo dos conflitos vividos na casa. Não posso ter inimigos. Não tenho essa escolha. Dou meu ombro para que chorem nele, como se a minha não fosse a dor maior da vida. Como se aqueles pequenos contratempos fossem mesmo a tragédia que dizem. Um vestido proibido, uma carta que não chega, uma doença que impede a ida à festa. Tudo para as moças é tempo ruim. O que tem sido negado para mim é minha vida. Ela me foi roubada antes de eu nascer. Vivo a dor invisível na esperança de que alguém a veja. Trabalhando dia após dia em silêncio e na mais completa solidão. Vocês aqui estão juntos, os dois têm um ao outro, mas e eu? Ando pela casa durante todo o dia, à espera do instante em que encontro meu pai e meu irmão. Ainda não sei qual é a melhor porta de saída, mas sei que, na fuga, me pegariam; na luta, me derrotariam. Eles são mais fortes. Penso, penso o dia inteiro sem parar. Não, eu não me humilho. Construo também a minha estratégia. Isso também é resistência, Bento. Eu escolhi resistir assim.

— Veja como eles têm razão, mesmo pensando diferente — comentou Constantino olhando para Larissa. — Não sei que conselho dar. Eu sou o pai. Deveria saber. Por isso chamei a moça de tão longe e agradeço que tenha me ouvido. Quem está certo?

Larissa se sentia confusa. No seu mundo era pessoa fraca, deslocada. Ali pediam que ela ensinasse o caminho para escolhas extremas. Ganhar a confiança de escravizadores e, de alguma forma, pavimentar o caminho para a própria liberdade através da alforria, ou buscar o confronto e lutar para se fortalecer e fugir?

Constantino explicou que, como seu pai ensinara, ele também dizia aos filhos que deveriam aprender tudo o que pudessem. Eles conseguiram livros na casa e, através deles, o pai lhes transmitiu o que sabia:

— Uma hora a oportunidade vai aparecer e conseguiremos escapar.

Com essa frase, meio esperança, meio teimosia, Constantino os criou, mesmo na grande tormenta que se abateu sobre ele quando perdeu a mulher. Vendida para outro proprietário no meio de uma festa. Ainda ouvia os gritos dela quando se afastava dos filhos. Nunca mais se viram. Todos sabiam que uma partida assim é definitiva. Para sobreviver, ele se agarrou aos meninos, pedaços dela, parte dele. E os amou ainda mais. Cresceram sob os olhos atentos do pai. Constantino redobrou as aulas nas horas vagas, furtou livros para saber mais, ensinava o que ia aprendendo em cada chance que se abria à sua frente.

Ele mesmo, ao longo da vida, aprendera esperando a porta que um dia se abriria. Mas a porta nunca se abriu. Fora uma vida assim inteira, de trabalho. De castigos, nos momentos em que a paciência se esgotava e virava rebeldia. De esperanças, que o acalentavam e depois morriam. Hoje já não sabia o que lhes dizer para sanar aquela divisão. Ele mesmo estava em dúvida. Obedecera ao pai, seguira suas últimas instruções. Seu pai tudo sabia, devia estar certo. Mas nada funcionou. Viveu escravizado, assim morreria. Precisava agora dar um conselho, uma orientação, antes do fim. Foi o que explicou a Larissa.

— Por isso eu a chamei aqui. No seu tempo se sabe o que já foi vivido. O que é melhor fazer? Conquistar a confiança do dono, pedir pela alforria, fazer um pecúlio e comprar a liberdade, entrar na Justiça, como ouvi dizer que alguns fazem? Ou o único caminho é a luta, o conflito, a revolta e a fuga para algum lugar na mata, onde viveriam, enfim, libertos? O que garantirá um futuro melhor para meus filhos, para os netos que um dia nascerão?

— Várias pessoas têm conseguido a alforria na negociação — disse Paulina.

— Não há negociação possível com eles — gritou Bento de sua cela.

— O que veio depois de nós? Qual desses caminhos será mais curto e mais fácil? Preciso saber porque não posso morrer sem orientar Bento e Paulina. Morrerei em breve. Ouça a aflição de um pai. Para descansar em paz, tenho que saber que todo o sofrimento do navio ao galpão, no porto, a longa caminhada, a vida inteira prisioneiro neste mesmo lugar, a venda de Januária, as dores dos meus filhos, a esperança que alimentei estudando... Tudo isso algum dia terá valor? Preciso saber quando a liberdade chegará e se ela encontrará meus filhos e os netos que ainda não nasceram.

Larissa paralisada. Como contar tudo o que se seguiu no tempo depois de Constantino? Estavam no começo da segunda metade do século XIX, pelo que ela havia entendido. Haveria ainda uma comprida espera até o fim da escravidão, mas, como tudo no país, não havia sido um rompimento completo com a velha ordem. Outras correntes substituíram as antigas, outras prisões oprimiram a esperança, tramas intelectuais e econômicas seriam formadas para adiar, escamotear, dissimular.

— Ainda há muito caminho até a liberdade, Constantino, e não haverá um amanhecer completo ao fim dessa longa noite. Será como aqueles dias em que a noite acabou, mas a névoa cobre tudo e impede a manhã de aparecer com sua luz e calor. Alguns se salvarão, não todos. A liberdade chegará, porém novas armadilhas vão ser preparadas. Haverá um dia, sim, haverá um dia marcado nos livros históricos. Em delírio, o povo sairá às ruas em comemoração. Dançarão nos terreiros. Os tambores vão soar mais alto. Pessoas de todas as cores se abraçarão nas cidades e nas fazendas sonhando com o fim de todas as divisões. Mas as separações serão refeitas de alguma forma. Não sei que vida viverão seus netos. Imagino. Sei que tudo acontecerá lentamente. Os caminhos propostos pelos seus filhos podem dar certo. Alguns conseguiram se esgueirar para a liberdade com engenho e arte, como quer Paulina. Outros conseguiram a libertação nos tribunais em ações de liberdade, processos difíceis, alguns vitoriosos. Uma mulher chamada Liberata será estudada como exemplo dessa luta no tribunal. Outros conseguirão a alforria através de grupos que se formaram para poupar dinheiro e comprar cartas. Alguns receberão a liberdade concedida por seus donos depois de anos de trabalho. Muitos fugirão em lutas desesperadas e valentes. Alguns serão vencedores. Os quilombos se espalharão por toda esta região, Minas Gerais, talvez a mais povoada de quilombos. A verdade é que seu povo sempre lutará. De todas as formas. Não houve uma, e sim várias vitórias. Não houve uma, e sim várias derrotas. Depois da escravidão em si, virão outras formas de negação ao seu povo. A pobreza, o abandono, novas formas de exclusão. A verdade será dissimulada, as explicações, oblíquas. Surgirão teses de que a escravidão aqui foi mais amena e que as divisões se atenuaram pela assimilação e mistura dos povos que desembarcaram pela força ou pela vontade. No país dos meios-tons, dirão que não existe a divisão e que tudo foi superado. Será mais uma armadilha, a última, para manter o que precisa ser abolido. Mais de um século depois do fim da escravidão ainda haverá desigualdades, mas a esperança caminhará ao nosso lado. A vitória está vindo aos poucos, não está completa. Estamos construindo ainda o mundo com o qual você sonha neste momento, neste porão, diante de uma filha aflita e de um filho prisioneiro. A dúvida que você tem perto de sua morte carregaremos conosco como uma chaga pela história que se seguiu depois de você. Por isso não posso, nem com todo o conhecimento que tenho, como parte do futuro que sou, dizer qual dos dois está certo. Não sei, Constantino, nunca saberei. Talvez vocês tenham convocado a pessoa errada. Indecisa e fraca que sou, não poderia ter sido escolhida para tão grande tarefa. Há pessoas que tudo sabem, há pessoas de certezas inabaláveis, eu sou cercada de dúvidas. Bento é guerreiro. Quer lutar. Muitos lutaram e venceram. Outros lutaram e morreram. Paulina quer negociar, encontrar uma saída pacífica. As duas são escolhas racionais. Há portas, e vários escaparão por elas. Nem todos. Depois do fim da escravidão, ainda assim a luta continuará. Não há, infelizmente, um mundo, totalmente novo, a surgir em breve. Será um lento amanhecer. Negros, brancos, pardos de todos os tons lutarão por ele. Todos juntos ainda serão poucos e conhecerão a derrota várias vezes. Se posso dizer algo para seu conforto é que não haverá futuro para todos nós sem este amanhecer. Não se trata da sua liberdade e da liberdade dos seus filhos. É maior, mais vasto, mais amplo. Somos todos nós e o nosso destino. Sem você, seus filhos, seus netos e os que vierem depois e os que já passaram por aqui, não haverá saída para o país. Nosso dilema hoje é: ou entendemos a vasta dimensão da sua dor e deciframos o enigma da sua vida ou nos perderemos nos mesmos descaminhos nos quais temos nos atrasado. Se pudesse levá-lo comigo a ver o que vejo nas ruas, nas empresas, nos restaurantes dos ricos, eu mostraria os vestígios desse passado que tantos fingem não ver. Nas festas das áreas ricas das cidades, os brancos comemoram e confraternizam, e os negros servem e tocam. E circulam invisíveis entre os convidados. Há cenas do nosso cotidiano tão intensamente arcaicas que eu teria pudor em mostrá-las porque parecem o passado do qual precisamos nos livrar. Não te acalmo, Constantino, eu sei. Mas não minto. A liberdade dos seus é o nosso futuro. O sucesso dos seus será o nosso sucesso. Não haverá esperança para todos nós sem vocês. Porém, em grande parte do caminho as pedras mais pesadas serão carregadas pelos seus. Tem sido assim. Não nego. Não mentiria para um homem corajoso à beira da morte. Apenas digo que traremos sua dor como cicatriz e parte da definição do nosso próprio destino. Se a entendermos, seremos fortes, se a negarmos nos perderemos nos atalhos do mesmo atraso que tem nos bloqueado.

— A moça fala bonito, mas não acalma meu coração de pai. Eu tenho muita precisão de resposta para agora. O que será de Bento? O que será de Paulina?

Constantino teve mais um acesso de tosse, mostrando o avanço da doença.

Larissa pensou na espantosa trama que vivia. Por ter ciência do horizonte dos eventos, ela supostamente seria capaz de entregar as respostas. No seu mundo, era apenas uma espectadora à qual poucos davam atenção.

Olhou o velho e sentiu uma ternura infinita. Viu dentro de seus olhos a esperança de respostas mais concretas. Avisou que procuraria as informações, que ainda interrogaria o futuro deles, vasculhando o presente, para saber que conselhos dar ao pai cujas forças findavam no temor de que os filhos fizessem escolhas insensatas.

— Olhe os livros que ficam no último andar. Eles escreviam o que se passava na fazenda, chegada e saída dos pretos, mortes e vendas, colheitas, lucros e prejuízos, nascimentos e casamentos. Procure nos livros o que ocorreu com duas pessoas, Paulina e Bento, e nos conte. Não perca tempo em procurar por mim. Da minha vida, eu já sei. Neste fim, existem apenas os meus filhos e a lembrança dos que eu perdi.

Larissa ouvia as palavras e a eloquência dos silêncios. Bento, de sua cela, olhava para o pai com admiração, Paulina postara-se ao lado do irmão, do lado de fora da cela, como a dizer com o gesto que, separados na estratégia de resistência, sempre estariam próximos no amor que os unia. Sabiam os dois que eram o fio que atava Constantino à vida. Os olhos dele estavam mais no passado, na longa história que o levara até ali.

História intensa desde o seu início, pensou Larissa. Como o tempo podia ter sido tão cruel e apagado os registros de uma vida assim?

Constantino fez uma longa pausa, baixou o rosto como se dormisse e mansamente começou a falar de sua mãe.

Nunca se esqueceu, disse, da imagem da mãe sendo arrastada como coisa, no porto, no dia da chegada. Caída e sendo puxada pelo braço. Estava viva e ainda lançou para ele um olhar. De despedida e amor. Um olhar para carregar como dor e espanto. Como chaga. Por toda a vida, o olhar fixo da sua mãe em seu rosto.

No navio, ele vira a mãe definhar. Primeiro, agarrada à filha pequena, como se a relação da vida se invertesse. A filha no colo é que segurava a mãe. A menina também definhava. Houve um momento em que a pequena chorava e isso acalmava Constantino. A voz foi ficando mais fraca, o choro no final era sussurrado. Até que veio o silêncio. Com ele, a aflição da mãe. Inquieta, balançava a filha como se a quisesse acordar. Depois, começou a embalá-la carinhosamente, como se a fizesse dormir. Ela sabia então que era tarde demais.

Tentava adiar o tempo do inevitável. Até que ele chegou. A criança foi arrancada do colo da mãe num gesto brusco. Constantino também guardaria o som daquele grito. O som de animal ferido. O corpo da menina morta foi mostrado aos outros. Pequena ainda, com menos de três anos, ela teria a vantagem de poder entrar como troco no país. Não teriam que pagar imposto por aquela mercadoria. Olharam para a menina e constataram a morte. A mãe, ajoelhada, garantia que ela estava viva. Mas o pequeno corpo foi atirado ao mar. Ouviu-se outro grito, e esse foi o último som que sua mãe emitiu.

Constantino, preso em outro lado do convés, dormindo em outra parte do porão do navio, nunca mais pôde se aproximar. De longe via, preocupado, os sinais avançados da doença da mãe.

Quando a viagem chegou ao fim, o menino se deslumbrou diante da beleza da baía da qual se aproximava. Guardou a imagem eternamente como um oásis. No convés do navio, viu barcos a vela e uma cidade de telhados vermelhos. Admirou a paisagem por um breve instante. Com um avental amarrado ao corpo, como os outros recém-chegados, foi transferido para uma embarcação menor, a remo. Viu que a mãe foi colocada numa outra barcaça, perto.

No desembarque, conseguiu se aproximar para falar com ela. Queria apenas dizer que tivesse força e coragem, que esperasse o melhor, que ele já havia aprendido muito da língua daqueles homens. Queria combinar um código, uma forma de se reencontrarem. Perdidos. Estavam todos perdidos, ele sabia. Longe demais, depois da grande travessia, mas os três poderiam ser mandados para o mesmo lugar. Quem sabe? Tentou falar com a mãe; ela caiu sobre as pedras.

Ainda se lembra das pedras largas do cais onde a mãe caiu. Tentou segurá-la e foi impedido, tentou se aproximar e foi empurrado. Entendeu que eles disseram alguma coisa sobre não se contaminar, que ela não escaparia. Um dos homens pegou o braço da mãe e a puxou. Foi quando ela pousou sobre ele, Constantino, aquele olhar definitivo. Nele havia tanto amor, que o guardou como dor e conforto. Seria para sempre a ferida mais funda, e a certeza de ter sido amado por sua mãe.

Ele estava no pátio do porto quando viu a mãe ser jogada junto com outros numa carroça. Para onde a levariam? Estaria mesmo morta ou desfalecida? Foi quando fez o primeiro teste da ideia do pai de aprender o idioma dos homens do navio. Com habilidade tirou de um deles a informação que carregou ao longo da vida como assombração. Aos poucos, havia atraído a atenção de um dos homens do mercado de escravizados. Com ele treinava mais sua capacidade de entender o que eles falavam. Lembra ainda hoje que travou um diálogo. Não sabe se falou como deveria, sabe que foi compreendido. Pior, sabe que entendeu perfeitamente a grande tragédia que foi contada.

— Para onde levam os corpos?
— Para o cemitério dos pretos novos.
— Onde?
— Um cemitério onde ficam os que morrem na chegada. Muitos morrem na chegada. São os pretos novos porque não foram comprados nem usados. São novos.
— Como é o enterro?
— Não são enterrados. São jogados. São muitos. Quebram os ossos e tocam fogo para abrir espaço para jogar outros. O espaço é pequeno. Não é longe daqui. Fica aqui mesmo na Freguesia de Santa Rita, caminhando nessa direção da Gamboa.
— Quero ver.
— Você não pode. Vai ficar num armazém do Valongo até ser vendido e, de vez em quando, poderá ficar aqui no pátio para refrescar. Só isso.

O homem contou que o local tinha mau cheiro, os corpos ficavam descobertos. Às vezes atirava-se um pouco de terra sobre eles, mas em geral ficavam assim, à flor da terra. O mar chegava até lá na maré bem alta e expunha ainda mais os mortos.

Assim, sem a terra que lhe cobrisse o corpo, sem uma cova que a guardasse, sua mãe carregaria a tragédia de não se encontrar com seus ancestrais. Sua pequena irmã também não fora enterrada. Fora jogada no mar, mas as águas acolhem o corpo como a terra. Constantino viveu dias de angústia, com a esperança de que pudesse escapar e correr até o cemitério, na direção explicada, e lá enterrar sua mãe. Se conseguisse, ele a livraria da maldição de viver como sombra no mundo dos vivos. Morta sem pertencer a seus mortos. Já separada do marido e do filho vivos aqui nesta terra estrangeira; afastada para sempre da família, deixada na sua terra, e proibida eternamente de sentir a alegria e o descanso do encontro com os seus no além da vida.

Constantino contava esse fato como se tivesse ocorrido naquele instante. Seu corpo tremia ligeiramente. Os olhos estavam postos num ponto fixo, como se revivesse a cena. Larissa viu que todos choravam. Bento e Paulina ouviram muitas vezes a mesma história que aprisionara o pai em culpa. Repetiam que ele não tivera chance de fazer nada, era menino, ficou preso no armazém até ser vendido e levado para longe, para a fazenda onde passou a vida. Que não poderia ter fugido até o cemitério para enterrar a mãe. Impossível dos impossíveis. No entanto, ele sempre repassava os fatos na mente, pensando que poderia ter convencido alguém de que precisava ir até o lugar onde os recém-chegados mortos eram jogados.

Uma vez um homem entrou no armazém e ele pensou ver compaixão em seus olhos. O homem falava outra língua, não aquela que aprendera no navio. Em seus gestos e feições, Constantino pôde ler no idioma universal que ele desaprovava a cena que via. As crianças amontoadas no galpão. As menores chorando tentando ser entendidas. Ele poderia naquele momento ter pedido a esse homem. Quem sabe?

Me ajude a enterrar a minha mãe, me leve ao cemitério dos pretos novos. Eu mesmo enterro, mexo nos corpos até achá-la. Eu preciso que ela encontre o caminho até o mundo onde estão os nossos mortos. Ele pensou e não falou. Teria sido ouvido se falasse? Houve um breve instante em que o homem e ele cruzaram os olhos. Ele nada falou. Talvez tivesse sido aquela a única oportunidade. Se foi, Constantino a perdeu.

Seus filhos sempre tentavam confortá-lo quando essa dor o abalava. Eles mesmos carregaram como herança a aflição de imaginar a avó sem uma cova que a guardasse. Arremessada sobre outros corpos ou sobre a terra nua. Também abrumados por essa sentença, como se não fosse bastante o sofrimento de ser trazida cativa, de sentir a filha morrer em seus braços, de ver o pequeno corpo ser lançado ao mar, de, sem palavras, apenas com o longo olhar, despedir-se do filho mais velho, sabendo que seria doloroso o destino dele.

Na velhice do pai, naquele porão escuro, na centésima vez que ouviam a mesma história, contada, dessa vez para a moça que viera de longe, eles choraram de novo e viram que ela também chorava.

Larissa não enterrara seu pai. Sequer o conhecera. Não tinha uma lembrança viva, a não ser as construídas com os relatos com os quais montava seu quebra-cabeça: quem fora seu pai, como e por que lutara, como morrera. Havia espaços em branco na história. Entendeu ouvindo Constantino, sua própria dor de carregar o destino de um corpo não enterrado.

As duas histórias tinham agora um ponto de encontro, pensou Larissa. Elas se tocavam em uma semelhança — não na vida, mas na morte. Como terão sido as últimas horas de seu pai? Quando ele lhe aparecia em sonhos era sempre com o rosto que tinha nas poucas fotos que restaram da sua curta juventude, com algum amigo ou nos arquivos dos jornais sobre as manifestações estudantis. Ou então o retrato pequeno do cartaz de "procurado". Tinha ainda a foto da ficha policial feita na prisão. Ele, de frente e de lado, nome, codinome e digitais. Ela havia conseguido em pesquisas nos arquivos do Superior Tribunal Militar. Emoldurou e pôs na parede.

Entendeu, de certa forma, a dor de Constantino, pois também ela estava condenada por esse rótulo que a perseguia desde a infância: "filha de pai desaparecido político". Um desaparecido não é morto. Um desaparecido pode aparecer? A que mundo pertence o desaparecido? Ao dos vivos? Ao dos mortos? É sempre uma história em aberto, uma biografia parada no ar. Qual era o ponto-final da história do pai? Se os seus não realizam o ritual da despedida, fica um espaço vazio para ser carregado pelos descendentes. Não há um lugar onde depositar flores, levar os filhos, se um dia os tiver, e mostrar: "Aqui seu avô está enterrado."

Não que gostasse desses rituais, mas queria apenas ter a possibilidade. Gostaria de não ser perseguida por essa dúvida permanente sobre as circunstâncias finais da vida do pai e o destino do corpo após a morte.

Naquela noite, na senzala, tentou confortar Constantino. O que dizia parecia pouco e fora de ordem. Desconexo. Disse que era, ela também, filha de um pai que talvez não tenha sido enterrado, talvez tenha sido lançado ao mar. Não, no seu tempo não havia mais pessoas escravizadas. Era outra história. Seu pai fora um prisioneiro político. Tentou explicar a lógica da outra tirania que se abateu sobre o país, capturando jovens de uma geração numa armadilha perversa, de confronto, radicalização, tortura e morte.

— Meu pai morreu torturado e nunca mais seu corpo foi visto. Nunca soubemos o que foi feito dele. Talvez não tenha tido uma cova. Talvez seu corpo tenha sido queimado. Alguns foram lançados ao mar, como sua pequena irmã.

Larissa tentava dizer, para espanto de Constantino, que entendia aquele buraco no peito, o luto não feito, o corpo não enterrado. Da mãe dele; do pai dela. De alguma forma, nos extremos do tempo, os dois eram irmãos, ela e Constantino. Foi o que tentou dizer, chorando novamente a dor antiga. Enquanto contava seu drama, crescia no olhar do velho um carinho que a abrigava como se fosse o de um pai — o que nunca tivera a seu lado.

Que estranho momento esse de chorar sua dor no ombro de um velho, morto muito antes de seu nascimento, e ampará-lo com seu corpo não nascido ainda naquele tempo em que os dois se encontravam. Órfãos, os dois, de pai e mãe nunca enterrados. Órfãos de desaparecidos, carregando lembranças de cenas que não viram, em que os corpos da mãe de um, do pai de outra, foram ultrajados na maldade final, depois da vida.

10 / A GRANDE TEMPESTADE

Chuva. Chuva de raios, trovões. Chuva de fim de mundo. Água toda da vida descendo para lavar as almas, revirar a terra e assustar os bichos. Chuva nunca vista. De espantar e temer. Desabada. Chuva de encurralar todos no mesmo desterro.

Estavam presos. Uma enorme barreira caíra no meio da estrada precária, tornando mais isolada a Soledade de Sinhá. Sem telefone, sem luz, sem direito de ir e vir. Condenados a si mesmos.

Nenhuma notícia entra, nenhuma notícia sai. O que haviam buscado como diversão para o feriado prolongado, a trégua pedida por Maria José, naquele local distante e calmo, tinha virado estada de fim incerto. Seriam poucos dias, mas agora estavam sem perspectiva. Um empregado que fora andando até uma pequena cidade próxima soubera que as máquinas para limpar a estrada demorariam a chegar naquele ermo do mundo. Havia muitas emergências em locais mais habitados. O aguaceiro tinha sido geral e havia cidades consumindo todos os recursos do estado no resgate a desabrigados.

A chuva não se contentava com estrondos e sustos, com detenção forçada de famílias e carros pregados ao chão. Ela permanecia no seu desabamento contínuo. Violenta e dramática ou fina e irritante.

Eles tiveram então que se olhar nos olhos. Ficar frente a frente com seus velhos ódios, suas diferenças, seus rancores. Maria José se inquietou. Esperara o encontro dos filhos e temera o encontro. Queria-os todos juntos, mas não os queria a sós. Era possível conviver com as diferenças entre Sônia e Marcos, rusgas e ironias. Hélio e Alice viviam uma ruptura que ela não suportava revisitar. Os cinco anos de diferença de idade entre os dois irmãos se tornaram um abismo.

Para que reviver tudo daquela época sem razão? Viu os anos passarem com esperança de que eles sepultassem o conflito. Por que o tempo, que tudo curava, não fechava aquela ferida?

A tensão entre os filhos tinha aumentado naqueles dias. Bastava um pequeno fiapo, uma palavra, e as histórias voltavam vivas, todos atrás das suas trincheiras. Armados. Exibindo suas diferenças como se precisassem delas ainda hoje, quando tudo mudara tão completamente.

Ela, Maria José, vira os dois lados daquela ferida sempre aberta. Tinha saído, como todas as mulheres do bairro, da cidade, na mesma marcha do Centro, em 1964. Os filhos entre a infância e a adolescência. Saíra pela vitória da família com Deus, pela liberdade. Hoje estava incerta se algum deles — a família, Deus, a liberdade — estivera naquela manifestação.

Hélio era mais velho e continuou na mesma certeza anticomunista. Alice, anos depois, envolveu-se com esquerdistas na escola secundária e assim continuou na universidade. Rapazes e moças rebeldes demais. Eles apareciam em sua casa no início. Depois, sumiram. Hélio fez bom uso daquelas passeatas de defesa do país e dos valores da família. Escolheu sua carreira. Das passeatas de Alice, sua filha colhera apenas descaminho e dor.

A diferença de idade entre os dois fora determinante ou foram as companhias? Hélio tinha dezesseis anos em 1964. Viu tudo de perto, com a mãe, nas entusiasmadas manifestações. Alice, onze anos, viu tudo de longe, menina ainda. Ele se animou com o ambiente de euforia militar daquele ano. Quis ajudar a construir a "revolução" para, segundo dizia, "livrar o país do comunismo": fez concurso para a Escola Preparatória de Cadetes do Exército. Passou num dos primeiros lugares. Arrumou a mala, achando-se um homem, foi para Campinas, em São Paulo. Cedo demais saiu de casa. Ao fim do secundário, entrou na Academia Militar das Agulhas Negras, em Resende, Rio de Janeiro.

Alice muito cedo se envolveu no movimento estudantil do Rio. Em 1968, aos quinze anos, já era militante. Presa por algumas horas ao fim de uma passeata, foi liberada quando conferiram sua idade. Chegou em casa contando a façanha com orgulho, para aflição de Maria José. Era antes do golpe dentro do golpe. Ainda havia pequenas delicadezas, como a de soltar uma menor de idade. Depois, tudo piorou.

Em 1970, Hélio saiu da Aman, aos 22 anos, como aspirante a oficial. Dez meses depois, já era segundo-tenente. Alice, naquela época, aos dezessete, teve a primeira reunião com membros de um partido clandestino. Aplicou-se na leitura de textos e nos debates. Um dia comunicou a Carlos, o namorado, a sua decisão: entrar na organização da qual ele era membro.

Maria José tinha que admitir sua satisfação. Seu filho ficava lindo no uniforme verde-oliva. Quando o ouvia falar, com entusiasmo, que fora classificado como um quadro que poderia um dia ser do Estado-Maior sentia-se realizada. Pelas notas, aptidão, desempenho e devoção ao Exército poderia chegar ao topo da carreira.

Maria José temia os segredos e os silêncios de Alice. Nada sabia de concreto, mas seu coração avisava que uma grande tormenta se aproximava, e nunca quis tanto que Joaquim estivesse vivo para impor sua autoridade.

Alice teve uma fase rebelde em que gritava suas convicções destoantes. Depois, ficou arredia, dada a sumiços e saídas noturnas. Maria José tentou controlar; não conseguiu.

Os anos 1970 encontraram o país dividido. Dividida, a família de Maria José. Os sequestros e assaltos aprofundaram o conflito. Hélio, já primeiro-tenente, foi destacado para servir no Regimento Sampaio, na Vila Militar, em Deodoro. Para alívio da mãe, ele estava por perto, poderia ajudar. Abriu-se com o filho, falou de suas desconfianças com o comportamento da filha. Obteve apenas o silêncio suspeitoso de Hélio.

Alice soube. Maria José mesma deixou escapar numa conversa com ela que havia comunicado ao irmão as dúvidas sobre suas atitudes e seus amigos. Colheu da filha um silêncio áspero. Uma coisa eram as ideias, que nunca escondera de Hélio, outra, bem diferente, era sua mãe dizer a ele que ela poderia estar envolvida em algo mais sério. Isso afetava a segurança do grupo. Alice foi para o quarto, fez a mala e passou por ela na sala sem olhar. Não deu notícias. O que fazer?

Joaquim teria conduzido melhor aquela situação delicada, tinha certeza. Teria pulso. Imporia a ordem de que ela não saísse e trocasse as amizades. Por alguns meses, desesperou-se à procura da filha. Não sabia como encontrá-la. Deu-se conta de que nunca perguntara os telefones dos amigos nem mesmo o nome dos que iam vê-la. Culpou-se. Ela os desprezara de forma acintosa. Indelicada, deixara claro que não eram bem-vindos. Entre eles, notava um ao qual a filha tinha mais apego. Antes tivesse abordado, poderia ter conhecido melhor o rapaz, Carlos. O desprezo, entendia, enfim, fora a pior arma que usara para proteger a filha. Agora a menina estava exposta. A quê, exatamente?

— Sua filha está metida com os comunistas. Vai acabar presa.

Foi assim, de chofre, entrando na casa, vasculhando cômodo por cômodo, como um policial farejando algo, que Hélio confirmou seus temores. Ela corria atrás dele, incrédula, diante daquela atitude na casa da própria mãe.

— É preferível eu achar o material subversivo. É melhor porque assim você destrói e tenta salvar a vida da sua filha.

— Salvar a vida da minha filha? Do que você está falando, meu filho?

Pressentira então a dimensão da tragédia. Aquela frase lhe informava que os dois filhos estavam irremediavelmente em lados opostos. Inimigos numa guerra que ela não entendia, nem pedira para entrar. O movimento da família com Deus pela liberdade era apenas aquilo: Deus, família, liberdade. E pátria. Bens valiosos. Por que terminava assim, dividindo os filhos de seu próprio ventre?

Parou de dormir quando os telefones começaram a tocar em horas inesperadas. Como numa guerra de nervos. Ela atendia e ninguém respondia. No meio da noite pensava em que lugar poderia estar Alice.

Uma noite bateram na porta. Ela jamais se esqueceria. Era o fim do ano de 1972. Ela abriu e entraram quatro homens. Invadiram a casa à procura de algo que não diziam o que era.

— Sua filha, Alice, onde está?
— Não sei.
— Como não sabe? Que tipo de mãe é você?

Sim, eles tinham razão. Que tipo de mãe havia sido, que tipo de mãe permite que a filha de dezenove anos saia, desapareça da sua vida? Que tipo de mãe não tem o contato de amigo algum? Que tipo de mãe é tão desatenta, relapsa? Maria José olhou para o chão, envergonhada, convencida mais uma vez de que, sozinha na criação dos filhos, cometera erros demais.

— Levante o rosto, coroa. Tá escondendo o quê?

Supostamente ela deveria ter medo. Estava sozinha em casa. Eram quatro homens. E se aproximavam dela ameaçando. Armados. Maria José não tinha medo. Ela não sabe até hoje o que sentiu. Uma paralisia no corpo e a frase martelando: que tipo de mãe?

— Onde é o quarto dela?

Ela apontou automaticamente. Era o tipo de mãe que dizia a verdade. Como esconder o quarto das meninas? Ela sempre chamaria assim, "o quarto das meninas", mas Alice não aparecia mais havia muito tempo e Sônia já morava em imóvel próprio. Reviraram as duas camas. Jogaram todas as roupas no chão. Esvaziaram as gavetas da cômoda.

— Onde está o material?

— Que material?

— Porra, não finja que não sabe que sua filha é comunista.

Invadiram o quarto maior.

— Esse é meu quarto, não tem nada aí.

— Melhor olhar. Mãe de subversiva, subversiva é.

Tira colchão. Joga roupa no chão. Abre gaveta. Esvazia caixas: de joias, de lenços, de remédios...

E de papéis estranhos que ela não conhecia e que se espalharam para o seu espanto.

— Sabia que essa velha escondia coisas. Sabia.

— Essa eu não esperava. Realmente ela me enganou.

— Eu desconfiava. A gente tem que desconfiar sempre.

— Procura arma. Pode ter arma.

Que papéis são esses? Quando foi que Alice colocou aqueles papéis no meu guarda-roupa? Arma? Na minha casa? Que tipo de mãe eu seria?

Sentada na poltrona do quarto, via aqueles homens mexendo em tudo, apontando o dedo para ela. Rindo. Falando alto. E não entendia.

Menos ainda entendeu aquelas algemas nos seus pulsos. Foi sendo empurrada para a porta. Muda. Desentendida. Que tipo de mãe?

Cruzaram com Marcos na saída.

— Mãe...?

— Quem é você, garoto?

— Marcos.

— Sabe onde está sua irmã, Alice?

— Não sei, ela não aparece há muito tempo. O que vocês vão fazer com a minha mãe?

— Dois ficam aqui com o garoto na casa. A subversiva pode voltar pra casa e a gente pega ela. A mãe vai prestar uns esclarecimentos.

Que tipo de mãe é presa? Que tipo de mãe tem material no quarto que nem sabe que tem? Que tipo de mãe fica muda vendo seu filho de quinze anos ficar preso em casa com dois homens armados?

Apagou da mente os dias seguintes. Lembra-se de pedaços, como um filme velho em que só algumas cenas são fixadas. Prevalecem os lapsos: do capitão perguntando, perguntando; de que esperava que o filho Hélio aparecesse para explicar que fora um engano; de investigar de vez em quando os corredores, na esperança de vê-lo. Lembra-se, melhor que nunca se lembrasse, de quando mandaram que ela tirasse a blusa e o sutiã. Depois a saia, a calcinha. Não esquece a vergonha e como tentava inutilmente cobrir seu corpo com as mãos. Joaquim fora o único homem que a vira nua, até aquele pesadelo. Ela não tinha respostas para as perguntas. Não sabia os nomes. Reconheceu as fotos de alguns que frequentavam a casa. Só as fotos. Reconhecia. Diria, sim, tudo o que soubesse.

Não sabia. Não precisa gritar. Tudo foi ficando desfocado. Sim, diria o que soubesse. Não grita. A vista escureceu completamente. Não tem memória do que houve. Estava deitada no chão e lhe davam um remédio. Aquela dor de cabeça que se espalhava pelo pescoço e pelo braço.

Quando se recobrou, ficou apática. Não respondia ao que lhe era perguntado. Pensava apenas na Alice em perigo e no Marcos em casa com aqueles brutamontes. Se faziam isso com ela, o que estariam fazendo com a sua menina? Com seu menino? Não quis comer. Nem água bebia. Olhava para o vazio e mal entendia o que lhe diziam. Depois de um dia nesse torpor, foi libertada.

Agarrada a si mesma, como a segurar o próprio corpo, foi andando pela Tijuca. Não tinha dinheiro para o táxi, para o ônibus, para um telefonema. Saiu andando. Onde está o Hélio? Por que ele não apareceu? Onde está Alice? Preciso avisá-la. E o Marcos? Que tipo de mãe fui eu? E a marcha? Era com Deus, pela família. O que aconteceu depois? Joaquim, se você estivesse aqui, nada disso teria acontecido. Você saberia o que fazer. Que tipo de mãe?

Um conhecido a encontrou andando em estado de choque pela rua Conde de Bonfim e a levou de volta a casa, no bairro vizinho. Perguntas ele fez, mas ela não respondia. Apenas disse com voz tênue que ficaria eternamente agradecida. Encontrou Marcos sozinho. Felizmente são e salvo. Não respondeu às suas perguntas. Apenas o abraçou longamente. Tomou o maior dos seus banhos, deitou-se em sua cama e chorou por horas, até que dormiu. Acordou vendo o olhar assustado de Marcos, sentado em sua cama, e de Hélio andando, inquieto. Garantiu aos filhos que estava bem e implorou a Hélio que procurasse Alice.

Ele disse que nada sabia, mas ela continuou indo ao prédio dos horrores, na Barão de Mesquita, a perguntar pela filha.

Um dia, ligaram dizendo que fossem buscá-la. A filha, ao sair do quartel, amparou-se nela como quando era menina. A mãe a levou para casa e foi um longo silêncio até que ela contou pedaços da dor. Começou dizendo que estava grávida. Depois falava de forma desconexa sobre alguns fatos na prisão. Maria José preferia que não falasse. Ficava agitada demais, podia fazer mal para a criança. Tinha feridas, Maria José as curou. Quando Alice ficou mais forte, decidiu voltar a morar sozinha e procurar por Carlos.

Maria José nunca perguntou a Hélio sobre o sofrimento de Alice. Tinha certeza de que seu filho nada poderia dizer. Não era a área dele. Também fez silêncio sobre o que se passara com ela naqueles dias da sua prisão para interrogatório. Melhor não atiçar mais o conflito. Ela não queria lembrar. Preferia pensar que talvez tenham sido gentis, apenas cumpriam seu dever. O de proteger a pátria, como Hélio dizia. Havia perigos. Os comunistas fechariam igrejas, tomariam apartamentos das famílias. Ela não podia dizer, mas Alice estava errada. Aquilo não era companhia, nem ideias. Não diria. Não incendiaria o conflito.

Hoje ela se sentaria à mesa com todos. E haveria uma trégua. Quem sabe? Era o que esperava para o dia dos seus 88 anos. Ela se sentaria à mesa com os filhos, nora, netos e bisnetos em volta. A chuvarada lá fora lavava tudo, lavava tanto, lavaria também sua dor. E suas dúvidas.

11 / FESTA E FUGA

Paulina trabalha mais e melhor naqueles dias, com um calor de esperança no peito. O noivado de Antonieta pode trazer alegrias não apenas para a sua senhora. As duas cresceram juntas. Na infância, as distâncias pareciam pequenas. Exceto pelo lugar onde dormir, onde comer. No quintal da casa principal, havia momentos de igualdade. Os três, juntos. Paulina, Antonieta e Bento. Nas brincadeiras, no escalar das árvores, nos jogos infantis. Depois não acharam conveniente que Bento continuasse por perto. O menino foi afastado para aprender a trabalhar desde cedo.

Paulina entendera, afinal, a insanável diferença entre elas quando venderam sua mãe. Ela implorara à amiga que impedisse o pai de impor a eles tal castigo. Antonieta tentou, chorou. Que ela não fosse vendida. Sua ama de leite, gostava dela. Não foi ouvida. Não precisa mais da ama de leite, dissera o pai. Ninguém mais precisa dela, confirmara a mãe, Catarina, fraquejando diante do ciúme que sentia da beleza de Januária. Já havia perdido o grande amor na tragédia; esse seria mantido a seu lado. Era útil, precisava dele. Se ele se dispunha a vender Januária, que a vendesse. Que a mandasse para longe. Seria melhor para seu casamento. Sim, Januária cuidara dela na doença e na tristeza da viuvez, mas era seu dever. Não fizera favor. E já a recompensara. Ela tivera até uma boa vida, com Constantino e os filhos próximos.

Para distrair Paulina inconsolável, Antonieta a levava para as aulas de piano com a professora vinda diretamente do Rio. Quando ninguém olhava, deixava Paulina pôr as mãos no teclado e tentar. A surpresa foi a rapidez do aprendizado. Com admiração, Antonieta via os dedos de Paulina correndo mais ágeis que os seus, mais delicados que os seus, mais fortes e persuasivos. O desempenho musical ajudava a diminuir a distância. Paulina encostada num canto ouvia as aulas. E aprendia fácil. Depois, quando as duas estavam a sós, corrigia delicadamente os erros da pesada mão de Antonieta, tão resistente à música. Nas aulas da tutora de Antonieta, Paulina também ficava atenta e lia avidamente os livros encomendados. Auxiliava Antonieta em certas dificuldades. O segredo bem guardado da superioridade de Paulina nas letras e nas músicas fazia Antonieta duvidar da ordem dos valores daquele tempo.

De noite, quando Antonieta dormia, Paulina estudava com o pai. Ele havia feito para ela um teclado de madeira na marcenaria da fazenda. Habilidoso, tinha virado o trabalhador de toda obra. Do eito ao trabalho manual. Num intervalo da lida, fizera a vontade da menina: um teclado de madeira com as teclas brancas e pretas na mesma disposição do piano que Paulina desenhara num papel. Ela tocava o teclado mudo, mas em sua mente a música ressoava plena. Ela se entregava como se voasse para longe, muito longe — livre, afinal. O talento decide onde nasce. Anárquico e misterioso. O talento não socorria Antonieta e cercava Paulina com sua força.

No porão de uma fazenda de Minas, no meio da noite, uma menina escravizada sonhava música. Os espíritos dos grandes gênios pareciam estar ali para aliviar seu sofrimento, afagando-a. Seus dedos deslizavam sobre o teclado e, de olhos fechados, ouvia as notas que as imóveis teclas de madeira entregavam apenas a ela. Cresceu assim, tocando furtivamente o piano, quando Antonieta avisava que não havia ninguém por perto, e treinando no piano mudo. Carregando as melodias na mente, na pele, no corpo. Lendo os livros que Antonieta lhe passava às escondidas. Em tudo, seguia o conselho do pai: saber mais, entender cada vez mais, porque um dia haveria uma chance. Sonhava com esse momento, no qual tudo o que aprendera poderia ser mostrado e seria útil. Por enquanto era um conhecimento secreto. Uma cativa não poderia ser tão prendada.

Entre as duas meninas permaneceu uma intimidade. Assim cresceram. Havia delicadezas preservadas. Assim pensavam. Os vestidos que Antonieta repassava para embelezar a amiga. Enfeites que não queria mais. Segredos confiados a Paulina. Desde os primeiros minutos do namoro. Não era Álvaro o escolhido do pai. Ele queria para a filha o casamento com o filho do barão, dono das terras que faziam limite com a fazenda. Juntas, as duas propriedades seriam mais poderosas.

Álvaro estudava Direito. Queria, entretanto, ser escritor. Não queria uma profissão como a do filho do barão, que tinha ido estudar técnicas de agricultura e pecuária para aumentar a riqueza das terras. Antonieta conhecera Álvaro numa viagem ao Rio. Ela havia ido realizar o velho sonho de ver a corte, o teatro, andar pelos salões. Sua beleza capturara o coração de Álvaro; depois, veio o longo namoro. Paulina foi confidente e aliada em todas as artimanhas para mudar a vontade do pai. Havia cumplicidade entre elas. No entanto, a ordem que separava escravizados de senhores se manteve como uma sombra entre elas todo o tempo. As dores de Paulina, Antonieta não carregava. Os pequenos aborrecimentos de Antonieta eram debulhados em lágrimas sobre Paulina. Antonieta achava ser a amiga sincera. Paulina sabia da sinceridade, mas via a dimensão da distância que as separava.

O dia do noivado, prenúncio do casamento, seria a hora certa. Por isso Paulina trabalhara devagar sua estratégia. Foi explicando sua tese para Antonieta. Havia o risco de que, após o casamento, Paulina não fosse para a fazenda dos pais de Álvaro, onde o casal iria morar. A fazenda era longe, na província do Rio. Sem Antonieta, Paulina estaria exposta na Soledade de Sinhá aos trabalhos mais degradantes; perderia sua proteção. E se fosse junto com ela, entre seus pertences e dotes?, perguntava Antonieta. Nem isso seria a solução, respondia Paulina. Em outra propriedade, as regras poderiam ser mais duras, não se sabia a que estaria sujeita. Além disso, sofreria muito mais, longe do pai e do irmão. Melhor se fosse com ela como pessoa livre. Poderia ir e vir. Poderia visitar a família e continuaria servindo a Antonieta, de quem jamais gostaria de se afastar. Mas, não tendo alforria, estaria submetida aos pais de Álvaro, gente desconhecida. Bom seria se fosse para a nova casa com alforria para ser aia de Antonieta. Quando ela se casasse, todos os seus bens seriam do marido, o que significava que ela, Paulina, seria também de Álvaro se não fosse livre. De Antonieta, sempre queria ser, porém livre, protegida da imposição alheia. Obedeceria a Antonieta sempre de bom grado, mas não a todos os senhores da nova casa. Seria sempre de Antonieta, só que livre. Nada mudaria entre elas. Tudo mudaria para Paulina.

E foi assim que arquitetaram o plano. Antonieta pediria a seu pai, dom Augusto Cezar Miranda das Neves, o presente de noivado: a liberdade de Paulina, que, alforriada, iria com ela por vontade própria. De vez em quando voltaria, sem necessidade de salvo-conduto, para ver o pai e o irmão, Bento. Livre, e ainda sua aia, como sempre fora. Era um documento apenas o que a filha pediria durante a festa. O texto havia sido escrito em letra desenhada num papel oficial: "Eu, Augusto Cezar Miranda das Neves, declaro que liberto, como presente de noivado para minha filha Antonieta, sua escrava Paulina." Depois, se cuidaria da certidão de alforria. O importante era aproveitar o entusiasmo de dom Augusto com o noivado.

Com essa esperança, Paulina prepara a casa. Flores em cada canto, limpeza cuidadosa da prataria e das louças Companhia das Índias. Adivinha todos os caprichos de Antonieta. Trabalha naquela tarde solfejando baixinho o tema que lhe ficara na cabeça da última obsessão musical das duas: uma *polonaise* de Chopin, a opus 53, em lá bemol maior.

Fá mi mi. Dó, ré, fá, mi, mi, ré mi. Dó ré fá mi mi fá mi mi ré mi; lá sol dó ré.

Uma nova professora viera do Rio com as novidades de um tempo de revoluções e lutas patrióticas, no mundo da década de 1840, que se refletiram na música. Ao fim da primeira década da segunda metade do século XIX já havia transcorrido tempo suficiente para que as partituras chegassem até os mais remotos lugares, como a Soledade. Antonieta se apaixonara pela música na sua visita à corte, e a professora tentara em vão fazê-la aprender a tocar a *polonaise* conhecida como "Heroica". O ouvido falho de Antonieta, os dedos sempre imprecisos não a ajudavam. Longe dos olhos alheios as duas haviam treinado juntas sucessivamente. Antonieta queria tocar a composição na festa de noivado.

Fá mi mi. Dó, ré, fá, mi, mi, ré, mi...

Seria uma grande noite para ambas. Assim pensa.

Bento sonha também com esse dia, por outros caminhos e planos. Crescera no trabalho pesado e precoce. Cultivava silêncios e afastamentos. Também se esforçara nas aulas do pai, lia os livros que Paulina lhe levava escondidos, firmando a vista à luz dos lampiões. Bento fazia isso não para agradar ao pai, e sim porque continuava acreditando na estratégia herdada do avô: aprender tudo, tirar deles todo o conhecimento possível e um dia usar isso contra eles. Era a última parte que afagava seus sonhos: a vingança. Um dia viria o momento exato. No seu cotidiano, não havia brincadeiras, só a lida no eito. Não havia música para esmaecer o ódio que endurecia seu espírito. Cedo madrugava com os homens para o plantio. Carregava por horas, no meio da mata, os apetrechos de caça dos senhores. Então foi aprendendo os caminhos entre árvores e desenhando os planos da fuga. Não bastaria embrenhar-se, entendeu. Havia controles para evitar que algum negro conseguisse chegar à mata e escapasse. Era a forma mais comum de fuga na região. Em geral, eles eram apanhados e castigados exemplar e implacavelmente. Ou morriam perdidos. Espíritos ainda estavam lá prisioneiros da mata, diziam, para assustar e dissolver os desejos.

A mata é mutante: árvores caem e nascem, clareiras se fecham, o extenso verde confunde, perde-se a direção. Ela é feita de diferenças, de vida exuberante e de morte por qualquer descuido. Abriga e aprisiona. Não há uma trilha conhecida que se mantenha, o caminho precisa ser inventado toda vez. Bento aprendeu a lógica da mata. Desde criança, entrando e saindo com os caçadores que iam visitar a fazenda, ele se aplicou em guardar na lembrança as grandes árvores, as que estiveram antes e amanhã estarão. Nesses pontos se escorava. O bosque menor mudaria, não as árvores mais antigas. As espécies nobres e próximas foram sendo cortadas e essas cicatrizes eram conhecidas. Aprendeu que a floresta tem uma lógica que não se explica; entende-se. Por ser tão capaz de se localizar em qualquer parte da região, ele era o mateiro favorito quando os caçadores iam colher a morte dos animais. Menos para se alimentar. Era pela diversão de matar. Comemoravam cada vez que um dos macacos maiores caía morto dos galhos, onde se enroscavam com o enorme rabo. Eles caíam derrotados, com os olhos ainda abertos. Os caçadores os puxavam como um troféu.

Bento cresceu sonhando com a fuga. A questão era: para onde ir? O pai apagava o entusiasmo da sua ideia de aproveitar uma caminhada na mata para escapar:

— Os cachorros sempre nos encontrariam.

Amarrado ao trabalho no pasto, na plantação ou na carpintaria da fazenda, trancado nas senzalas à noite, Constantino não tinha a mesma intimidade com a mata que seu filho Bento. Além disso, trazia a lembrança viva de como, mesmo num mato no qual crescera, não havia sido possível fugir e se esconder dos que o caçavam, a ele seu pai e sua mãe.

— Para fugir é preciso um plano. O caminho da liberdade é traçado na mente. O corpo apenas segue a ordem — ensinou ao filho.

Há muitos anos Constantino desistira de fugir. Ficara na esperança de um dia Januária voltar. Escapar seria abandoná-la para sempre. Onde ela estava, não sabia. Se ficasse, ela saberia onde encontrá-lo. Estava condenado àquela fazenda. O único porto no qual poderia sonhar com um reencontro com sua Januária. Agarrado aos filhos e aos sonhos, vira os anos passarem, suas forças fugirem, a doença chegar. Valera a pena a dedicação. Bento e Paulina floresceram com inteligência e força. Eram belos como a mãe. Acalmava seu coração procurar traços de Januária no rosto bem marcado e no corpo esguio dos dois. Ele os admirava em silêncio. Bento e Paulina, a obra de sua vida.

Constantino os criara para a liberdade. Liberdade que não vinha. Agora que a morte se aproximava, se afligia. Ensinara-os a buscar um sonho que, talvez, nunca conseguissem.

Paulina confia em Antonieta e pensa que ela pode ser a porta de saída. A vida toda de dedicação faria com que, por gratidão e bondade, ela a libertasse. Bastava não perder o momento exato. Antonieta, de fato, saíra melhor que os pais. De espírito manso, respeitando os sentimentos até dos escravizados. Era a voz que os defendia, a seu modo, em ocasiões de grande tensão. E sua amizade por Paulina era sincera. Constantino sabe que, se houver chance, Antonieta a libertará, mesmo que seja com o compromisso de Paulina continuar a servi-la após a alforria. Paulina, no entanto, alimenta sonhos para além daquele mundo. Quer ser dona da própria vida, criar filhos livres, longe do eito e do fogão, longe das ameaças e dos castigos, longe do medo de ser vendida, como sua mãe, ou de definhar no trabalho, como seu pai. Sonha mais alto: tocar piano, estudar música, ler livros por horas a fio. Tem alma livre em vida de cativa. Não sabe como construir o destino sonhado, mas o primeiro passo será a alforria. Depois, fará seu caminho.

— Alforria nunca me darão, arrancarei a liberdade com a força da minha vida ou da minha morte — dizia-lhe Bento nas discussões.

Ele não entende que esse caminho é primitivo, pensa Paulina. É retroceder. Não se arranca a liberdade pela força de armas e pela fuga. As histórias da vida dos que fogem só reforçam sua convicção. Vivem da liberdade apenas, sem nada. Nas matas, com o susto constante, sem qualquer horizonte. Amontoam-se em buracos, em palhoças mal construídas, curvando-se ao mando de algum chefe, comendo o que caçam ou plantam com as mãos e temendo a chegada dos capitães do mato. O mundo sonhado por Bento não era seu mundo. Para que estudaram tanto? Para nunca terem nada, nunca serem livres, nunca poderem levantar o nariz naquela sociedade que a desprezava como se coisa fosse? É ali que quer estar. Sua vingança será impor-se. A liberdade prisioneira em algum remoto canto da Terra, longe de tudo, não é o seu sonho. Quer ter vestidos, piano, conforto, livros e respeito.

Bento pensa que Paulina, sua querida irmã, delira. Não há espaço naquela sociedade para uma pessoa de sua origem. Sonho irrealizável é uma prisão. Quer a liberdade, simplesmente. Não estar ali sob o comando dos desejos alheios. Por pior que seja a vida nos campos em que se instalam os fugidos, é a vida livre. Vida entre iguais. Trabalhará muito por gostar de trabalho, por escolha. Mesmo que seja igual rotina, de estafante sol a sol, será seu o fruto do que plantar, do que caçar ou pescar. Serão seus os filhos que tiver. A liberdade é boa em si. Difícil explicar a Paulina que seu sonho de ser aceita entre os senhores é desatino. Não eles, os negros. Jamais serão tolerados como livres na ordem que os escraviza. Há casos de alguns forros que fazem até fortuna. Porém, é raro. Precisaria de sorte. A sorte nunca lhe sorri. Cada palmo da conquista é com luta, trabalho e dor. Milagres não acontecem, portas não se abrem, as trancas têm que ser arrancadas.

— A liberdade é conquista e não doação — dizia Bento.

— Liberdade tem que ter um propósito — respondia a irmã.

— Eu quero para respirá-la — afirmava ele.

— Eu quero para ser o começo de novos sonhos, ela é um grande portal que se abre para mais e mais liberdade, e não para cair em outra armadilha — concluía Paulina.

Constantino olhava a discussão dos filhos, inquieto. Orgulha-se de ter educado os dois para a ambição. São o fruto maduro da árvore da sua vida. Mas teme as escolhas que estão para fazer: nos dois caminhos há riscos.

Paulina sonha alto demais; quer ser dona do seu destino, quer ser respeitada no mundo dos brancos, tendo nascido negra e escravizada. Constantino concorda com Bento, sonhos altos demais aprisionam. A pior das prisões, porque capturam a mente. Teme que sua filha seja capaz de qualquer ato, humilhar-se, para ter a alforria. E depois? O que fazer com a liberdade para que ela cumpra tão altos projetos?

Bento acredita no caminho da conspiração, do confronto, da fuga e da guerra. Constantino vê o filho planejar os detalhes. O plano pode dar certo ou ser o caminho da morte. Teme o ódio instalado no coração de Bento. Não que não o sentisse. O seu, porém, é domesticado, calcinado. Quando perdeu Januária, só não foi para a luta suicida porque tinha Bento e Paulina para cuidar e amar. Aprendeu, ao longo da vida, que ódio demais encobre a vista, apaga a inteligência e aprisiona. Esse é o sentimento que habita o coração do filho. A razão precisa estar no comando. Ele teme que Bento perca a força da mente.

Os dois filhos podem acabar prisioneiros da luta pela liberdade: Paulina, pelos sonhos; Bento, pelo ódio.

Cada passo de Bento era furtivo e sensato. Colecionava relatos de sucesso e de fracasso dos planos de fuga na região. Buscava informações com os que chegavam de outras regiões. Mercadores, tropeiros, os negros, forros ou não, que vinham com os donos das fazendas próximas. Ele se aproximava para saber das fugas e libertações. Aprendia com as que davam certo e com as que fracassavam. Era tão hábil nessa coleta de dados, que a pessoa nem percebia o que revelava. Parecia uma conversa qualquer. Ele se afiava na arte de obter a notícia que queria, sem que percebessem seu interesse.

Bento reuniu um grupo para a ação. Escolheu cuidadosamente a quem convidar para o projeto de organizar uma fuga. Encontros sucessivos e furtivos no meio da noite delinearam o plano. Não dava para simplesmente correr para a mata no primeiro descuido. No início dela, seria fácil os cachorros e os outros mateiros os acharem. Se vencessem aquela área da mata, acabariam encurralados no despenhadeiro de pedra, onde o risco era de queda e morte. A melhor parte da floresta, a mais viável, a que levava aos campos dos homens livres, ficava após o despenhadeiro. Para chegar lá era preciso ir a cavalo até a entrada, contornar a montanha e embrenhar-se, esconder-se, correr para chegar a um campo léguas dali, onde viviam grupos de negros livres desde a época da exploração do ouro. O ideal era pegar os cavalos e escapar da fazenda pela estrada, contornar a montanha e entrar no ponto além da grande pedra. Mas no meio do caminho havia uma barreira. Lá só passavam negros com o documento de alforria ou com os de autorização para a viagem, o salvo-conduto das autoridades, estabelecendo que nada "ponha embaraço à viagem dos donos com seus escravos". Portanto, ultrapassar as barreiras só seria possível com um branco à frente. Após as barreiras seria fácil voar com os cavalos até a entrada da floresta, de onde poderiam escapar para as terras livres. Ninguém sabia a localização exata, apenas a direção. E bastava.

    Bento pensava em tudo que pudesse ser útil e colocava num local escondido de uma caverna próxima. Repetia a estratégia do avô, que não conheceu, para se proteger dos caçadores de africanos: estocar numa caverna o essencial para o dia, quando este chegasse. Armazenava facas e até armas de modelos mais novos roubadas nas caçadas. Os homens carregavam tantas armas que só depois se davam conta de que alguma faltava. Voltavam, procuravam em vão e se conformavam. Ele marcava o ponto onde havia deixado para mais tarde levar para o lugar no qual depositava as armas. Preparou uma guerra particular de libertação e aguardou o dia.

Aquele parecia o momento certo. Paulina, irredutível, preferia ficar e buscar a liberdade a seu modo. Sentiria eternamente saudade da irmã, mas ela escolhera seu caminho. Bento não acreditava nele, no entanto ela o queria. Do pai, se despediria com dor; sabia que sua vida estava no fim. Estava apenas abreviando o instante da despedida. Pobre e valente pai. Que destino o dele! Nascer livre e morrer longe da terra, sem ter visto o pai, sem ter enterrado a mãe, sem a mulher que amava. A vida dedicada ao trabalho e aos filhos. E agora a morte pela doença que, naquele estágio, tirava-lhe o ar dos pulmões. Ouvi-lo sentado tentando respirar em meio aos acessos de tosse era uma tortura a mais nas longas noites naquele porão de terra batida. Bento podia ficar com os outros homens jovens na senzala de fora. Todavia, com a piora do pai, preferia ficar ali e cuidar dele. E, noite após noite, ele piorando. Chegara a pensar em desistir do plano para acompanhar o pai nos momentos finais. Mas aquela era a oportunidade perfeita. Estavam chegando os visitantes da família do noivo de Antonieta e os convidados. Haveria muita gente, confusão, comemoração e vinho. Todos estariam distraídos e ele, então, executaria o plano que concebera.

Pegariam as armas escondidas e renderiam um dos senhores ou algum capataz. O salvo-conduto costumava registrar apenas os nomes e alguns detalhes que achavam que definiam as pessoas: negro, crioulo, forte, boçal, ladino. Eles se passariam por essas pessoas ali descritas. Com o senhor, ou capataz, sob armas, seria possível atravessar os pontos de controle. Vencido esse primeiro obstáculo, o plano era ir pela estrada a cavalo até o entroncamento, entrar na floresta e, de lá, seguir por dias a fio na direção estudada, buscando um dos vários campos de homens livres escondidos na grande serra. Seria uma longa caminhada, de perigos, mas já sentiriam o gosto da liberdade. O noivado de Antonieta: a hora é essa.

Numa fazenda de Minas, em noites escuras, a mente aberta de um homem planeja os caminhos de sua liberdade. Eles serão de luta, risco, violência e fuga. Seus sonhos foram lapidados com a frieza da faca na pedra. Numa fazenda de Minas, um homem sonha com sua liberdade com esperança e desolação, com alegria e dor. Sonha e sofre. Não se engana. Sabe dos perigos, porém busca o destino de risco e chance.

Numa fazenda de Minas, uma jovem negra sonha com a liberdade que pode surgir durante aquela noite. Havia sido longa a espera. Havia sido uma demorada tessitura. Teve que pensar desde a infância sobre quem seria a porta do caminho. A escolha de Antonieta tinha sido natural. Ela fora dada à menina quando era criança. Teve que ir construindo em Antonieta a crença de que a sua situação era arriscada e que nada mudaria na relação das duas, caso ela se tornasse livre. Foi preciso aguardar com sagacidade cada pequena fresta para construir convicções em mente alheia, para tecer os laços da fidelidade entre as duas. De tanta proximidade nascera uma amizade. Queria a felicidade de Antonieta, mas não ao preço da própria infelicidade — aquela prisão que asfixia e que apaga o futuro. Era jovem demais para aceitar que sua vida fosse apenas a repetição das rotinas esmagadoras do dia, sem nada ver além.

O temor de Paulina são os movimentos cada vez mais estranhos feitos pelo irmão. Conhece seu coração. Lê seus gestos. Sempre que perguntava sobre como pretendia conseguir a liberdade pelo confronto, ele respondia de forma vaga. E, seguro, garantia que a hora se aproximava. Ficava cada vez mais resistente às ordens dos feitores, e esse atrevimento é que o levara ao castigo. A revolta transbordava, ela percebia.

O que programa o irmão? De alguma forma, pode atrapalhar seus próprios planos? Paulina decide tentar encontrar Bento na hora em que todos param um pouco o trabalho. Há chance de uma pequena conversa. E, se alguém desconfiar, ela pode dizer que o assunto é a saúde do pai.

Atravessa o pátio de pedra em frente à senzala da casa e passa pelas outras senzalas que descem o morro numa construção em módulos, onde vivera o pouco que pudera da vida em família. Entra no último cômodo, com janela para as colinas em volta. Local em que, nas lembranças mais remotas que tinha, dormira abraçada ao irmão e perto dos pais. Recorda esse tempo com ternura. Isso foi antes da grande dor.

Larissa aparece como uma luz vinda de nenhum lugar. E se aproxima com um sorriso aberto no rosto. Caminha segura, sem precisar de guias no mundo do antes da sua vida.

— Nós a trouxemos na esperança de que o futuro tivesse respostas — diz Paulina. — Hoje entendo que cada um lutará sua luta solitária. Bento e eu sonhamos o mesmo sonho, mas construímos estradas opostas. Minha esperança, quando fui enviada para buscá-la, era que você tivesse a resposta para nós. E você nada soube dizer. Se o futuro não tem respostas, é porque meu é o destino e minha é a escolha.

— Nunca soube exatamente o que vocês esperavam de mim. Pelo chamado, eu vim e me transformei em uma passageira do tempo, sem arma alguma. Tenho aprendido com vocês. Que posso eu, num tempo que não é o meu?

— Queríamos interrogar o futuro. Que dia será amanhã? Terei eu minha liberdade? Você é capaz de ler o livro escrito depois de nós. Como será a chegada da liberdade para cada um de nós? Essa era a esperança. Entendo o que você tem dito: foram vários os caminhos.

— Sei os casos que chegaram a nós, de alguns dos heróis e personagens, só que pouco sabemos dos anônimos, dos milhões que resistiram e, de alguma maneira, fugiram e lutaram de forma destemida, como sonha Bento, ou passaram por alguma brecha construída com paciência e estratégia, como você. Tenho procurado nos livros do último andar e nada encontrei ainda. Não vi um registro de dois irmãos, Bento e Paulina, numa fazenda de Minas, que travaram sua luta por caminhos opostos. Eu posso contar dos personagens que ficaram nos registros históricos, apenas isso. Só sabemos de alguns. Não sabemos da vasta multidão de pessoas que, em cada pedaço do Brasil, travou sua batalha solitária. Na verdade, é essa longa teia de resistência que permite a vitória, mas a História é cruel com os anônimos.

Bento chega devagar sem que as duas vejam. Aprendera aquela forma silente de se mover para capturar conversas úteis, de algum modo. Ele também tem vontade de conversar com a irmã, para se despedir, sem que ela saiba que é a despedida. Num pequeno intervalo do extenuante trabalho para preparar todo o externo da casa e da fazenda para a vista dos visitantes, decide voltar ao lugar onde se encontravam. Para na quinta das várias construções em degraus que descem o morro da senzala externa. Ao longo de suas vidas, às vezes, por alguma mágica de transmissão de pensamento, eles se viam ali. Um pensava no outro, o outro intuía. Assim era a intimidade dos irmãos. A presença de Larissa é uma surpresa.

— O futuro nada sabe de nós? De que serve ser do futuro se é para ficar na ignorância do que foi vivido? — pergunta Bento.

— Nada li sobre vocês dois. Mesmo nesta fazenda, há registros, por exemplo, de que "peças" foram compradas no Valongo, acho que se referem à época em que Constantino veio. Vou procurar mais. Estou seguindo a orientação dele para pesquisar nos grandes livros guardados lá em cima. Até agora nada descobri — diz, envergonhada de admitir que aquela luta dos dois, trágica, fatal, será ignorada no tempo que estava por vir.

Bento olha Larissa com tristeza desarmada.

— Então, se nada nos pode trazer, leve a dor de cada um de nós.

Larissa suspeita do tom de despedida, mas não chega a responder, porque Bento volta a falar com seu ar desafiador:

— Se no futuro seremos ninguém, como diz, se nada se saberá de nós no tempo que se viverá adiante, se somos e seremos nada, pelo menos nos diga quem de nós está certo. Qual das duas formas de buscar a liberdade funcionou? O caminho é lutar e correr o risco de morte ou basta pedir e aguardar o mimo?

Nada fere mais Paulina do que seu irmão dizer que ela apenas "pedia". Ela entende sua vida como uma hábil e incansável luta em que sempre teceu a sua forma de escapar.

— Meu irmão, eu construí uma estratégia de saída. Foi isso que eu fiz. Para pedir precisei conquistar a possibilidade de que o pedido fosse ouvido. Pedir pela liberdade qualquer um pode. Todos pedem. Eu preparo há anos a chance de ser ouvida. As oportunidades não aparecem por sorte. Não acredito em sorte.

— Nem eu acredito e, por isso, estou abrindo minha chance de fuga.

— Meu temor é esse. Que louco gesto pode ser o seu? E quando será? Por acaso você pensa em estourar sua rebelião no meio da festa de noivado da Antonieta? Você não pode ser louco a esse ponto, porque haverá aqui mais feitores, mais armas, mais senhores. É exatamente nesse dia que eles serão mais numerosos e fortes. Agora será suicídio.

— O que você teme, minha irmã? Que meu plano atrapalhe sua negociação? Por isso você quer saber o que estou pensando em fazer? Isso só revelo aos que estão comigo na mesma viagem, que você pensa que é suicida. Você já sabe o bastante. Os detalhes eu conto para quem entra no meu plano.

— Não seja injusto. Temo por nós dois. Quero, sim, a minha liberdade, porém não à custa da sua. O que você está dizendo é que não confia em mim.

— Na escolha que fiz, não posso me deixar levar por nenhuma lealdade que não seja aquela que tenho com os que decidiram me acompanhar. Você vive em outro mundo e fez outras escolhas.

Larissa olha os irmãos postos entre ela e o sol que entra pela grande janela, na qual se vê o ondulado dos morros do entorno da fazenda. Na contraluz, os dois exibem uma beleza etérea. Terão eles noção de como são belos? Dois guerreiros desesperados afiando suas armas para uma guerra fatal. Dois escravizados que recusam a escravidão e trazem isso escrito nos olhos que oferecem: olhar de mágoa e de altivez.

Bento olha por alguns segundos a irmã, depois deposita seus olhos em Larissa. Passa, ao mesmo tempo, as mãos sobre os cabelos de cada uma e sai a passos largos.

Paulina teme por ele.

Larissa teme pelos dois e se culpa por não ter respostas.

Numa fazenda de Minas, dois irmãos sonham planos opostos. Ficar e encontrar as chances, vislumbrar as brechas e cuidadosamente deslizar por elas saindo da opressão; ou ameaçar um senhor com a força das armas, roubar, lutar e fugir para, então, ser livre. Numa fazenda de Minas, dois irmãos sonham sonhos que se chocam. Seria o mesmo o dia escolhido para a libertação; mas dois — e contrários — os caminhos. Tempos de conflitos entre irmãos, numa fazenda de Minas.

12 / A DIVISÃO DOS PRESENTES

Numa fazenda de Minas, dois irmãos, Alice e Hélio, revisitam suas distâncias, cicatrizes do tempo da grande divisão. Estão apartados, desde então. O encontro ali é penoso para ambos. A mãe pediu, eles atenderam por amor e com reservas. Havia anos tentavam evitar a convivência. Dias diferentes de visita à mãe, desculpas nos dias de festa, escapadas estratégicas nos Natais. O trabalho intenso de uma, com exigências e prazos fatais, a vida disciplinada do outro, com regras e hierarquias, tinham sido álibis para abreviar as reuniões forçadas.

Maria José sofria por aquela ferida sempre aberta, como se cortasse a própria carne. Por que não se curava a marca daquela época tenebrosa, meu Deus? Tantas foram suas súplicas aos santos, às nossas senhoras. Tão frequentes as missas. As rezas, tão longas, de se desfiar por horas. Sempre o sonho e o apelo por reconciliação. Jamais atendida, ela se desentendia com os santos e as nossas senhoras, diante dos quais se curvava humilde, pedinte. Nunca um ouvido no céu acolhera seu clamor de que a paz voltasse ao coração dos irmãos e, de novo, florescesse o amor que vira na infância dos dois. Na juventude, se dividiram; hoje estavam ali dois velhos. Para ela, eternamente seus meninos, mas reconhecia: já eram velhos. Parecia ter sido ontem o tempo do conflito. Breve, a vida; durável, o rancor. Por que não podiam esquecer, virar a página?

Não seria possível, dizia Alice, ela era uma vítima a quem o grupo do irmão deveria pedir perdão. Ele deveria ser respeitado, escolhera a pátria e se sacrificara nas intermináveis vigílias nos quartéis, dizia Hélio. A pátria fora mais bem defendida por ela, argumentava Alice. A ela entregara seu amor primeiro e os anos mais tenros de sua juventude. Hélio respondia que havia sido uma luta entre dois grupos, e a escolha dele foi estar ao lado das forças legais, enquanto ela se juntava aos que, treinados em países estrangeiros, desafiavam a ordem para impor uma ditadura. Sim, ditadura, aí a palavra se justificava, insistia Hélio. Bem ao contrário, sustentava Alice, a verdadeira luta fora para libertar o país da tirania que suspendia direitos, ameaçava artistas, matava estudantes e cassava democratas. Hélio contraditava: o Exército protegera o país pelo clamor do povo nas ruas, nas marchas. O governo que Alice odiava tivera o apoio do povo. O Exército que Alice desprezava era uma instituição da mais alta credibilidade. Credibilidade maior que a dos políticos que se afundavam na lama da corrupção. Quanta fora a corrupção daquele regime defendido por Hélio jamais se saberia, repetia Alice. Jornalistas silenciados, propaganda maciça, documentos queimados, impunidade. Hoje é tempo de Tribunal de Contas da União, Comissões Parlamentares de Inquérito, Polícia Federal, Ministério Público e imprensa livre.

Sol e lua, chuva e seca, branco e preto, opostos, antípodas, contrários. Adagas apontadas, armas traçantes, conflito conservado. Dois irmãos revisitam, prisioneiros de uma fazenda de Minas, isolada no tempo e pelo tempo, no meio do nada, a briga na qual perderam para sempre o afeto inicial.

Maria José vivia dividida entre os dois polos da discussão. Alice sofreu, mas se envolveu com gente estranha. Hélio foi defender a pátria e abandonou os seus nos momentos de perigo e susto. Hélio se esqueceu até dela, a mãe, naqueles dias da sua dor. Já havia decidido apagar todas as mágoas das imprudências de Alice e da omissão de Hélio. Ela perdoava os dois, pelo que foi obrigada a viver. Como não perdoar os filhos amados?

Sonhava com pouco naquele fim da vida. Queria um encontro apenas, uma breve trégua, uma reconciliação temporária que fosse, naquele seu aniversário, cercada dos quatro filhos, netos, nora, bisnetos. Tinha sonhado um dia reunir, como a mais velha do clã, todos sob o mesmo teto, e apenas amá-los, conversar sobre coisas amenas, rir das pequenas alegrias, reviver as boas lembranças, ouvir a música do violão de Marcos, decorar seus rostos para levá-los na retina quando fosse a hora. Porém, o travo do irreconciliável contaminava a pouca vida que lhe restava para amar a família que construíra com renúncia, dedicação e esforço, e que não era a mesma desde que a discórdia se instalara. Estranhos haviam levado até eles a discórdia, que ficou, envenenando o ar, sufocando.

Aquela noite, no entanto, seria diferente. Quem sabe Santa Rita dos Impossíveis nos acudiria? São Miguel dos Milagres ajudaria? A chuva incessante lá fora impediria qualquer um de sair. Era ficar e conversar. Não havia saída. Ela, no quarto, ajoelhou e rezou no começo da tarde, pedindo a paz entre os irmãos, seus filhos. Há quanto tempo não conseguia reunir. Conversava com eles aos pedaços. Um grupo hoje, outro grupo amanhã. Ali estavam eles, minha santa, meu santo, o mais difícil fora feito. Pacifica-os, minha Nossa Senhora! Ela rezava alternando as santidades, à espera de que uma delas estivesse ouvindo. Ela rezava e via, em sua memória, os filhos pequenos. Hélio protegia Alice nas travessias das ruas movimentadas, de qualquer perigo nas brincadeiras, do risco de quedas. Quando o ódio chegou, ela, Maria José, descuidada, não viu. Não sabe dizer quando começou. Que tipo de mãe ela fora? Um dia, o inimigo estava entre eles. Assim se culpava e se penitenciava. Foi minha a culpa, a máxima culpa. Tende piedade de nós.

Na sala maior, eles se reuniram no fim da tarde. O jantar ainda demoraria, mas todos foram chegando antes do anoitecer. Alice viu Larissa de longe e a amou a seu modo. Pouco demonstrava. Tinha dificuldades com as exibições explícitas de afeto. Acanhava-se. Viu a filha passar meio sem graça por entre primos e tios e sumir em algum canto. Larissa tinha desaparições. Conseguia desmaterializar-se. Sempre assim. E, quando estava, era essa falta de jeito, essa forma de procurar o ponto mais longe do centro. Esse eterno ar de quem pedia desculpas. E o pior é que sumia assim de repente, como naquela fazenda. Desde criança conseguia esse mistério.

Uma vez Alice entrou em desespero com o sumiço da filha de cinco anos. Quando foi se vestir para sair e procurá-la na rua, encontrou-a por acaso encolhida dentro do armário como se fosse um refúgio no meio de uma guerra, tendo os travesseiros como barricadas.

Guerra. Ela sentia a filha tão despreparada para as necessárias batalhas da vida... Aquelas que exigiam coragem para blefar, mesmo quando se tem medo.

— Dê à sua filha uma chance. Sei que você a ama, mas você a olha, às vezes, em desespero, às vezes com desprezo, nunca com aceitação, já reparou? — indagou Marcos.

Não tinha notado a chegada do irmão, sentado a seu lado no sofá naquela tarde chuvosa.

— Não é que eu não a ame...
— Não duvido do amor, só que nunca a aceitou.
— E ela se aceita?

— Também não. Será que não é, em parte, pela sua rejeição? Ela é assim mesmo, diferente de você. Ninguém tem que ser forte, bélica, capaz de se impor em toda situação. Nem eu sou assim. Acho que ela me puxou — riu Marcos.

— Nem a mim nem a você. Você tem lá suas trapalhadas, porém sabe levar tudo na flauta. Ou, pelo menos, no violão. Larissa vive tensa, isso me preocupa. De vez em quando se fecha no mundo dela, onde ninguém consegue entrar. E ela tem quase quarenta anos, tarde demais para ficar tão desajustada, Deus do céu! Esse tipo de comportamento é aceitável em adolescente. Ela é inteligente, escreve maravilhosamente, consegue se expressar bem quando está numa conversa de pouca gente, consegue captar a atenção com seus relatos emocionantes. Não conseguiu levar isso para a profissão. Não aguentou a pressão da competição do jornalismo. Imagina se eu poderia escolher não aceitar a competição... A vida é de luta em qualquer área. O tempo todo. Como assim? Uma pessoa tão talentosa desistir de uma profissão à qual dedicou anos só porque não gosta de competir? Aí ela resolveu se reinventar, como é moda hoje, a essa altura dos acontecimentos. Ganha mal, vive mal, não explora direito seus talentos. Eu brigo com ela porque me preocupo. Você tem filhos que estão dando certo. Até mais do que você merecia, na verdade. Ironia da vida. Eu só tenho Larissa, e ela ainda está nesse vai e vem profissional.

— Esse é meu ponto. Você não aceita sua filha, não tenta entender como ela é. Acho que ela é diferente, tem uma força incrível. Só que não é uma força óbvia, como a sua.

— O que você chama de força óbvia?

— Ora, isso tudo que você é. Tinha uma ditadura, você foi enfrentá-la. Deu no que deu. Presa, torturada. Saiu de lá e quando todo mundo achava que você ia ficar chorando eternamente o marido desaparecido, com uma filha pequena no colo, você se reorganizou, voltou a estudar, namorou, casou de novo, se separou, fez carreira. Não ficou à sombra do falecido, quer dizer, do desaparecido. Desculpe. Acho que você tinha que simplesmente ter parado um pouco para se deixar sofrer. Viver o luto.

— Luto a gente carrega.

— Discordo, a gente tem que sentir, esperar o tempo certo, resolver.

— Eu não tive a chance.

— Você nunca se deu tempo, como não dá a Larissa. Você exige o máximo de todo mundo. Seria bom se entendesse que Larissa é diferente de você. Não é menos: é diferente. Não é incapaz: é diferente.

— Por que tem que ser tão diferente? Não criei minha filha para ser cópia autenticada, mas pensei ter feito uma pessoa mais combativa. Falo com você porque sei que você a ama quase tanto quanto eu. Ela é — é duro dizer isso — uma perdedora. Não por falta de talento, é... não entendo muito bem. Eu não entendo a minha filha, a verdade é essa. Ela se contenta com menos do que é e do que pode. Essa é minha briga eterna. Eu a criei sozinha. Tive namorados, casei, me separei e não pedi ajuda a ninguém para criar minha filha. Eu sei as cicatrizes que carrego. Quando ela adoecia, eu me sentia completamente sozinha. O desamparo de uma mãe, quando o filho adoece, é devastador.

— Porque nunca soube pedir socorro. Mamãe sempre esteve pronta a ajudar.

— Sou responsável pelas decisões que tomo, mesmo as erradas.

— Foi um erro ter sua filha?

— Naquela hora, foi. Eu sabia que podia morrer, ser presa, o pai dela morrer. Sabia que tinha uma tragédia a caminho. Isso lá era hora de engravidar? Quando saí da prisão, mamãe me amparou. Ela queria que eu voltasse para casa, e eu não podia, entende, Marcos? Tudo o que eu queria era um carinho de mãe e escolhi enfrentar tudo sozinha. Não me arrependo. Tive que lutar essa e outras lutas. No partido, no governo, no trabalho, na vida, com esses namorados sempre cretinos que encontrei. Nunca encontrei algum que prestasse.

— Nem Carlos, o pai da sua filha?

— Éramos muito crianças. Estou falando de vida adulta mesmo. Carlos é uma presença que nunca foi embora. Eu tinha dezenove e ele, 23. Não quero parecer romântica, mas diariamente eu me pergunto como ele reagiria diante de cada situação. Namorei, casei, me separei, envelheci. Nunca quis ser Penélope à espera de Ulisses. A verdade é que hoje sei que uma parte de mim ficou num cais, olhando o mar à espera de uma volta que, desde o início, sabia que não haveria. Ainda hoje eu me surpreendo perguntando: ele foi lançado ao mar? Foi enterrado na floresta da Tijuca, nos fundos daquele sinistro batalhão? Foi levado para algum outro lugar antes de ser morto? Quando chegamos à prisão, fomos cada um para uma sala de interrogatório, separados. Eu pressenti o fim. Ele também, acho. Enquanto pudemos, nos olhamos. Depois ele sumiu no fim do corredor. Ainda o vi algumas vezes naqueles dias terríveis, mas era o cruzar de um com o outro no meio daquele inferno. Depois que saí de lá, nunca mais o vi. Quando o corpo não chega para o enterro, não se faz o luto. Vive-se com ele, é isso que quis dizer. Ele hoje teria cabelos brancos, e eu me lembro deles inteiramente pretos. Ele hoje seria militante ou descrente? Teríamos feito uma vida juntos? Ele teria realizado seu sonho de ser escritor de ficção? Escrevia tão bem, o Carlos.

Alice lançou um olhar para o fundo da sala e uma sombra atravessou seu rosto. Marcos acompanhou o olhar e achou que aquele ressentimento pousava em Larissa. Ou fora impressão. Talvez fosse apenas sobre o vazio que a habitava desde sempre. Quem sabe era sobre Hélio, que entrava no recinto com a mulher, Márcia, a eterna sombra do marido.

— Sempre estarei ao lado do meu esposo — dizia em cada briga na família.

Lealdade canina e sóbria. Não ajudava a fomentar a discórdia, mas nunca trabalhou pela paz. O que ele dizia, ela endossava.

Espalharam-se nos sofás de couro e nas marquesas obedecendo à geografia conhecida. Hélio, o mais distante possível de Alice. Maria José, no centro. Os outros se acomodaram sem lugares predeterminados. Márcia, grudada ao marido. Larissa sentou-se próxima a Hélio. Por provocação ou por querer a paz, como sua avó. As crianças, Clara, Pedro e Maria, sentaram-se o mais próximo possível da bisavó. E ela os olhou com amor e com a certeza da permanência. Filhos dos filhos dos seus filhos.

No tumulto das muitas conversas paralelas, quando é que uma briga familiar começa numa fazenda prisioneira do tempo em fúria? O fantasma da grande divisão permanecera, sem discussão e sem remédio na família. Nunca enfrentado; nunca afastado. Aparecia em retalhos ou espasmos. Nos intervalos, pequenos lagos calmos. Como garantir a trégua naquele fim de tarde e naquela noite?

Maria José tinha apenas sonhado fazer 88 anos num encontro de família com a paz que a política quebrara sem nunca ter sido possível colar as partes. Sabia, porque há um momento em que se sabe, que nunca haveria os noventa anos. Antes que os médicos deem qualquer diagnóstico, já se sente a vida chegando ao fim. Ela sabia que não faria noventa anos.

Fora uma boa vida, de certa forma. Amara seus meninos na falta do amor do marido, sempre ausente, viajando. Depois, a morte prematura. Eles eram seus na infância. A política —

maldita seja — os dividira. Sonhou com aquele aniversário mais do que com os outros, porque imaginara que, por amor a ela, eles se apaziguariam. Por isso pedira que todos fossem para a Soledade de Sinhá. Achou que ali, longe de tudo, raras notícias chegariam, e ela recriaria o ambiente de quando eram crianças. E assim, no silêncio que se seguiria, ao fim da festa, ela viveria das lembranças que conseguisse guardar. Sabia, como certas mulheres sabem, que uma grande tempestade estava vindo. Não a chuva concreta e real que fechara todas as estradas e isolara o isolado do tempo em que se aprisionavam. Algo maior. Mais que a rixa. Olhou para o céu e soube que a chuva permaneceria. Olhou para além da chuva e viu chegando a grande tempestade.

Um pressentimento também percorreu o corpo de Larissa. O desconforto foi fazendo com que as conversas viessem como um eco em seus ouvidos. Mesmo sem saber o que estava por vir, o que vivia já era suficientemente estranho. A convicção de que estava enlouquecendo ocupava seu cérebro. Era uma loucura lúcida. Como se uma parte da sua mente visse a outra derivar pela lateral do tempo e aguardasse a hora em que tudo voltaria ao normal. Assim escapava do cotidiano sem ter que fugir fisicamente. Permanecia estática e sumia, entrava em outra realidade. Vivia com a inebriante possibilidade de transitar entre sonho e realidade em intervalos irregulares. A hora de ir e voltar não estava exatamente sob seu controle, mas ela poderia tomar a iniciativa de tentar a travessia. Sabia que, no mundo físico, aquilo era uma impossibilidade, por isso tinha certeza de enlouquecer. Era um segredo que guardava. Só dissera uma vez a Marcos porque sabia que ele não a levaria a sério. Na carta para Antônio, ele interpretaria como licença poética a alusão a estar vivendo em diferentes momentos históricos. Decidiu que seria apenas sua aquela informação. Uma segunda dimensão pessoal. Admitir que vivia um tempo duplo seria abdicar da racionalidade e confirmar teorias esotéricas que desprezava. Procurar a explicação era inútil, mas instigante.

Ela se aproximou do primo André, professor de física, com o qual gostava de conversar, pois o diálogo entre eles se passava na fronteira de mundos paralelos. O curioso era ser capaz de diálogo tão fácil justamente com o filho de Hélio. Eles conseguiram impedir que o ódio de Hélio e Alice os contaminasse. Talvez porque fossem tão diferentes dos dois. Larissa não tinha a agressividade da mãe; André, também manso por natureza, escolhera a vida acadêmica, longe do militarismo do pai. Os dois primos tinham diálogos como visitantes amigos de diferentes mundos, que se respeitam e se entendem. O dela, de pesquisadora de eventos passados e presentes; o dele, de estudioso da moldura dos acontecimentos, a lógica da ordem do universo projetada para as fronteiras do conhecimento.

— Você, que é cientista, me explique: por que o ser humano pensa tanto em viajar no tempo?

— É uma ideia atraente filosoficamente e literariamente. A física não confirma a possibilidade.

— O tempo é absoluto?

— O tempo não é absoluto e passa mais lentamente quanto mais próximo da velocidade da luz. Essa é uma conclusão lógica do postulado de que a velocidade da luz é o limite. Assim, no caso extremo, viajando na velocidade da luz, o tempo para.

— Pode parar? Que coisa estranha!

— Estranho é. As teorias do buraco negro falam de um horizonte de eventos. Por causa da gravidade intensa, o tempo nas proximidades do buraco negro anda mais devagar. No limite desse horizonte de eventos, ele para. Se fosse possível chegar a essa borda e alguém estivesse vendo você, é como se você fosse ficando mais lenta, até parar.

— Pode-se voltar no tempo?
— Não. Isso, não. O passado passou.
— Não posso voltar?
— Não pode.
— O tempo vivido é irreversível?
— Sim.
— O ser humano sempre se sentiu atraído pela ideia de voar, isso aparece na literatura, nos sonhos dos cientistas mais geniais, na percepção dos visionários, e, um dia, a humanidade voou. Por que não pode haver uma quebra de paradigma no conhecimento humano que torne real o impossível de hoje?
— Não havia a impossibilidade científica de voar.
— Não? E a ideia de que o objeto voador sucumbiria ao fato de ser mais pesado do que o ar?
— Mais pesado do que o ar um pássaro é. A visão aristotélica do universo é que nos impedia de ver isso. A observação mais banal da natureza mostrava que o sonho era cientificamente possível.
— Era apenas uma questão de dominar a aerodinâmica?
— Sim, uma questão tecnológica, enfim, dominada.
— No mesmo espaço, dois conjuntos de eventos podem conviver? Nós estamos numa fazenda. Outras vidas foram vividas aqui. Houve acontecimentos fortes o suficiente para ficarem marcados nessas paredes. Eu, às vezes, penso que uma dor assim aguda como a da escravidão deve deixar marcas, permanecer de certa forma, impregnar objetos físicos.
— Essa teoria sempre foi atraente, por isso instiga tanto o ser humano. E amedronta. E inspira. A tese de que pode haver mundos paralelos resolve um problema com o qual toda ficção, todos os filmes e livros se defrontam quando exploram a ideia fascinante da viagem no tempo. O enigma de que a volta no tempo pode interferir na História. Nesse caso, toda a sequência de acontecimentos é alterada. Em mundos para-

lelos, os fatos são alterados, mas correm seu curso independentemente.

— É um multimundo?

— Se fosse possível, cairia por terra a ideia do universo, que, como o nome diz, é uni. Seria um multiverso. Há muitas teorias para explicar o que nunca será suficientemente entendido. E dessa dúvida vive a ciência; dessa angústia se alimenta a filosofia; desse medo nascem as religiões; desse delírio vivem a literatura e a poesia.

Larissa navegava por essa conversa sabendo que, quanto mais as portas das possibilidades se fechassem, mais ela se entregaria ao enredo que vivia naqueles dias. Como se, naquela fazenda, por uma armadilha do tempo, estivessem parados na borda do buraco negro que tudo engoliria. Como se um poder caprichoso tivesse permitido a uma única pessoa, dos bilhões de habitantes do planeta, a experiência única de viver uma vida com enredos múltiplos.

Entendeu, então, que aquela história, por ser o avesso da sua racionalidade, era a porta que atravessaria sempre que ela se abrisse. Irresistível. Ao entrar, Larissa se negava e se libertava. Quando estava com Bento, Paulina, Constantino, não tinha que entender nem se explicar nem se desculpar, apenas vivia livremente. Não era sua aquela vida, não estava lá em matéria. Entendia agora, de maneira aguda, que ela era o fantasma naquele mundo. E não eles. Ela era a não matéria. Essa consciência da própria inexistência a paralisou. Se ela atravessara o tempo para um instante muito antes do seu nascimento, não tinha vida ainda, não era nada. Ela era o fantasma da história que vivia.

13 / O CANTO COSTURA NO ESCURO

— Se entrega, Corisco.
— Eu não me entrego, não.
Eu me entrego só na morte
De parabelo na mão.

Na sala maior da Soledade de Sinhá, a reunião continuava sem conflitos. Marcos dedilhava seu violão e cantava. Todos sentados em volta acompanhavam a música, uns mais seguros querendo exibir a voz; outros inseguros, num tom baixo para esconder o desafinado. À espera do jantar, na centenária cadeira de balanço recuperada por ordem de Sônia, Maria José assumia ares de matriarca passando os olhos pelos filhos reunidos, os netos e os primeiros bisnetos.

Os meninos tentavam acompanhar letras que lhes pareciam estranhas.

— O que é parabelo, Clarinha?
— Não sei, Pedro, mas vou perguntar ao meu avô. Parece que é uma arma.

Larissa tinha saído da sala sem que ninguém percebesse. Ficou um pouco no último andar fazendo novas buscas nos livros. Nada encontrou de relevante. Desceu na esperança de que a cantoria de Marcos fosse, naquela noite, o contraponto, a pausa, o instante da concórdia do encontro da família. Ela foi entrando na sala pelas laterais, para que ninguém visse que tinha se ausentado:

— Ah, chegou quem faltava! — gritou Mônica.

— Onde é que você estava? Sumiu. A gente olha, você está, e de repente parece que escapou para uma realidade paralela — disse carinhosamente André, fazendo uma alusão à conversa anterior entre os dois.

— Dona Larissa e suas desaparições! Você some, Larissa, completamente. André tem razão, parece que saiu deste mundo — recriminou Alice.

— Pode acreditar que aqui estou sempre. É uma questão de me ver.

Hélio, do seu canto, puxou o coro para continuar a canção interrompida, sempre vista como desafio ao poder vigente. Alice a cantava pensando no sentido quando ela foi composta, como provocação à ordem autoritária. Hélio registrava apenas que, no fim, o rebelde é morto, para alegria geral. A música de inimigos do governo militar podia ser cantada por ele com um entendimento diverso. Caprichou na voz:

Farreia, farreia, povo,
Farreia até o sol raiar
Mataram Corisco
Balearam Dadá.

Os acordes enchiam o ar, atenuando as mágoas, traduzindo divisões. Lá fora, a chuva continuava suas ameaças de afogar o mundo todo ou lavá-lo dos seus erros e culpas.

Marcos olhou, no vidro da janela, a chuva escorrendo e, de novo, baixou a cabeça sobre seu violão.

O sertão vai virar mar
E o mar virar sertão.

A batida do instrumento foi seguida pelos percussionistas improvisados. Alguns se levantavam e dançavam, inventando passos nordestinos em plena Minas. Uma festa espontânea. Era assim quando se reuniam, mas sempre faltava um. Hélio ou Alice. Naquele encontro, a grande chuva esticava a convivência. Enquanto isso, as crianças brincavam de correr e de inventar sustos, indo até a parte mais escura da casa, longe do salão.

Hélio dera a Marcos o primeiro violão e o incentivara a tocar. Ele mesmo tinha aprendido, na adolescência, rudimentos com um professor contratado pela mãe, que queria muito a música na família. As filhas tinham fugido do piano, por isso sugeriu o violão a Hélio, mas ele não tivera persistência. Não era exatamente ruim, mas precisava de empenho para aprender cada acorde. Na vida no quartel teria que ter mãos grossas, unhas rentes, desistiu. Na primeira vez que emprestou o violão ao irmão mais novo, distante em idade, viu a habilidade que não vira em si. Pequeno, Marcos se esforçava com seus braços curtos para abraçar o instrumento, apertando as cordas com a esquerda e tocando com a direita. Maria José já não esperava que alguém se interessasse por música quando brotou, sem amparo e estímulo, o talento do caçula.

Um relâmpago iluminou a noite. Todos olharam para fora, apreensivos. Pedro e Maria voltaram para perto de André. Clara buscou o avô. Que chuva aquela, persistente e furiosa! Ainda os raios, depois de tanta água.

Tá relampiano
Cadê neném?
Tá vendendo drops
No sinal pra alguém
Todo dia é dia
Toda hora é hora.

    Marcos parou e contou a história que inspirou Lenine. Ele sabia os contextos das composições e os narrava, entre uma música e outra, para encanto daquela plateia particular. A poesia de Lenine pairou sobre os circunstantes.

    Marcos cresceu assim, aprendendo sozinho, sem professor. De ouvido. Tentando saber o que levou o compositor a cada canção. Aprendia as melodias, com sua espantosa capacidade de passar horas tirando as notas. Por que nunca seguiu a carreira de cantor? Tentou. Mas, sem as conexões certas, não era fácil viver de música, à espera do sucesso. No seu tempo de teatro, a música foi útil. O teatro, porém, foi mais uma experiência abandonada pela obrigação da vida. Precisava criar os filhos, então dedicou seu tempo a um trabalho no qual se sentia estrangeiro. Repetitivo e sem criatividade, mas que dava dinheiro certo. Marcos, que em nada persistia, era insistente no violão e no canto. Um desperdício que jamais frutificou em uma carreira. Sua voz era de um veludo envolvente, de uma firmeza estável, fazendo o subir e descer de tons, impossível para todos, parecer natural e fácil.

    — São essas mulheres tendo filhos demais, têm filhos para explorar nos sinais — disse Hélio, referindo-se ao que narrava a letra que Marcos cantava.

    — Elas são vítimas, Hélio. O Brasil é assim — respondeu Alice em voz mais mansa, para não assustar a paz daquela noite.

— Vocês não diziam que a concentração de renda era culpa da "ditadura militar"? — provocou Hélio.

A obra de Lenine poderia desatar mais uma onda de desentendimentos entre os dois. Marcos balançou a cabeça, desaprovando e levantando a voz que baixara quando a discussão começou.

> Há que endurecer
> Um coração tão fraco
> Pra vencer o medo
> Do trovão
> Sua vida aponta
> A contramão...

— Tem caído a concentração de renda, Hélio. Você não percebeu? — rebateu Alice, que jamais aceitou não dar a palavra final.

Marcos decidiu mudar o rumo daquela conversa. Seu repertório era desconcertante às vezes, no entanto a família o havia aprendido, até os mais novos, vindos de outros ritmos, de outras modas, de outras eras.

> Não posso ficar nem mais um minuto com você.
> Sinto muito amor, mas não pode ser.

O riso se espalhou. Havia canções que dividiam, aquela unia. Não se sabe por que no velho "Trem das onze" embarcavam todos, independentemente da idade.

Na sala, ouviam-se retalhos de conversas aqui e ali, desordenadas, desconexas.

— Ainda bem que não sou só eu — afirmou Felipe.

— Está todo mundo nessa. Ninguém achava que eles fossem fazer tanta besteira na empresa — retrucou Sônia.

— Eu comprei a ação e quebrei a cara. É ficar na posição então — concluiu Felipe.

— Você não soube? Eles se separaram — falava Mônica para Márcia.

Clara saiu do colo do avô e foi para perto de Luisa. Queria saber como era isso de trabalhar na televisão.

— Quando eu crescer, quero trabalhar na televisão também, Luisa.

— Vamos ouvir o André, gente — pediu Maria José.

Se eu perder esse trem
Que sai agora às onze horas
Só amanhã de manhã.
Além disso, mulher,
Tem outra coisa

Naquele trecho da música, como sempre acontecia, os irmãos, com suas escolhas opostas, competiam alteando a voz.

Sou filho único
Tenho minha casa para olhar
E eu não posso ficar.

Larissa, filha única de lar desfeito antes do seu nascimento, imaginou o que poderia ter sido a vida se seu pai tivesse sobrevivido à prisão. O casamento teria se mantido? Ele poderia estar ali a seu lado, ao lado de Alice, cantando, rindo, embarcando no trem das onze.

— Vovó, como é que pode? Você teve quatro filhos e eles sempre cantam bem alto a parte do "sou filho único". Isso é ciúme? — perguntou André.

Maria José riu, divertindo-se com a lembrança dos filhos pequenos na competição por sua atenção.

— Só eu posso cantar isso, sou o único que, por um tempo, foi único — disse Hélio, apertando a mão da mulher.

As velhas disputas da infância começaram a ser revisitadas, carinhosamente.

— Pior foi quando esse aqui nasceu, o Marcos. Eu estava bem feliz sendo a caçula. Ele tomou o lugar que era meu — protestou Alice.

— E alguém pode imaginar a vida sem o Marcos? Se ele não tivesse nascido quem estaria aqui nos divertindo? — perguntou Hélio.

Condenado a ser apenas a diversão da família, Marcos olhou a roda que a sua música costurava.

— Cante aquela do outro dia — pediu Larissa, e cantarolou:

Ô maravia, ô maraviá,
O amor dos outros chega, o meu não quer chegar.

— Continue, continue que sua voz é bonita — encorajou o tio.

A voz de Larissa morreu na garganta. Não se exporia jamais na frente da família. Antônio garantia que ela era afinada e tinha voz bonita. Que isenção poderia ter Antônio, sempre elogiando cada um dos seus supostos talentos? Teve saudades dele e daquele amor leal e cômodo, que sabia ser um tesouro invejado pelas amigas, sempre às voltas com desencontros. Lembrou-se da última vez que, com ele, ouvira o tio cantar. Recostara-se então no ombro de Antônio para, aconchegada, curtir melhor as conversas nas pausas construídas pelo violão de Marcos. Quis cantar só para ele, como fazia em casa. Lá ela conseguia.

— Lindo isso, canta mais, é assim, ó — insistiu o tio.

Quando ele aparecer meu coração vai parar.

Ela recusou o convite do tio e se encolheu mais. Cantaria em casa sem o olhar de Mônica vigiando suas tentativas de achar o tom.

— Seu amor não apareceu, não, Larissa? E o Antônio? Boa gente, bonito, melhor você não consegue. Eu estou bem, muito bem. Meu amor chegou, quero avisar à família — falou Mônica.

—Aliás, eles não param de chegar — alfinetou Márcia.

A mãe, no passado, sempre se orgulhara da beleza da filha, mas agora considerava que Mônica já passava da hora de buscar estabilidade amorosa.

— Ainda estou me divertindo, mãe.

Mônica falava e balançava os lindos e fartos cabelos pretos, refletidos nos olhos de um verde contrastante com a pele morena. Quantas vezes, na infância, Larissa quis ter nascido assim, bonita como a Mônica, extrovertida como a Mônica, segura. Sua boca de lábios grossos se destacava no rosto que ainda tinha o capricho de possuir um nariz bem desenhado. Mônica sabia ser bela e disso dava ciência aos familiares desde a infância. Sua mãe e o pai, Hélio, no começo a exibiram como um troféu. Hoje achavam sua atitude de desfrute da vida além da medida.

> *Que destino ou maldição*
> *Manda em nós, meu coração?*
> *Um do outro assim perdidos*
> *Somos dois gritos calados*
> *Dois fados desencontrados*
> *Dois amantes desunidos.*

Larissa pensou em Bento, no estranho sentimento do impossível que a fazia querer estar com ele num mundo que ele não tinha visto nem veria. Recolhido no passado, seu amor condenado, desencontrado. Ela, dividida entre o trágico e o remanso. Entre o remoto e o contemporâneo. Bento e Antônio. Ela sabia que enlouquecia, enroscada em um enredo improvável e numa insanável partição.

Os grupos se formavam em conversas laterais, confusas.

— Reparou que o que ele canta é sempre assim, dramático? Tio, uma mais alegrinha, vai — pediu Mônica.

— São canções clássicas, românticas. Num mundo sem romantismo, o tio nos dá esse privilégio — defendeu Larissa.

— Sônia, canta a sua preferida, que eu acompanho — convidou Marcos.

— Vocês não vão querer me ouvir cantando. Sou boa de conta, não de canto — brincou Sônia.

Começou errando no tom.

Esses moços, pobres moços,
Ah! Se soubessem o que eu sei.

Parou por aí, deixando o irmão levar até o fim o Lupicínio.

— Se soubéssemos o que você sabe, a gente jamais ficaria na pendura — devolveu André.

— Eu, que não sou bobo, estou aprendendo tudo com ela e já estou me dando bem no mercado — exibiu-se Felipe.

Sônia e sua riqueza, construída desde o início na aridez do trabalho, na adrenalina das aplicações certas nas bolsas, nas grandes tacadas. Tinha conseguido dinheiro suficiente para não se preocupar com o fechamento de cada mês, mas sabia a devastação que havia sido sua vida. Nas finanças, multiplicava; no amor, subtraía e perdia.

— Canta aquela, canta aquela... — propôs Hélio.

Marcos não esperou o fim da frase do irmão. Veio com a que estava em sua cabeça, indiferente às interrupções e aos pedidos.

> Os óio da cobra é verde
> Hoje foi que arreparei
> Se arreparasse há mais tempo
> Não amava quem amei.

Márcia reparou de novo nos olhos do marido, Hélio, herdados por Mônica, que a cativaram desde o início, quando o viu fardado de verde, com os olhos parecendo reflexo e concordância. Das discordâncias, só ela sabia. Não era de reclamar. Importante era manter a família.

> Eu vi Mamãe Oxum na cachoeira
> Sentada na beira do rio
> Colhendo lírio, lírio lê
> Colhendo lírio, lírio lá
> Colhendo lírio
> Para enfeitar o seu congá.

Marcos foi ligando uma canção na outra, anárquico. Às vezes, descansava sobre o violão para ouvir um pouco a algazarra das conversas. Depois retomava.

Luisa se aproximou do irmão.

— Tenho que admitir que papai canta bem. Que voz linda, eu me emociono. Deveria cantar para um público não familiar. Profissionalmente falando.

— Canta lindo, sim. Me emociona também — respondeu Felipe. — Mas penso no desperdício desse talento. Se ele tivesse foco...

Os dois olharam para o pai com certa ternura e um travo de reprovação.

Marcos não viu esse olhar ambíguo. Estava mergulhando em Dorival Caymmi.

No Abaeté tem uma lagoa escura
Arrodeada de areia branca
Ô de areia branca

E foram todos cantando e se embalando. Ora em coro, ora no solo de Marcos. Visitando o cancioneiro popular impregnado da cultura que viera com os africanos e que, misturado a outros sons e ritmos, dava o sabor especial à estética musical brasileira.

Ê areia do mar
Céu serenô
Areia do mar
Do céu sereno
Areia do mar
Maré areia
Maré cheia do mar
Marejô.

— Se continuar nessa linha, Marcos, baixa santo aqui — ironizou Hélio.
— Ou o fantasma que andou assustando a Larissa — disse Mônica.
— Eu não me assustei.
— Bom, se não se assustou, por que foi correndo dormir no meu quarto?
— O quarto não é só seu, foi separado para nós duas, para a gente lembrar os tempos de infância — respondeu, rindo, Larissa.
— Vamos lá, conta de novo: como era o fantasma? — insistiu Mônica, encurralando Larissa.
— Era uma mulher negra. Muito bonita.

— Conseguiu ver que era uma mulher e teve ainda tempo de notar que era bonita? Ou fugiu de medo ao ver uma sombra e agora está inventando? — zombou Mônica.

O violão tinha parado. Agora até Marcos estava em dúvida. Lembrou da estranha conversa naquela madrugada em que ela chegara a cavalo. Não quis embaraçar a sobrinha contando o que ela confessara.

Larissa, de novo, se viu cercada pela curiosidade da família, que perguntava pelos detalhes que ela estava decidida a esconder. Eram seus os segredos inconfessáveis dos dias estranhos que vivia, dos encontros inesperados com vidas antigas. Contar o que estava vivendo, no mundo paralelo daquela fazenda, era admitir que enlouquecera, era reconhecer que se partira a frágil fronteira entre a esquisita, que sempre fora, e alguma patologia de compêndio médico. Tinha também ciúme da atmosfera em que só ela penetrava. Revelar o que via e com quem falava era dividir a magia, quebrar o encanto, desfazer o mistério.

Olhou para o fundo da sala mal iluminada pela luz do gerador e pensou ver vultos à espreita, naquela posição em que ficavam os escravizados, prontos para servir nas grandes fazendas. E hoje, nas casas das famílias ricas, nas festas. Parecendo ser apenas isso, sombras deles mesmos, os vivos. Funcionários da fazenda serviam discretamente para não constranger os convivas.

— O que você acha que foi aquilo, minha filha? — perguntou Maria José, curiosa.

Marcos interrompeu seus acordes. As crianças se aquietaram para ouvir de novo a narração do mesmo susto.

— O que você viu no quartinho? — quis saber a avó.

— Não sei. Como historiadora, vivo num mundo de 100 bilhões de habitantes.

— Quantos? — espantou-se Sônia.

— Vejam bem: quantos já viveram aqui? — perguntou para exibir a conta que ouvira numa palestra do historiador Niall Ferguson.

— Aqui, onde?

— Quantos viveram no planeta desde o começo da humanidade?

— Não tenho ideia — respondeu Felipe.

— É isto: 100 bilhões de pessoas. O cálculo de Ferguson é este. Isso significa que, quando troquei o jornalismo pela História, estava saindo de um mundo de apenas 7 bilhões para entrar em um de 100 bilhões. Bem mais animado.

— Pedro, Maria, a Larissa está dizendo que no mundo tem 100 bilhões de fantasmas — sussurrou Clara para os primos.

— Isso é muito? — perguntou Maria naquela conversa paralela das crianças.

— Interessante. Você realmente acredita que quem morreu pode reaparecer, que existe um mundo, onde estão os mortos, no qual se pode interagir com eles, Larissa? — assustou-se Alice.

— Não acho nada, mãe. Eu posso não ter visto coisa alguma. Pode ter sido sugestão de tanto que falam em fantasma desde que chegamos à Soledade. E tem essa escuridão, essa penumbra que cobre tudo e ilude. Um ambiente assim alimenta a ideia de que, atrás de cada móvel, porta, sombra, há um ser sobrenatural à espera.

— Que alívio! Era o que me faltava, ter uma filha com essas crenças.

As crianças correram de novo atrás das sombras que viam nos outros cômodos para voltar aos gritos.

— Um pouco de Milton Nascimento, Marcos, afinal, estamos em Minas — pediu Larissa.

— São tantas, que não dá para escolher.

— "Raça". Canta "Raça" — sugeriu.

> Lá vem a força, lá vem a magia
> Que me incendeia o corpo de alegria
> Lá vem a santa maldita euforia
> Que me alucina, me joga e me rodopia.

Larissa dançou, feliz, no salão, seguida pelos primos André, Felipe, Mônica e Luisa. Foram se soltando, e por um momento sumiram as diferenças entre eles. Era o mesmo povo, os netos de Maria José. Para Larissa, os versos tinham um sentido profundo e ela cantou sem pudor:

> É um lamento, um canto mais puro
> Que me ilumina a casa escura
> É minha força, é nossa energia
> Que vem de longe para nos fazer companhia.

— Agora, venham todos me fazer companhia nesta mesa — chamou Maria José.

Em paz, pela costura musical de Marcos, foram para a mesa onde a fartura, a delícia e o desatino da cozinha mineira adiavam o comedimento. Joana e suas ajudantes recrutadas no povoado tinham feito, a mando de Sônia, tudo o que cada um gostava, no exagero comum daquela terra. Na cozinha, Minas profunda não sabe escolher. Soma os mais diversos pratos e os espalha em exibição. Primeira etapa vencida, vieram os doces de leite, o arroz-doce, a ambrosia de ovos e leite da fazenda, a goiabada cascão feita no povoado, o doce de abóbora com coco, os queijos frescos e curados, de fabricação própria. Uma mesa de delírios; mineira, com certeza.

O bolo preparado com capricho por Joana foi cortado por Maria José com pompas e palmas da família após ela soprar as duas velas que informavam seus 88 anos.

Entre o excesso das sobremesas e o café coado na hora, Sônia pediu a Marcos um pouco mais de música. Queria alongar a roda familiar, como sonhara a mãe. Estava feliz também de que na sua casa, na fazenda que comprara com o esforço do seu trabalho, havia sido possível um momento de paz na família tão machucada por aquelas brigas que ela achava inúteis entre esquerda e direita.

— Vamos lá, Marcos, cante uma romântica, daquelas que só você sabe.

O amor é velho, velho, velho
E menina.
O amor é trilha
De lençóis e culpa
Medo e maravilha.

— Lindo, agora sim, vamos espantar os fantasmas — brincou Alice.

— Ou convocar velhos amores que são, de certa forma, fantasmas — suspirou Sônia.

O amor zomba dos anos
O amor anda nos tangos
No rastro dos ciganos
No vão dos oceanos.

— Uau! Que letra é esta? Que linda! — interrompeu Larissa.

— É Tom Zé.

— Pai, essa é bonita mesmo — falou Luisa, com ar de orgulho do pai.

Marcos cantava cada vez melhor, cantava para si mesmo, para unir a família, para embalar seus sonhos perdidos. Cantava para os filhos amados, Felipe e Luisa, que quase nunca o ouviam. Cantava no aconchego para esconder o medo de que nunca o aceitassem assim, perdido e aflito, agarrado ao som dos seus fracassos. Velho demais para ser como era, sem rumo, sem estabilidade financeira. Nunca devidamente aceito pelos três irmãos combativos e bem-sucedidos, cada um à sua maneira. Ele era apenas o caçula, o que não dera certo em nada, o experimentalista, o inconsequente. Nunca devidamente aceito pelos próprios filhos. Nas reuniões de família, no entanto, era quem costurava a união que o desencontro da vida rompera.

Por um minuto, a dor o abateu. Cansado do ofício de cantador familiar, ele fechou os olhos e debruçou-se sobre o violão. Sabia, intuía, percebia a dor que cada um carregava. Hélio, com seus casos extraconjugais para fugir do ordinário de uma vida cheia de regras. Mônica e seu namorado rico e casado, para o qual seria, talvez, mais uma para o desfrute descartável. Márcia, mantendo as aparências do casal estável, apesar do muito que poderia dizer, se ousasse contrariar o general. Sônia, que, com seus investimentos, ganhara a independência. E só. Alice e sua dificuldade de amar, prisioneira eterna de uma guerra já encerrada. Larissa, em busca de um passado que não viveu, do pai que não conheceu, a sensação de estar sempre incompleta. André, sensível e inteligente, méritos que o pai não via. Luisa e Felipe suas lindas crianças, que gostosas lembranças tinha deles! Agora, adultos, cada vez mais distantes. Quando se mudaram para São Paulo com a mãe ficaram expostos aos estilhaços de uma relação de cobranças e asperezas. Maria José, sua mãe querida, estava chegando ao fim da estrada, apesar de mostrar ainda vigor e lucidez.

Ele entendia aquela família e a amava. Queria acariciar cada um com o som do seu violão, mas não conseguia quebrar a redoma construída com dissimulação.

A vida passara tão depressa, e Marcos ainda se sentia apenas o caçula. Queria de volta o cotidiano da grande casa do Grajaú na sua primeira infância. Depois, a amargura fez moradia permanente entre os irmãos. Às vezes, os olhava enquanto dedilhava as canções. Não os deixava perceber que não queria ser apenas o fundo musical que contorna desavenças, atenua dores e faz brotar as lembranças. Queria que notassem a sua excelência musical, que oferecia assim de graça, por amor, como um brilhante. Queria que entendessem que trabalhara sempre pela harmonia da família, tentando reconciliar os inconciliáveis Hélio e Alice, tentando adoçar a aridez de Sônia e afastar a melancolia de Maria José. Queria de novo os filhos pequenos para os quais cantava na hora de colocá-los para dormir. Retomou decidido o canto, enchendo a noite:

> O amor zomba dos anos
> O amor anda nos tangos
> No rastro dos ciganos
> No vão dos oceanos.
> O amor é poço
> Onde se despejam
> Lixo e brilhantes:
> Orações, sacrifícios, traições.

A vida fora tão rápida, que mal conseguira tocá-la. Aos 56 anos, perdia cabelos, beleza e esperança. Intacta ficava a sua voz, encantando. Numa fazenda escura no profundo de Minas, acariciava a sua família, interpondo-se entre conflitos como algodão entre cristais.

Ao som do violão, cada um mergulhou em sua dor, nas querenças perdidas e nos desmerecimentos. Nos brilhantes que deram a amores que os dilapidaram. Nos sacrifícios e traições.

Maria José pensou em orações, agradecendo pela noite sem brigas ao som do violão de Marcos.

Era a pausa que pedira. Mas uma trégua frágil. Ela se romperia horas depois.

14 / O SOPRO DA LIBERDADE

As tábuas de peroba-rosa do assoalho brilham. Paulina decide fazer a última verificação de tudo. É a hora da sesta. O noivo e os pais do noivo, seus parentes, convidados, chegaram, almoçaram e foram descansar para a festa.

Antonieta também se recolheu, mas como dormir com aquela ansiedade? A partir daquele dia ela seria definitivamente noiva e era só acabar o enxoval para ser uma senhora casada. Tremia de emoção ao pensar nesse momento. Tantas moças se casavam sem amor. Tinha sorte.

Paulina pensa no que pediu a Antonieta. O ideal era ter a carta de alforria, porém isso exigiria a presença de um notário, então elas mesmas redigiram um documento. Tudo preparado em segredo para que a carta fosse lida e assinada em público, para ser compromisso suficiente. A moça vinda do futuro não a ajudou a saber o que aconteceria, mas era tão agradável, e de certa forma a incentivou a enfrentar aquela espera, contando o relato de outros que haviam chegado à liberdade pelo caminho da negociação e da habilidade, portanto seu plano era possível.

Depois de tudo conferido, revisto, flores nos vasos, passagem pela cozinha, onde muitas mãos preparavam as delícias, ela vai acordar Antonieta e arrumá-la. Os cremes feitos com ervas são espalhados no rosto para reavivar a beleza da pele rosada e deixá-la iluminada. Depois, o banho lento e caprichoso. Por fim, o vestido mandado fazer na corte, que modela seu corpo no esplendor dos dezoito anos.

Antonieta saboreia cada minuto do dia, mas quer que a noite chegue logo. Mandara costurar para Paulina o mais belo vestido possível, feito por uma boa costureira das redondezas. Queria, como um capricho, que sua aia estivesse bem vestida e encantasse também. As duas estão no auge de suas belezas contrastantes. Paulina esguia, com um pescoço fino e comprido, com os ossos das espáduas ressaltados, tornando mais encantador o colo exibido pelo decote redondo que insinua os seios perfeitos. O dorso magro termina na cintura fina. Os quadris largos, percebidos no avolumado da saia longa. Todas as curvas acentuadas no seu primeiro vestido sob medida.

Houve um tempo em que Antonieta, mais baixa e de traços mais discretos, se inquietava vendo a exuberância de Paulina. A juventude foi firmando seu próprio estilo. Hoje, Antonieta sabe que também é bela. Em Paulina, as roupas soltas eram ótimas para a liberdade dos movimentos na lida do trabalho intenso e para ocultar as formas do corpo firme. As longas pernas de músculos exatos eram um segredo nunca revelado. Paulina sabia que era melhor que não notassem seus encantos, assim fugiria da cobiça masculina. Antonieta concordava com a dissimulação. Viu a amiga crescer escondendo seus dotes, protegendo-se. Naquela noite, ela desabrocharia no lindo vestido mandado fazer por Antonieta, para que, quando pedisse ao pai a liberdade dela, Paulina fosse admirada por todos e parecesse convincente no novo papel de mulher forra, livre. Antonieta sente-se generosa ao dividir seu momento com Paulina. Afinal, ela, Antonieta, sempre teve tudo; Paulina, nada. Mas haviam crescido juntas.

Paulina, trêmula, aguarda. Teme e sonha com o instante em que Antonieta pedirá por ela. Ela não sabe muito bem o que fazer depois, mas pensa que, com inteligência e habilidade, construirá sua nova existência.

A liberdade é o desconhecido. Viveu em cativeiro desde o nascimento. Tem vontades vagas. Viajar sem salvo-conduto. Usar o dinheiro poupado dos trabalhos pagos para tentar achar a mãe no Rio. Depois, trazer ao pai e ao irmão notícias de Januária. Unir a família. Trabalhar sempre recebendo dinheiro, que guardaria para comprar a liberdade de Constantino e Bento. Um dia ter uma casa, um piano, no qual deslizaria seus dedos livres. As cenas passam em sua mente. É inteligente o suficiente para saber que tudo será muito difícil. E que o primeiro e fundamental passo é ter o documento de liberdade assinado. Mais tarde, reorganizaria sua vida. Inicialmente, nada mudaria, ficaria ao lado de Antonieta, trabalharia para ela ter o casamento dos seus sonhos. Mas depois, devagar, a convenceria de que a liberdade só seria verdadeira quando fosse desfrutada. Isso seria a segunda batalha.

Bento repassa as etapas do plano. Já falou com cada um dos companheiros sobre o que fazer em todos os minutos da fuga. A noite se aproxima aumentando a expectativa. Pensou em tudo, nos mínimos detalhes. Ele repete mentalmente o que fará se uma das etapas do projeto tiver um desdobramento imprevisto. Pode controlar seus passos, mas não as reações dos que serão surpreendidos pela ação dos quatro companheiros envolvidos no confronto e na fuga.

A liberdade é sonho maduro. Ele está convencido de que milagres não há. Planos, sim. O importante é escapar da fazenda onde esteve toda a vida. Adianta pouco entrar na mata pelo caminho natural da fazenda, trilha conhecida, onde os cães e os capatazes os alcançarão. É necessário ganhar a mata lá pelo outro lado da estrada que há depois do grande morro à frente. Para chegar à entrada daquela parte da mata com rapidez, precisará de carruagem puxada por cavalos velozes. As informações que colecionou são de que, daquele ponto, conseguirá seguir, andando por uma trilha antiga, que leva ao povoado livre onde se escondem outros negros fugidos na região. Serão semanas se embrenhando na mata, mas tudo o que precisa para se alimentar já está dentro da bagagem.

Não sabe o passo a ser dado após a conquista da liberdade, porém quer sentir-se dono de si mesmo para então decidir. Sabe que, por certo, se unirá aos que lutam para acabar com a escravidão. Claro, tinha seus sonhos impossíveis: voltar um dia e resgatar a irmã e o pai. Tem consciência de que a irmã quer seguir outro destino. Não acredita no plano dela. Entretanto, seria tão maravilhoso se o pai sobrevivesse, e ele pudesse buscá-lo para o aconchego da floresta. Para morrer que fosse. Morrer livre. Nascera livre e assim deveria morrer. Uma compensação última de uma vida infeliz. Isso é o que Bento sonha. Busca a liberdade como se procura o ar para respirar, mas se pudesse ter o pai ao lado seria o mundo perfeito. Ele via Constantino morrendo na sobrecarga diária, e isso é o que aumentava o ódio que sentia.

Um amargo trava seu peito. Pela mente, desfilam as cenas que alimentam seu rancor. A venda da mãe. O trabalho desde menino. O sofrimento do pai no esforço incessante. As vezes em que ele próprio enfrentara as chibatadas e humilhações. Tantas vezes que suas costas trazem as marcas. Lutara desde moleque, como um louco, como quem se joga contra o que vai feri-lo. Bento é um espírito em fúria. Indomável. Assim passou pela adolescência e chegou à juventude. Em cada palavra insolente, enfrentava de novo a dor dos sofrimentos que eram impostos sobre os que se atreviam.

Paulina o ajudava a curar as feridas dos castigos com unguentos. Seu amor pela irmã é imenso. Teme por ela e por seu sonho irrealizável. Ficaria mais feliz se Paulina o tivesse escutado e entrado no projeto de fuga. Liberdade não se pede, como convencer disso a irmã? A liberdade não pode ser vivida ao lado dos antigos senhores. É dever de quem está escravizado lutar por liberdade. É da natureza dos senhores escravizar, humilhar, impor sua vontade aos negros. Se conseguir que alguém a alforrie, como Paulina poderá exercer a nova situação de mulher livre dentro da mesma prisão, cercada dos mesmos senhores e pela mesma rotina de tarefas? Que liberdade é essa que Paulina quer? Não entende a irmã. Só em novo lugar, dono do seu tempo e do seu cotidiano, tudo pode recomeçar em novas bases. Tantos fugiram nas redondezas e nunca mais foram vistos. Ele os encontrará na mata, ainda que demore. Seguirá as informações que guardou ao longo dos anos em que, pacientemente, buscava os dados, os relatos. Sabia que não poderia registrar nada por escrito, por isso desenvolveu com esforço a memória na qual arquivava tudo o que pudesse ser útil ao seu plano.

A noite desce sobre uma fazenda de Minas, sobre a expectativa e a esperança de dois irmãos. A lua, como uma bola de luz, brota da copa dos jequitibás mais altos. As tochas, os candeeiros e os lampiões foram acesos, iluminando a construção que, senhorial, reina como força incontestável no largo vale. Lá dentro, Paulina sonha e se veste pela primeira vez com o cuidado de uma moça livre. Para não estragar a surpresa de exibi-la bem vestida, Antonieta escondera todas as peças do vestuário de Paulina no próprio armário. Paulina cumpre a rotina de ajudar Antonieta a se arrumar e, depois, veste-se na frente da ama e amiga.

—Você está ainda mais linda do que eu havia imaginado que ficaria — admite Antonieta.

— Linda está você, que será a noiva mais encantadora que se viu nestas bandas. Sua beleza é ainda maior pela sua bondade — responde Paulina, adulando, com sinceridade, a sua senhora.

Antonieta balança as ondas louras dos cabelos fartos que encantavam o noivo e, num pequeno espelho, mira o azul límpido dos olhos. Com ele na mão, vira-se e vê a imagem que o espelho do toucador revela do decote nas costas. Empresta o espelho a Paulina, e ela confere o brilho e a profundidade dos próprios olhos. O penteado cuidadoso que, em tranças, coroa sua cabeça altiva. A boca de lábios grossos, que, nos sorrisos, revelam os dentes brancos. Carrega ainda um jeito de menina. Antonieta e Paulina se olham com admiração e cumplicidade no espelho do toucador. Antonieta, orgulhosa de ter pensado em dividir sua felicidade; Paulina, orgulhosa do resultado do lento costurar do seu plano, incutindo em Antonieta o desejo de libertá-la. Cada uma pensa estar no comando. Antonieta por ser a dona de tudo. Paulina porque sabe que, com sua inteligência e habilidade, subvertera a ordem natural e havia tornado possível o que estava para acontecer.

O único ponto que empana o encanto da noite é o medo que Paulina sente das movimentações de Bento. Ele nada lhe contou, mas ela teme que ele execute naquela noite seu plano de fuga. Paulina conhece o irmão. Seu espírito indômito não suporta mais os castigos, as humilhações, a lenta morte por asfixia à qual a escravidão condena suas vítimas. Que louco é seu irmão querido! Como pode pensar em medir forças com aquela ordem invencível? Melhor se unir a ela para contorná-la, encontrar as brechas para vencê-la pela sabedoria. Lapidada pela orientação do pai de que tudo aprendesse, tornara-se uma igual. Em nada se sente menor, inferior. A escravidão não está dentro dela, está fora. É estranha a ela. Por isso o seu documento é a confirmação do que, internamente, sabia ser.

Aguarda apenas a hora de derrotar a ordem que a mantém cativa, estrangeira ao próprio destino. E a vencerá pela força da sua mente superior. Sim, superior — era como se sentia, quando via Antonieta se esforçando para apreender os conceitos que os tutores ensinavam. Ela, em silêncio, ligeiramente afastada, com fingido ar ausente, captava mais rápido as lições e, depois, ajudava a ama nos deveres, explicando-lhe novamente o que havia entendido das aulas. Ao piano, não compreendia a dificuldade de Antonieta. Era pousar as mãos no teclado e seguir a música que ouvia dentro da sua alma. Bastava decorar a sequência de notas. Sim, guarda o segredo da própria superioridade. Se a tornasse explícita, poria tudo a perder.

Confia também na inteligência viva do irmão, mas teme seu destemor. Amedronta-se ainda mais com o ódio que o cega e impede que o cérebro trace o melhor caminho para o sonho da liberdade. O ódio é mau conselheiro e impulsiona as pessoas para veredas insensatas. É insano pensar que se pode enfrentar uma força muito maior que a sua ou escapar por trilhas que cães e feitores sabem rastrear. O que planeja o irmão? Esse é o secreto desconforto que tira a alegria desse dia mágico.

Elas se olham, miram-se, admiram-se antes de sair do quarto. Iguais na fulgurante juventude, diversas no destino. O tom pastel da iluminação dá aos muitos cômodos da casa a beleza misteriosa das noites e o aconchego dos lares bem assentados na opulência.

Duas lindas mulheres se revelam quando a porta do quarto de Antonieta se abre. Paulina dá passagem e baixa o rosto discretamente, como se quisesse esconder o palmo que crescera a mais que Antonieta. Tenta esmaecer sua exuberância. Fica sempre um pouco atrás, para empanar o próprio carisma e caber no papel a que está destinada. Assume a estudada expressão de cativa.

Antonieta à frente, rosto levantado e altiva, dona de sua beleza e orgulhosa dela, rosto ligeiramente enrubescido pela emoção, adentra o grande salão e desfila até o noivo, que a olha encantado e procura no olhar dos pais o sinal de aprovação. As famílias e os convidados contemplam o resultado da cuidadosa preparação. Atrás, Paulina simula. Atrai olhares que se dividem entre as duas, mas desliza ágil para o fundo da sala e lá fica, onde sempre esteve, à espera das ordens. Não é agora que colocará tudo a perder, exibindo-se. Dissimulada, tenta fugir da própria beleza, que Antonieta fez questão de ressaltar. Ela teme os olhares que recebe, porque sabe que nunca esteve tão bonita. Teme que a força da sua presença estrague o plano. Foi de Antonieta a ideia de que ela se enfeitasse. Arrepende-se. Precisa parecer menos. Anda pelos cantos, encosta-se no sombreado da parede, como esperam que faça uma pessoa na sua condição, no aguardo do mando, a ser obedecido humildemente.

Bento vê o cair da noite com agonia febril. Com troca de olhares, entende-se com os companheiros da mesma trama de fuga e risco. As carruagens das visitas hospedadas na casa-grande chegaram na véspera e foram furtivamente vasculhadas, na escolha da que seria mais veloz e mais capaz de suportar todos eles em disparada. Os cavalos que eles levariam na fuga estavam preparados.

A escuridão externa é atenuada pelos lampiões vindos do Rio de Janeiro que ele ajuda a acender por ordem dos senhores, que querem a casa resplandecente. De dentro dela, vem o burburinho das conversas e dos músicos contratados para tocar. Violinos e piano se alternam ou tocam em conjunto. Nas pausas das notas, ouvem-se gargalhadas.

A um sinal de Bento, os outros três entendem o que fazer. Cada um tem uma tarefa. Eles se esgueiram para cada vez mais longe e entram na mata. Correm o mais rápido que podem com um pequeno lampião, que revela o caminho memorizado até a pequena gruta com a entrada camuflada. Lá estão as armas. Voltam rápido, antes que sintam a ausência dos quatro. Trazem com eles tudo o que guardaram para a fuga.

O segredo é a alma do plano. Só os que dele fazem parte sabem. Ao pai deu um demorado abraço naquela noite. Sem palavras. Foi o suficiente. Viu dor no pai, não mágoa. Com o abraço, o olhar e sobretudo o silêncio, o pai o incentivou a não repetir sua história de envelhecer na escravidão. Bento sabe a tristeza que causa. Sabe a saudade que sentirá. Pressente os riscos. Porém ouve o soberano chamado do destino. A hora é aquela por ser a mais improvável. Todos estão absorvidos pela festa. Há mais gente, por isso ninguém imaginará que loucos tentariam fugir naquela noite. A improbabilidade reduzirá o controle, pensa Bento. O efeito surpresa os ajudará. A bebida que saía da casa para os capatazes e cocheiros atenuará a vigilância. Os feitores deixarão de lado os seus chicotes e o controle para rir sob o efeito do vinho.

As armas são escondidas em pontos do pátio principal estrategicamente escolhidos. No campo maior, ao lado da casa, ficaram algumas das charretes e carruagens. Escolhe a que permanece armada com os cavalos e que está no local mais escuro. Deixa dois cavalos amarrados por perto. Aguarda a hora de iniciar a ação. Cada um dos companheiros sabe o que fazer.

Dentro da casa, a música é tocada pelos músicos trazidos da capital. Antonieta enrubesce ligeiramente, traindo sua emoção. O noivo pede a palavra para declarar seu amor e pedir a mão de Antonieta oficialmente.

Fora da casa, vultos negros se aproximam da roda onde estão os cocheiros e capatazes. Alguns brancos, outros nem tanto. Todos homens livres. Por serem brancos ou por serem forros. Não eram iguais, mas naquela noite as diferenças sociais eram atenuadas pelo clima de confraternização. Os negros se espalhavam em seus afazeres da festa, ou em rodas esperavam o chamado para algum serviço. O vinho farto animava a conversa dos feitores ou dos forros em posto de mando. Bento aguarda um deslize, uma desatenção no grupo. Um deles se levanta da roda. É a hora.

O homem vai para um canto despejar o que lhe aperta a bexiga. Os negros se preparam. Bento pula e, num gesto rápido, cobre a boca do homem e o arrasta. É um dos cocheiros, um homem grande, mas que nada pode contra os quatro que o cercam. Ele é levado. Anda sentindo a ponta da faca em sua cintura. Depois o amarram, vedam sua boca e o escondem da vista numa árvore perto da maior carruagem.

— Onde está a lista de salvo-condutos? — pergunta Bento.

Ele faz sinal com o ombro de que não sabe. Bento repete a pergunta. Novo balançar de cabeça negativo. Bento puxa a faca e a encosta no pescoço do cocheiro. Ele se rende e aponta com o rosto a roda de conversa dos feitores. Bento continua perguntando:

— Qual deles?

Consegue entender pelos sinais que é o homem branco, alto, o mais falante do grupo, que veio no comando dos negros que chegaram com a família do noivo. Os documentos serão necessários na travessia da barreira de controle. Eles se passarão pelos cativos que integravam a comitiva do noivo. Assim vencerão a estrada até a encruzilhada em que fica o início da outra trilha da mata, bem longe da fazenda. Com a velocidade da carruagem, estarão fora do alcance quando eles se derem conta da fuga.

Paulina olha aflita para Antonieta. Ela tem atenção apenas para Álvaro. Encantada, ouve a declaração pública de amor e a confirmação de que o pedido do noivo ao pai dela tivera resposta positiva. Nos seus mais atrevidos sonhos, Antonieta não imaginava que se casaria por amor, e que seria assim tão perfeito. Sentiu atração quando viu Álvaro pela primeira vez na viagem ao Rio. Lembra das cartas, da luta para se desvencilhar do vizinho a quem o pai intencionava entregar sua mão, da resistência para corroer a vontade dos pais e da persistência para que aquele momento acontecesse. Em nada mais pensa Antonieta. Olha o noivo. Sorve cada palavra do seu bem-amado.

Bento e dois dos companheiros caminham no escuro como se enxergassem. Como os gatos e as onças, eles conseguem ler as sombras e o que elas revelam. Armam o próximo bote. Não podem ir até onde os homens estão, porque seriam vistos pelos outros. O cocheiro ficou amarrado no ponto em que o esconderam, sob a vista de Felício, outro dos rebelados. O temor é de que não haja uma chance, um descuido dos feitores.

Olhos de predador aguardam no escuro do pátio de uma fazenda de Minas.

O branco alto, detentor dos documentos necessários, levanta a cabeça e vê uma das negras da cozinha passando rápido de volta à casa. Ele se levanta, vai atrás dela, embriagado. Não vê o cerco que vai se fechando em torno dele pelos três negros que se movem como felinos. Ele derruba a mulher. O cerco o cerca. A mulher foge e ele é imobilizado e rapidamente puxado para as sombras, em gestos tão precisos que ninguém nota. Tenta falar e a mão forte de Bento cobre sua boca.

— Eu também quero falar — pede Antonieta.

Paulina dá um passo saindo ligeiramente da sombra onde se guardara até aquele sinal, como a lembrar o que está combinado.

— Meu querido pai, minha amada mãe, sei que o recato com o qual fui criada me impediria de falar hoje. Sei também que fui educada com o privilégio de poder expressar minhas ideias.

O pai e a mãe trocam olhares. Surpresos. Moças não deveriam se exibir assim. É um atrevimento que pode assustar a família do noivo, mesmo sendo ela adaptada aos costumes mais liberais da corte. Contudo, poderia ser uma chance de mostrar que Antonieta aprendera desenvoltura, apesar de morar distante da cidade. O belo rosto da filha tem altivez. O orgulho fala mais forte. Eles ouvem.

— O amor que sinto pelo meu querido noivo me impele a dizer que esta é a hora mais feliz da minha vida. Tenho esperança de que outros momentos serão assim perfeitos no futuro ao lado dele.

A faca se aproxima do pescoço do capataz.

— Onde estão os documentos dos escravos?

O capataz faz um gesto de não saber. A ponta da faca fica mais aguda em seu pescoço. E ele, impávido. Está cercado por três homens. Um deles, com a faca na mão, tem olhos de pedra. Os outros o imobilizam.

— Onde estão os documentos?

Ele não diz. Bento dá-lhe um tapa no rosto. Depois, outro mais forte, com o ódio contido pelo tempo da longa espera. O homem entende então que corre risco. Faz um gesto para baixo, apontando para a bolsa de couro que carrega grudada ao corpo.

Bento abre e encontra várias licenças de viagem. Escolhe quatro. Lê. É o que queria: o salvo-conduto para que "nada ponha embaraço" à viagem daqueles negros. E vinha a relação de alguns nomes. Os rebeldes assumiriam a identidade daqueles que estavam listados. Simples. Sorri para os outros. O plano está funcionando.

Paulina inquieta-se: o plano deveria estar em execução dentro da sala, Antonieta captura todas as atenções. Orgulhosa da própria ousadia, Antonieta fala sobre o futuro, os filhos que deseja ter. Parece esquecida do pedido que faria. Não há o que Paulina possa fazer. Falar ali seria inaceitável. Prisioneira do silêncio e da ansiedade, aguarda, com o coração disparado, o pedido que seria a sua libertação.

Bento sorri. No escuro, veem-se os dentes perfeitos. O prisioneiro é arrastado até a carruagem, onde Felício e o primeiro prisioneiro aguardam. Diante dos dois homens assustados, Bento explica:

— Não hesitaremos em matar vocês dois se não obedecerem. Se seguirem as ordens, voltarão, entenderam?

O tom das palavras não deixa dúvidas. E se dúvida restasse, o gelado da expressão do rosto a destruiria.

Os reféns sobem na carruagem. Bento, ao lado do cocheiro, com a faca na mão. Mostra ao homem uma arma de fogo na cintura como a desestimular qualquer tentativa de reação.

Dentro do carro, o capataz, sob a mira de armas dos outros rebeldes. Dois cavalos foram amarrados atrás da carruagem. O carro vai saindo devagar para não despertar atenção.

Alguém se aproxima e pergunta para onde eles estão indo. Os negros se escondem dentro da carruagem. Com o frio da faca encostada em seu abdômen, o cocheiro responde que vai levar o carro até outro ponto do pátio apenas. Lentamente vão até o grande portão da fazenda. Se atravessarem, ganharão a estrada e a parada seguinte será na barreira para mostrar os documentos. Tudo estava saindo como planejado, pensa Bento.

Olha para trás e vê a silhueta da irmã na janela. Sente amor e raiva. Por que não vem com ele, seu próprio irmão? Enorme saudade sentirá da pessoa com a qual dividiu alegrias e dores por toda a vida.

Paulina ouve um barulho lá fora. Vira-se e nada vê. Entrevê. Pressente. Um ligeiro tremor a atravessa. Pensa no irmão. Tem medo por ele, tem medo por ela.

Volta a mirar Antonieta, à espera.

— Num dia assim lindo, eu queria pedir um presente, meu pai, minha mãe. Cresci ao lado de Paulina. Ela foi até hoje uma serva perfeita, me ajudou nas doenças, me alegrou nas tristezas, lavou minhas roupas, me vestiu, alimentou, me banhou, me penteou. Sua mãe, Januária, que foi vendida há anos, cuidou da minha mãe em hora de grande risco para a sua vida. Quem sabe eu nem teria nascido, se a mãe de Paulina não tivesse tanto desvelo em cuidar da minha mãe? Mesmo assim, os negócios da fazenda fizeram com que ela fosse vendida. Sinto que aquele dia triste pode ser apagado pelo gesto que sonhei para tornar esta festa ainda mais encantadora. Peço humildemente a meus pais como presente a liberdade da minha mucama, Paulina.

A carruagem vence a última barreira na saída da fazenda. O cocheiro alega que precisa ir ao povoado. Questão urgente, ordens do senhor. Os portões se abrem e a carruagem desliza puxando os cavalos e levando quatro negros fugidos e dois homens amedrontados sob a mira de armas. Quando a Soledade de Sinhá fica longe, dois negros saem de dentro da carruagem, soltam os cavalos de trás, montam, e todos se preparam para aumentar a velocidade. Bento instiga:

— Mais rápido, mais rápido!

— O que você fará comigo, negro maluco? — pergunta o cocheiro que, com as rédeas, estimula os cavalos ao galope.

— Você vai viver, se me obedecer direitinho — diz Bento, sentindo o prazer do mando.

Os cavalos disparam e somem da vista na estrada escura.

Ninguém nota nada. Os gestos são rápidos e furtivos. Foram estudados e ensaiados. Tudo sai como previsto. Alguns veem uma carruagem sair e não se importam. Deve ser alguma emergência. Quem não está ocupado, está já meio bêbado àquela altura. A comemoração continua dentro e fora da casa. Hora de atenções amortecidas e poucas perguntas.

Só uma pessoa tudo vê: Constantino. Ele percebe os gestos do filho. O que não vê, entende. Investiga o escuro da noite, lendo cada pequeno sinal. Sofre em silêncio. Seu coração de pai pesa, mas sabe que nada demoveria o guerreiro que criou. Nem quis demovê-lo. Que lutasse, que fosse livre. Assim ele, Constantino, morreria feliz. Não realizou o próprio sonho, mas vislumbra as chances dos filhos.

— Como ousa pedir a liberdade de um dos negros numa hora dessas? Está estragando o momento bonito e assustando os convidados — enfurece-se Catarina, mãe de Antonieta, erguendo a voz.

— Calma, minha mulher, é um belo gesto. Prova do coração generoso da filha que criamos. Uma dúvida, Antonieta: como você fará sem ela? Paulina lhe foi dada quando você ainda era criança e, pelo visto, se afeiçoou a ela mais do que imaginávamos.

Antonieta vira-se para Paulina, que a fita com um sorriso encorajador.

No escuro, no deslizar da carruagem, ao lado do cocheiro, Bento sorri, sente-se livre. Pela primeira vez, experimenta o sabor da liberdade. O vento no rosto é um carinho a mais. É livre. Ou quase. Ele pode ver a liberdade. Ela está ao alcance da mão. Há ainda um obstáculo.

— Conversamos sobre isso, meu pai. Ela irá comigo e continuará me servindo, como uma pessoa livre, forra. Por sua vontade, fará as minhas vontades. Assim combinamos.

Álvaro é puro espanto. Nada disso lhe foi antecipado. Por que Antonieta guardou esse segredo? Haviam conversado sobre liberdade dos negros genericamente. Como algo desejável, porém no futuro. Eles são o esteio da economia. Melhor que nada disso se espalhasse. Sente certo incômodo por aquele assunto que atravessa a festa que tinha imaginado com romantismo para apenas os dois brilharem.

A barreira policial fecha a estrada. Tudo dentro do previsto. Bento sussurra para o cocheiro:

— Todo cuidado agora. Qualquer descuido, você morre.

— Você também morrerá, se eu morrer.

— Nada tenho a perder.

Dentro da carruagem, Felício dá o mesmo alerta fatal ao capataz. Armas escondidas o intimidam e alertam. Qualquer descuido será o último. O feitor pega todos os documentos e os prepara para mostrar. Nos cavalos, os negros baixam a cabeça e adotam a posição servil.

O policial estranha a comitiva e todos aqueles escravizados juntos, um deles dentro da carruagem, o ar espantado do cocheiro, o pálido no rosto do homem branco. Tudo parece estranho.

Chama o outro policial.

— Quem precisa viajar assim no escuro, como se fugisse? Você não acha estranho?

O frio da faca nas costas do cocheiro.

— É uma emergência no noivado da senhorita Antonieta Miranda das Neves. Faltou bebida. Vamos buscá-la no povoado mais próximo — inventa o cocheiro.

— Que desprevenidos esses senhores e que beberrões esses convidados! Esses salvo-condutos permitem a viagem dos negros apenas com o seu senhor e ele não está aqui. E você, quem é? — pergunta ao branco alto dentro da carruagem.

— Sou o representante do senhor para muitos negócios, tenho aqui os documentos que mostram que eu administro a fazenda de café no Rio de Janeiro.

Os soldados examinam com cuidado os documentos e os liberam.

Bento respira fundo, sentindo que está a um fio do seu sonho. O vento no rosto o excita. A carruagem segue veloz, levando a esperança de quatro negros e o medo de dois homens, que enfrentam a mira das armas. A liberdade, a liberdade, afinal.

— Prometo que vou fazer sua vontade, minha filha querida, assim que passar a festa — diz o pai, querendo encerrar aquele assunto intruso.

— Meu pai, vamos completar o gesto. Favor é favor inteiro. Como aqui não há um notário, peço humildemente que o senhor, meu pai, assine uma declaração que redigi de próprio punho. Nela o senhor declara que dará a Paulina a carta de alforria.

Aquilo estava indo longe demais. Os pais do noivo encaram Álvaro com dúvidas sobre a escolha que o filho fizera. Ele se mexe na cadeira, contrariado. Nada daquilo lhe foi antecipado.

Paulina corre e volta com o documento. Seu sorriso iluminando o rosto desmancha a tentativa de esconder a beleza. Os olhares se fixam nela. Uma negra como aquela vale seu peso em ouro. Bela, jovem, com muitos anos de uso pela frente. É a contabilidade que atravessa várias mentes presentes.

O pai abre o documento e lê em voz alta: "Eu, Augusto Cezar Miranda das Neves, declaro que liberto, como presente de noivado para a minha filha, Antonieta, sua escrava Paulina."

A pena lhe é oferecida por Paulina. Ele hesita, diante de tamanha ousadia. Volta a fitar o rosto lindo da filha em súplica e assina. Pensa que depois verá se atende ao capricho de Antonieta. Aquilo vale pouco sem o notário.

Paulina faz uma mesura e se afasta com o coração aos saltos. Carrega o papel. Volta, no entanto, à sua posição servil, e dessa vez se aproxima da janela aberta. O vento vem de fora como um carinho no rosto. Pela primeira vez, sente-se livre. Tem vontade de correr e contar ao pai e ao irmão. Aguarda controlada e saboreia o gosto da liberdade e a leveza do documento em sua mão. Livre, afinal.

15 / NA BEIRA DO PORTAL

Depois que todos se recolhem, Larissa sobe novamente ao terceiro andar com a lanterna. Sobe com o coração aflito atrás de algum documento que revele o que Bento e Paulina buscam. E assim ela poderá informar-lhes qual das duas estratégias dará certo: negociação ou confronto. Fuga ou pedido. A luta por dentro ou por fora da esmagadora ordem sob a qual viviam. Se havia encontrado um registro histórico, outros poderia haver ali.

Pensa nos dois irmãos com carinho e aflição. Tem medo pelos dois. Medo da decepção de Paulina. Mais medo da escolha de Bento.

Belo e arrebatador Bento. Como os heróis trágicos dos mais velhos romances. Desde aquele primeiro encontro ao pé da escada, sua imagem jamais saíra de sua retina. Não se pode amar quem pertence a outra época, tão outra. Mas o ama, de certa forma. Um estranho amor, feito delírio, desatino.

Larissa sente que frustrou seus novos amigos. Foi chamada por um motivo. Não entende a mágica que a transportou a um mundo antes do seu tempo. Eles disseram que ela foi escolhida para evitar o pior e para antecipar o desfecho de duas escolhas. Em nada contribuiu até então. Culpa-se. A sua eterna indecisão atrapalha outras vidas. E agora teme o instante a que o enredo chegou. Hora de decisão. Qual dos dois perderá? A opção de Bento é mais arriscada. Os que decidem lutar podem morrer. Ou desaparecer, como o pai dela.

Ela conhece o doloroso resultado do confronto e tem consciência de que com regimes autoritários as negociações são difíceis.

Sobe na escada perto da estante e começa a procurar alguma coisa para aconselhar os dois irmãos e acalmar o pai. Queria ser útil aos que a haviam convocado com tão importante propósito. Acha outros dos livros grandes na parte mais alta. Estão cheios de números e anotações. Folheia páginas e páginas de dados sem significado. Pega outro e outro. Nada revelam da vida vivida. Têm datas e a lista de bens da Soledade de Sinhá. Uma gelada contabilidade, sem emoção. O nome de cada pessoa que vivia escravizada na fazenda, o número de bois, o tamanho da propriedade, os resultados da colheita. No quinto livro que abre, na sétima página, o relato de uma fuga.

Começa a ler, febril. Algumas letras já apagadas. Não entende inicialmente a velha grafia; retoma o início da leitura. Na escuridão de um andar desabitado de uma velha fazenda, uma jovem mulher vasculha com lanterna um documento escrito cerca de 150 anos antes e que pode conter a chave que lhe permitiria evitar erros naquela noite. O relativo do tempo.

De repente, encontra uma informação que a faz gelar. Ela abandona os livros abertos, espalhados, e corre com sua lanterna pela casa, quer percorrer mais de um século nesse estranho e incontrolável caminho de volta. Chegará a tempo de evitar o pior? Corre tropeçando em móveis que estão no mesmo lugar e são os mesmos de quando havia subido. Corre no tempo presente. Sabe que, ao descer ao porão, ela encontrará os irmãos à espera da resposta. Enfim, tem a resposta. Sabe o que dizer a Bento e Paulina. Sabe como orientar. Desce as escadas, passa pela sala de jantar do segundo andar. Pelas portas fechadas dos quartos. Todos dormem. Corre Larissa contra o tempo, contra todos os tempos. Ela se precipita pela escada, vencendo os degraus com a pouca luz da lanterna. Chega ao porão. Desesperada, olha em volta e não vê o passado. Larissa, com sua lanterna e a informação inútil, vê apenas os móveis empilhados do mundo atual. Prisioneira do tempo presente, pede desesperadamente que se abram as portas do passado. Grita:

— Paulina! Bento! Constantino!

E o porão devolve a ela o silêncio mais aterrador.

— Cuidado, pelo amor de Deus, cuidado! Paulina, Bento! Vocês me ouvem?

Pensa ouvir um pequeno barulho no chão, um estalar de madeira ou um passo. Ouve novamente. Ilumina a parte de onde vem o som. Ainda vê o rato fugindo entre os móveis antigos depositados ali. O tempo teimosamente presente não se afasta, não lhe dá passagem. Larissa suplica pela volta ao passado. E encontra a porta do tempo implacavelmente cerrada.

Sobe de novo a escada, atravessa voando o pátio de pedra, antigo local onde negros viviam humilhações e dores impostas pelo regime escravocrata, e encontra apenas a aconchegante arrumação do presente com seus bancos, mesas, árvores frondosas e flores. O passado é somente enfeite, decoração, estilo. Investiga o entorno com a lanterna. Tudo igual aos dias de hoje. Corre como uma assombração para fora da casa e invade a noite com um ponto de luz em movimento indo até as antigas senzalas externas. Lá só encontra as ruínas do tempo extinto.

Grita, cada vez mais alto:

— Bento! Paulina! Cuidado! Constantino, onde está você?

Anda pelas ruínas, ilumina cada canto. Às vezes pensa ver alguma sombra se movendo. E clareia o local, cheia de esperança. Nada encontra. Nada vê. Eles a abandonaram, o portal se fechou, está sozinha no tempo presente. Tudo sabe e nada mais pode fazer. Senta no chão da velha senzala aos prantos. Não pode impedir. Nada pode evitar. E sabe. Antes não soubesse. Antes a ignorância até o final. Saber o que o tempo reserva, aguardar o inevitável, o irremediável. Conhecimento inútil.

Começa a andar para a casa. Quem sabe no porão o passado voltou. Mas seus passos ficam pesados e lentos. Como se forças contrárias tentassem detê-la. Se chegar e lá estiverem os três — ou um deles — poderá passar a informação que carrega feito um fardo. Sente como se tivesse uma bola de ferro atada aos pés. Larissa se arrasta, com um fio de esperança e o peso do mundo sobre os ombros. A cada passo, tem que reunir forças para fazer o movimento seguinte. Quem a visse de longe, naquela noite escura, notaria apenas uma luz trêmula se movendo lentamente em direção à casa.

Sob o peso inexplicável que ganhou seu corpo, ela retorna ao porão. E lá, de novo, só vê o presente intacto. Chora, grita, desespera-se.

Súbito, ouve um som de passos descendo a escada.

É Alice. Larissa, aos soluços; a mãe a abraça.

— Eu preciso avisar, preciso contar o que encontrei nos livros.

Alice puxa a filha para o segundo andar, tentando acalmá-la, convencida de que ocorreu o que sempre temera. A filha, com comportamento às vezes estranho, tinha cruzado a fronteira da insanidade. Está em surto. Só isso explica aquela fala sem sentido.

— Você sonhou, Larissa. Teve um pesadelo e foi andando, sonâmbula, para o porão.

Larissa aceita se deitar, mas quer que seja no quartinho em que, na primeira noite, foi chamada por Paulina. Tem esperança de que ela apareça novamente. Recusa o remédio para dormir que a mãe oferece. Deita-se como um autômato, pensando no que havia lido nos registros. Aguarda exausta.

A estranha comitiva corre na noite. Os livros, prisioneiros; os negros, no comando. Subversão da ordem. Bento ao lado do cocheiro e sua ameaça fina e fatal. Pontiaguda. Dentro da carruagem, paralisado de medo, o capataz implora pela vida.

— Me deixe viver. O que vocês vão fazer agora?
— Bento é que sabe.
— Poupe a minha vida, imploro. O que vocês querem?
— O que quer toda pessoa que perde a liberdade.

A carruagem para no meio do nada, no vazio da estrada. Comando do Bento, que sabe que ali é a entrada da mata. Mais adiante, a trilha. Tudo foi explicado a cada companheiro daquela aventura, para o caso de terem que se separar. Cada um tinha que saber como fazer sozinho o trajeto no embrenhado da mata. O plano era ultrapassar as árvores até a primeira clareira e, depois, ganhar o mundo, ganhar a vida, fugir. Tantos fugiram antes. Era aprender a ler os sinais.

Os negros pulam do cavalo e perguntam:
— E agora, Bento?
— Agora vamos amarrar os dois na carruagem, vendar os olhos deles, pôr os cavalos em disparada. Nós vamos fugir pelo caminho que decidimos.
— Não é mais seguro matar os dois? — questiona um.

Felício, de dentro da carruagem, olha para fora para ver os companheiros e grita que também acha que é caso de morte. Mais seguro não deixar ninguém vivo.

O erro dura um segundo. Talvez menos de um segundo. O tempo de uma pálpebra que desce e sobe dos olhos. Naquele instante em que olha para fora para dar a sua opinião, Felício se distrai.

O capataz pula sobre Felício e o imobiliza. Toma o revólver que está em sua cintura. Ele não tem tempo de entender o que está acontecendo até sentir o quente do tiro à queima-roupa entrando em seu estômago. O sangue jorra e ele agoniza numa poça quando o capataz pula para fora da carruagem já atirando. O tiro acerta Bento, que cai no chão gritando para os outros:

— Corram, fujam!

Os dois outros correm na rapidez de um raio.

Um morria na carruagem, Bento caído no chão, dois escapavam entre as árvores da mata que cerca a estrada.

No meio da noite, Bento continua gritando:

— Nada podem fazer por mim, fujam!

O cocheiro e o capataz chutam Bento.

— Para onde eles foram? Para onde foram os negros fugidos? — berra o capataz.

Outro chute no rosto de Bento faz com que ele se enrosque de dor.

— Por onde vocês fogem? Que caminho é esse de que você falou?

Bento apenas geme. A ferida da bala queima, o corpo dói, os chutes fustigam. Dor maior era entender que seu sonho estava desfeito por um segundo, um pedaço de um segundo, e ele nem tivera tempo de entender.

Foi por pouco, por tão pouco. Quase viu a liberdade.

— O que vamos fazer com ele? Não é melhor matar aqui esse negro atrevido? — pergunta o cocheiro.

— Vamos dar a ele o castigo merecido, mas vamos levá-lo vivo — afirma o capataz.

* * *

Larissa abre a velha escrivaninha, encontra um papel amarelado e escreve chorando uma carta que seria impossível a qualquer correio entregar. O destinatário não seria encontrado:

Bento,

Eu te amo devastadoramente. Como se pode amar um ser inexistente? Um século e meio nos separa. Um amor condenado antes de nascer. Eu estou no presente; você pertence ao passado. E você morrerá no hoje do seu tempo. Eu sei o passado; seu desconhecido futuro. Assim está escrito. Nossos tempos se cruzaram — tarde demais? cedo demais? — e eu carrego a tragédia do conhecimento. Eu sei.

Você ainda espera que nesta noite a liberdade chegue. A liberdade que nunca chegará. Não quero ver, mas posso ver, seu corpo trazido ao pátio dos suplícios. Os músculos antes fortes, definidos, desligados do cérebro, serão apenas carne abandonada. Os olhos vivos, magnéticos; agora apagados. Os olhos que me aprisionaram e me entenderam. Os olhos que busquei por toda a vida. Estarão abertos e apagados. Não quero ver, mas posso ver.

Os olhos tristes, o corpo firme, belos como a força da vida, belos como a coragem. Essa beleza eu levarei comigo. E onde for, para onde olhar, você estará lá como certeza viva. Você veio como uma visão ou realidade. Como saberei? Habito seu mundo como inexistência, uma impossibilidade física. Vi seu esplendor e morte. Sua esperança e derrota. Senti sua dor e intensidade. Você me pediu apenas que lhe antecipasse o relato do fim, e eu só o tenho agora, quando é tarde demais e sei que nunca mais nos veremos.

Com amor, Larissa.

16 / A DOR NO ALÉM DA VIDA

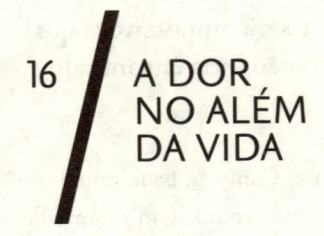

Dentro da casa, encerrado o assunto da libertação de Paulina, a festa recomeça. Tudo está diferente. O noivo, meio distante. Toda a cena fora desconfortável, e ele sabia o que aquilo significava. Seus pais, adversários ferrenhos da abolição, tinham disparado olhares inequívocos para ele. Errara na escolha da noiva. Não gostariam de conviver com aquelas ideias na sua fazenda, onde a produção de café exigia cada vez mais braços. Tentava imaginar a fantasia da noiva se concretizando. Uma alforriada circulando pela casa seria um mau exemplo e incentivo. Não daria certo, ele precisava assumir o controle.

Álvaro entende os sinais dos pais. Decide manter as aparências naquela noite para depois discutir isso melhor com Antonieta. O que a mãe tenta lhe dizer é que tudo aquilo tem que ser resolvido antes do casamento. Ou não haveria casamento.

Quando a festa retoma o ritmo normal, todos no meio do jantar, o administrador da Soledade de Sinhá entra na sala e fala algo no ouvido do dono da casa. Ele segura um palavrão, mas não a expressão de contrariedade.

— O que foi, meu pai?

— Quatro negros fugiram levando um cocheiro e o capataz da fazenda do seu noivo.

Dom Augusto Cezar corre para ver de perto o que está acontecendo em sua propriedade. Festa definitivamente estragada, ninguém nota quando Paulina sai furtivamente para fora já temendo o pior e procura Constantino.

— Pai, onde está meu irmão?

— Foi ele. Bento fugiu — confirma Constantino.

Cachorros preparados, homens armados, negros contados. Faltam quatro. A comitiva se prepara para sair com o capitão do mato, o melhor das redondezas, mas não é necessário.

O barulho da carruagem e dos cavalos se aproximando ocupa a noite.

— Atrevido esse negro, ruim mesmo — diz o capataz enquanto desce, contando em detalhes aumentados o sequestro e as ameaças.

Bento vem amarrado ao cavalo, meio descaído.

É desamarrado e atirado ao chão. Seu corpo traz as marcas da tortura. Respira com dificuldade. Constantino se aproxima e põe a cabeça do filho no colo, sussurrando palavras de consolo.

— Meu irmão! — grita Paulina.

Tombado no chão, Bento morria. Bela em sua roupa de festa, Paulina, debruçada, é contraste e desespero.

Os outros negros chegam e olham Bento, o líder, corajoso, bravo, jogado no pátio. Exposto, abandonado, morrendo.

E os gritos do capataz:

— Vejam o líder dos fugidos. Não era tão corajoso? Pois veio chorando, pediu misericórdia. É covarde.

— A minha festa de noivado não pode terminar assim, vamos voltar para dentro, deixem esse negro morrer — grita Antonieta.

— Esse negro, minha filha, é irmão daquela que você queria libertar. Certamente ela já sabia — diz dom Augusto Cezar.

Antonieta olha Paulina. Um abismo se abre entre elas. A dúvida se instala.

— Tudo aquilo era para nos distrair, enquanto seu irmão fugia? Como você pôde fazer isso comigo?

Paulina não ouve as perguntas, não as responde. Vê apenas o fosso, que imaginou poderia transpor, entre ela e Antonieta. Que ilusão. Vê apenas o irmão morrendo, com a cabeça no colo do pai. Passa a mão no rosto do irmão se despedindo.

— Você está linda, minha irmã — balbucia Bento.

Os convidados, todos do lado de fora da casa vendo o espetáculo de um negro morrendo, e o capataz aumentando seu relato de bravura.

— Eram quatro, mas eu pulei sobre eles. Corri risco de morte, mas consegui segurar o líder, matei o outro e dois fugiram. Amanhã podemos tentar encontrar. De dia será fácil ver o rastro.

— Me diga, Paulina, você sabia disso? — berra Antonieta.

Paulina não responde. Chora ao lado do pai e do irmão.

— Vocês destruíram minha festa de noivado, e eu confiei em você, Paulina — continua Antonieta.

Dom Augusto Cezar manda todos de volta para dentro da casa, tentando ainda salvar um pouco da festa em ruínas. A ordem dada é que a reunião continue. No entanto, nada se comemora mais, os risos cessam, o estranhamento se instala entre os noivos. O entendimento dos brancos é de que tudo fora uma trama. Era para concentrar a atenção de todos com o inusitado do pedido de libertação de Paulina, enquanto lá fora os negros tentavam fugir. Antonieta fora usada em sua boa-fé, em sua ingenuidade.

— A liberdade estava tão perto... tão perto. Eu consegui sentir o que é ser livre — murmura Bento, um pouco antes de parar de respirar.

Bento morre com a cabeça no colo do pai. A irmã afagando seu rosto.

— Esse aí mijou nas calças de medo quando viu que estava dominado, gritando por misericórdia — diz o capataz para os outros negros que, em círculo, veem espantados a cena terminal.

Era a tentativa de desmoralização, depois de tudo. Como se aos algozes não bastasse a morte. Como em todas as tiranias, a mentira como último tiro, como derradeiro açoite.

Os olhos dos escravizados se amedrontam diante do corpo morto. Se Bento não pôde, quem ousaria? Terá ele pedido, chorado e implorado misericórdia?

Depois vem o decreto da maldade final. Dom Augusto Cezar manda dizer, de dentro da casa, por um mensageiro, que o castigo será inesquecível: Bento não poderá ser enterrado, vai apodrecer amarrado numa árvore no pasto, para que os outros se lembrem, com nojo e terror, quando passarem por ele. A cada dia, vendo os pedaços se desfazendo, eles não se esquecerão de que ninguém deve se atrever. No dia seguinte, ele explicaria onde amarrar o corpo. Proíbe também os cantos de despedida. Atrapalhariam o resto da festa.

Constantino entende então que seu sofrimento começava a atravessar a última fronteira da dor. Seu filho muito amado estava condenado a vagar como a avó. Vagar sem descanso, eternamente, entre os vivos e os mortos, atormentado, sem encontrar os ancestrais. O corpo seria exposto e jamais enterrado.

Paulina enlaça no colo o rosto do irmão morto. O sangue das feridas tinge sua roupa de festa.

Depois, Paulina se levanta e se dirige à casa. Nem ela sabe o que fará. É impulso. Ela irrompe na sala com a fúria das grandes tempestades e a força das ventanias.

Vai até o piano e se senta, para espanto geral. No silêncio dos presentes, ela toca. A melodia começa grandiosa. Paulina pula toda a parte inicial, sem tempo para criar o clima, vai direto ao tema em que as mãos velozes, a duas vozes, informam seu dilema através da "Heroica", a *polonaise* que tinha estado em sua mente toda a tarde. As mãos negras sobre o teclado branco e preto voam, contando que Paulina estava decidida a ir para a guerra, mas lamenta e se despede do irmão morto, da liberdade, dos sonhos de uma saída fácil numa época de divisões radicais. A luta e a melancolia, a guerra e a fuga, em contrastes sonoros perfeitos. Preferia que tudo tivesse sido diferente, mas seu irmão tinha razão, era sonho demais o que havia sonhado.

Diante dos convidados, uma negra escravizada, com o vestido exibindo as curvas do dorso perfeito, o tecido já sujo do sangue do irmão morto, sendo capaz de tocar como uma diva, é uma cena que congela os movimentos. Toca Paulina com o atrevimento da liberdade que se permitiu em tempo extremo. A música de Chopin, inesperada e nova, ocupa a sala e emudece os brancos.

Nunca uma negra havia tocado aquele piano na frente de uma plateia branca e nunca mais tocaria. É um momento único. O inusitado. Ninguém sequer sabia que ela dominava o instrumento. Ela toca e chora. Sabendo o que significa o gesto, que aos outros parece loucura. Despede-se Paulina do piano. Despede-se dos sonhos, da liberdade, do irmão, da vida com a qual sonhou. As oitavas soam limpas e rápidas. Em seguida, parece encenar a corrida de pessoas escravizadas que quase se libertam. Depois, a composição escorrega para o lamento puro, num intervalo de fragilidade. Nesse hiato, antes da volta à força do tema, Paulina é arrancada do piano pelo pai de Antonieta.

— Como se atreve? Quem te ensinou a tocar? Foi você, Antonieta? — pergunta dom Cezar, intimamente culpando a mulher, que sempre criara os filhos soltos demais e misturados aos negros, dando liberdade excessiva aos criados da casa por preguiça de mantê-los sob controle e de cuidar, pessoalmente, de sua educação.

— Ela aprendeu sozinha, vendo as aulas. Ela insistia em tocar e eu deixava, meu pai, mas só de vez em quando — confessa, humilhada, Antonieta, convencida de que cometera erros demais, e escondendo a inveja de não conseguir, com todos os privilégios que tinha, tocar assim, soberana, a música que ocupara toda a sala e capturara as vontades.

Os mais perplexos são os pais do noivo. Uma criada capaz de trair, de manipular. Dissimular. E que se senta como senhora na banqueta do piano e toca Chopin. Atrevimento escandaloso. Então, eram esses os costumes da família da noiva?

E ela tocara lindamente, era preciso admitir. Arrebatadora, selvagem, intensa, como se cavalgasse o piano.

— Essa negrinha te enganou, Antonieta, você entendeu agora, afinal? — pergunta o noivo.

Arrancada da banqueta com um gesto violento pelo pai de Antonieta, Paulina foge da sala sabendo que tudo havia mudado definitivamente. O futuro com que se acostumara a sonhar desmorona, os planos que durante anos embalara, imaginando que estavam sob seu controle, desfaz-se em pedaços enquanto ela corre para fora para ver de novo o corpo morto do irmão.

— Ouviram a ordem do patrão? Ele vai ser exposto lá no pasto. Será comido por urubus. Assim, quando os outros escravos passarem, vão saber que não se deve fugir, não se pode pôr a faca na cara de um branco, que não se pode roubar cavalos e carruagens, nem mentir e ameaçar — grita o capataz da fazenda.

A ordem era para, de manhã, preparar uma comitiva e correr atrás dos dois fugidos. Levar o corpo do defunto até o local escolhido, em cima do morro. Lá ele apodreceria.

Assim foi o édito.

Que ninguém desobedecesse sob pena de castigos maiores recaírem sobre os que tentassem.

Constantino e Paulina choram juntos, olhando Bento morto. Choram seu destino, do qual não conseguem escapar. Chora Paulina o irmão morto, os sonhos desfeitos. Não havia caminho de volta. A confiança se quebrara. E haveria uma afronta a mais que ela faria naquela noite.

Quando tudo se aquieta, Constantino pergunta a Paulina.

— Você sabe, minha filha querida, que fim terá seu irmão?

— Sei o que eles ordenaram, mas nós desafiaremos o destino.

— O que nos resta fazer?

— Enterraremos Bento contra a ordem.

— Sozinho não tenho forças, e você não deve se atrever. Isso acabará com seu sonho de algum dia conseguir carta de alforria.

— Não haverá carta, meu pai. Não terei a liberdade. Tenho apenas a nossa coragem. Com ela, enterrarei meu irmão, com ela, carregarei minha sina, com ela, desafiarei a sorte.

— Minha filha querida, você pode se salvar ainda. Vá e diga que nunca soube dos planos do seu irmão. É verdade. Ele escondeu de todos, até de mim.

— Não há salvação para uma irmã que abandona o corpo do irmão para servir de alimento aos abutres.

— Minha filha se atreverá a desafiar a ordem dos donos da nossa vida?

— Minha vida a eles pertence, mas não minha vontade. Minha vida a eles pertence, mas não o corpo do meu irmão. Eu o enterrarei contra todas as ordens e pagarei o preço da desobediência. Bento enterrado encontrará nossos ancestrais e será livre como sonhou. Eu carregarei o castigo.

A noite fecha-se sobre a casa. Todos se recolhem em seu desconforto. Uma noite programada para ser perfeita fora invadida pelos despropósitos de uma escravizada e a rebeldia de outro. Antonieta chora na cama. Aquela era a noite que, pensou, seria embalada apenas pelos belos sonhos. Chora de raiva pela traição de Paulina, que lhe escondera os planos do irmão. Chora pela reação do pai, que a acusara de ter sido usada por Paulina. Chora a reprimenda do noivo de que estragara Paulina por ter sido boa demais.

— Agora só vendendo. Você, de tão boa, é boba, não sabe nada da vida, não soube controlar sua mucama. Ela terá que ser vendida.

— Você não pode decidir isso por mim. Ela é minha.

— Se quiser ser minha mulher, aprenda agora de uma vez por todas o seu lugar. O de me obedecer. Se teimar, irei embora amanhã e está terminado o noivado — havia dito, definitivo, o noivo.

Antonieta sofre no quarto pelo sonho desfeito. Casamento haverá, mas agora já sabe qual é o seu lugar na vida do futuro marido. Imaginava que seria um casamento diferente. Será como qualquer outro: o cemitério das vontades.

A noite e o silêncio dominam a Soledade de Sinhá. A raiva se instala entre os brancos; o medo, entre os negros. O belo vestido de Paulina, sujo de sangue e da poeira do chão, nada lembra o que vestira para a noite da sua alegria. Nada fora como previsto. No pátio da fazenda, um corpo morto, no chão, duas pessoas em desespero velam.

Pai e filha, no fechado da noite, carregam o corpo de Bento para o mais longe que podem. A doença de Constantino o enfraquece, mas ele vai além de suas forças. Três outros negros chegam em silêncio e ajudam Paulina, que exige tudo de seus braços. Depois, voltam atrás de ferramenta que os ajude. No escondido perto da mata, eles trabalham, incansáveis, por horas. Lentamente, abrem uma cova onde depositam o corpo. Paulina pede aos companheiros que voltem para se proteger e avisa que assumirá toda a culpa. A terra cai sobre Bento como carinho. É a prova de amor desesperado do pai e da irmã. A terra libertadora aos poucos esconde Bento. Coberto completamente o corpo, livre está seu espírito, assim se dizia no mundo onde nasceu Constantino. Ele poderá caminhar nos campos, nas florestas e savanas, nos quais encontrará seu povo. Trabalho encerrado, os dois compactam a terra, arrastam pedras, enfiam plantas para disfarçar o revolvido recente. Ao fim do sepultamento, pai e filha cantam sozinhos no funeral proibido. Cantam baixinho velhas canções de despedida, um lamento africano num ponto perdido de Minas. O assobio do vento que sacode as árvores é o único som que responde ao canto solitário de pai e filha pranteando o filho e irmão amado.

O primeiro raio de sol os encontra sentados no pátio. Sujos, tristes, condenados.

Paulina, descabelada e bela no bronze da pele que os raios de sol avivam, espera seu castigo. Ela sabe que não haverá perdão, e que prisioneira será até o fim dos seus dias.

Olha para o distante como se visse algo. Sorri Paulina vendo seu irmão correr livre nos campos para encontrar seu povo. Sorri vendo que o irmão realizou seu sonho. Está morto e livre. Enterrado e junto dos seus. Sorri e chora Paulina em resposta ao sorriso agradecido que vê no rosto de Bento, seu irmão amado.

Aguarda Paulina a pergunta que farão. Tem resposta pronta.

— Eu desobedeci à ordem e enterrei meu irmão, porque assim manda a lei do meu povo. Que sobre mim caia todo o castigo, mas não cairá sobre mim a vergonha de abandonar meu irmão morto.

17 / A HISTÓRIA REVELADA

Aguarda Paulina o amanhecer e seu destino.

Amanhece quando Antônio chega à fazenda. Era o fim de uma difícil viagem. Antônio desafiou a chuva no asfalto escorregadio até a estrada de chão que leva ao lugar. Enfrentou a lama com a mais forte picape que conseguira alugar. Ela dançava na terra, deslizando, atolando e desatolando. Em certo ponto, os pneus rodaram no vazio, afundando mais. Mesmo com a tração, não conseguiria ir além. Quanto mais insistia, mais os pneus ficavam presos. Até que o carro deixou de se mover, com as rodas tragadas pelo barro.

Antônio desceu da picape desamparado. Sabia que estava perto, mas o escuro da noite dificultava tudo. Foi andando em direção a uma luz fraca que via na beira da estrada. Bateu na porta e chamou por alguém da casa. Um homem abriu a porta, receoso. Antônio explicou a necessidade imperiosa de chegar à Soledade de Sinhá o mais rápido possível. Ofereceu dinheiro para o dono da casa ir com ele como guia e companhia.

Não estava tão longe assim, o homem disse, porém mais seguro era esperar o amanhecer. Antônio dobrou a oferta do dinheiro para vencer a hesitação. O homem tentou demovê-lo. Aquilo era loucura, viajar a pé no meio da noite na estrada interditada. Com a barreira caída, tinham que dar a volta, seria uma longa caminhada no escuro, com perigo de escorregar e cair da ribanceira. Antônio melhorou ainda mais a oferta do pagamento pelo serviço e mostrou as lanternas poderosas que trazia. Era necessidade urgente, explicou. Que o homem, por favor, entendesse, que servisse de guia. Antônio contou que estava perdido, sozinho, e não atinava com a direção certa. Sem guia, andaria em círculos. Que o ajudasse, por favor, era caso de morte na família, precisava avisar.

O homem calçou a bota, entregou a parte inicial do dinheiro à mulher e foi com Antônio na caminhada insensata. A morte é assim, tem suas exigências e sua fora de hora. Se era para avisar caso de morte, melhor ajudar. Deus lhe daria paga maior pela caridade, pensou.

Felizmente a chuva parara havia pouco, mas fora tanta, que o chão afundava sob os pés. Foi uma lenta e difícil caminhada com a lanterna, que avisava onde era melhor pisar naquele mundo de barro, poças e riscos em que andavam. Foram trocando alertas sobre as dificuldades do caminho. Só isso conversavam. De que notícia — e de que morte — ele era portador, o homem não perguntou. Respeitava o luto alheio. Quem nada fala é porque está pensando, ainda tentando entender. E aceitar. Nos entremeios dos avisos sobre pedras e partes mais escorregadias, apenas o silêncio entre os dois.

Chegaram com o sol, que confirmava a trégua da chuva. Antônio entregou ao homem o restante do dinheiro prometido e um agradecimento sincero. Deus o colocara no caminho e que Deus lhe pagasse por aquilo que o dinheiro não é o bastante. Pediu como ajuda final que ele olhasse a picape agarrada perto de sua casa.

Antônio entra pela porta aberta da cozinha. Sujo de barro e com o coração batendo forte. Sabe que é o mensageiro da reabertura de uma velha ferida e que teria de separar os dois papéis que a vida, por ironia, misturara.

 O amado rosto de Larissa, meio dourado pela chama do fogão, perto de onde espera a caneca de café, é a primeira cena que vê. É ainda muito cedo. Larissa pensava na busca noturna pelo portal do tempo, que se fechara quando, enfim, ela poderia ter mudado a História. Já duvidava de que tivesse algum dia passado por ele. Era a sua loucura ou tudo aquilo fora real? Certeza tinha apenas do que os livros de contabilidade do terceiro andar registravam em linguagem fria: quatro negros fugidos, dois deles mortos no dia do noivado da senhorita Antonieta: Bento e Felício. A informação sobre a punição de não enterrar Bento, desobedecida por Paulina. Logo depois o nome dela aparecia numa transação. Vendida para um leiloeiro do Rio. Páginas adiante a contabilidade abatia também o nome de Constantino, registrado como morto por doença.

 Os planos fracassaram e tudo terminou em tragédia, concluíra Larissa, mas nada mais sabia. Imersa nesses pensamentos, hipnotizada pelo desespero da noite em que vagara com sua informação inútil de que eles deveriam suspender todos os planos porque ambos fracassariam, Larissa demora a entender a realidade que surge subitamente à sua frente.

 —Antônio?

Ele aparece no umbral da porta da cozinha, com a cara branca de cera, o corpo marrom de barro. Lê nos olhos do marido a urgência de alguma notícia. O que o trouxera desafiando a noite, a chuva e o barro? Larissa teme saber.

A caneca de café oferecida por Joana dá a Antônio a força para enfrentar o que tinha ido dizer.

— Larissa, o seu pai. Consegui fotos dele na prisão com uma fonte, um ex-agente da repressão. Mas isso não é tudo. Tem mais.

Larissa sonhou durante anos ouvir que havia alguma informação, uma foto, uma notícia do que houve, das circunstâncias do desaparecimento. O rosto grave de Antônio não deixa margem a dúvida. As fotos são reveladoras de algo que ele teme contar. Por que hesita?

— Será notícia no jornal e eu estou aqui como jornalista. Eu vim avisar você, mas vim também acabar de apurar, ouvir o outro lado...

— O lide, Antônio? Você não sabe mais onde fica a notícia? Que notícia nova? Que outro lado você quer ouvir?

— Estou escrevendo a matéria, Larissa, mas não tinha como consultá-los antes, vocês estão incomunicáveis.

— Chega de mistério. Diga o que descobriu.

— É uma pista que eu vinha seguindo... uma fonte...

— Antônio, pelo amor de Deus. Ninguém vem andando no meio da noite feito um maluco para um lugar isolado pela chuva e pela queda de barreira para ficar rodeando o toco assim. O que você descobriu sobre meu pai? — pergunta Larissa, no final, com voz de urgência.

Antônio abre a mochila e tira de lá as fotos, enquanto conta o que sua fonte disse no último encontro, quando, enfim, lhe entregou os documentos.

Larissa olha as fotos e o ouve, parecendo não entender, como se estivesse em transe. Uma foto a hipnotiza. Nela, o pai aparece sentado numa cadeira com as mãos amarradas atrás do encosto, apenas de cuecas, e, a seu lado, três pessoas em pé. Uma delas fardada. É o seu tio.

— Meu Deus! Ele esteve lá com meu pai... Antônio, que foto é essa? Onde você conseguiu? Meu tio torturou meu pai?

— Não sei...

— Ora, Antônio, você perguntou isso à sua fonte, não? Tenha a coragem de dizer antes que eu saiba pelo jornal: meu tio torturou meu pai? Como ele morreu?

— Não sei...

— O que você sabe, Antônio? Que merda de jornalista você é? Que arquivo pessoal de agente da repressão é esse? Quem é o agente?

— Calma, Larissa, eu sabia que seria um choque. Há muito tempo venho cercando essa fonte, que me mostrou as fotos um pouco antes de começar essa chuvarada. Eu não conseguia me comunicar. Sua carta me assustou mais ainda. Ela não fazia sentido, pensei que você estivesse vivendo uma crise. Isso aumentou minha aflição, mas confesso que vim aqui porque estou apurando ainda e tenho que ouvir sua família, seu tio, sua mãe. Fiquei aflito e quase vim vê-la, mas estava no meio da investigação. A fonte me deu um monte de documentos, material incrível, para que eu publicasse. Falei com as outras famílias cujos parentes estavam na lista de desaparecidos e aqui aparecem mortos, mas na sua família há um agravante... o seu tio... O relato da minha fonte é que...

— Que fonte é essa? Há outras fotos do meu pai?

— Há essa outra aqui — e Antônio a tira da pasta que estava na mochila.

Larissa olha a foto de um corpo numa maca como a dos necrotérios. Parece-se com seu pai. É ele.

— Ele está morto aqui?

— Sim, Larissa. Não havia notícias do seu pai, mas essa foto muda tudo. Por ela fica provado que ele foi morto pelo

Exército. Ainda não se sabe onde está o corpo, minha fonte garante que seu pai morreu lá.

Larissa olha paralisada aquela foto. Pelo pai morto, uma imagem que nunca teve, e por aquela maca, que se parecia com a que via em um dos seus pesadelos recorrentes, em que pessoas lavavam as mãos numa pia de aço, perto de uma cama metálica como aquela. Lembra-se da aflição ao gritar no sonho: "É o sétimo, é o sétimo." Uma estranha numeração que nunca entendeu, mas sabia que eles matariam por engano uma pessoa e ela, naquele sonho assombrado, tentaria evitar.

— Onde?

— Na Polícia do Exército, da Barão de Mesquita, na Tijuca.

— Há provas?

— Tem o relato da minha fonte de que seu pai morreu depois de uma sessão de tortura. Quando chamaram o médico, era tarde. Em dois dos casos que estou investigando consegui até o laudo cadavérico, que nunca havia aparecido.

— Como é possível? Nenhum outro prisioneiro daquela época tem informação dele morto lá. Sua fonte sabe o que diz?

— Foi o pior momento da ditadura, Larissa. Era o começo de 1973. Prisões sequenciais e o aniquilamento de tudo. Várias pessoas foram presas. A ideia de que um não visse o outro era parte da tortura. Saber que outro compartilhava o mesmo destino fortalecia cada um. Era preciso que cada um se sentisse só e traído.

Chora Larissa a segunda morte do seu pai. A primeira, eternamente em suspenso, era a que a acompanhara a vida toda. Cresceu entendendo, aos poucos, aos pedaços, que o pai não era um morto normal. Era órfã de pai que, durante muito tempo, se teve por vivo, uma ponta de esperança que foi se tornando inverossímil. Anos atrás, numa cerimônia em Brasília, recebeu a certidão de óbito. Mas era apenas um papel. Larissa chora vendo o corpo que nunca enterrou. O corpo desamparado e só do pai que nunca conheceu. Chora Larissa a falta que veio lamentando pela vida afora, no lento desfiar da morte incompleta, do luto desde sempre suspenso. Chora Larissa pensando na dor da mãe e no desconsolo e espanto da sua avó, Maria José, quando soubessem o que Antônio iria publicar.

— Isso tudo aconteceu há tanto tempo... Que passado é esse que se recusa a passar? — fala baixinho.

— Sabia, Larissa, que seria duro, mas essa foi a informação que você sempre quis, que sempre procurou. Seu pai não sumiu no ar, não é um "desaparecido", esse ente pendurado entre vida e morte. Ele foi assassinado nas dependências da Polícia do Exército na Tijuca.

— Perto do Grajaú, onde minha avó morava — responde Larissa quase inaudível, parecendo ausente, em choque.

— Larissa, você sempre disse que, por pior que fosse, queria a verdade, os detalhes, mesmo sórdidos.

— Uma coisa é ter a certeza íntima, conviver a vida inteira com a convicção de que seu pai morreu sob tortura, outra é ver a foto dele vivo numa cena de tortura e ver, pela primeira vez, seu corpo morto. Uma coisa é saber que inimigos fizeram isso, outra é ver seu tio entre eles.

Hélio sempre disse que, na época da prisão, havia tentado obter alguma informação, pedindo notícia do companheiro da irmã junto aos superiores, sem ter qualquer resposta. Chegou a defender a tese oficial de que o Exército nada sabia. Depois passou a sustentar que documentos, se tivessem existido, haviam sido destruídos em dez anos, portanto, em 1983. Era essa a instrução: dez anos.

Agora, lá estavam, documentos e fotos, e ele, ao lado dos torturadores. A verdade ali revelada era libertadora e terrível. Dolorosa. Por um minuto, quis nunca ter sabido, para, em seguida, concluir que era melhor saber de tudo, afundar-se na verdade e enterrar a dúvida com a qual convivera toda a vida.

— E o que fizeram com o corpo? Onde posso pôr uma lápide?

— Isso ele não soube dizer. Talvez nunca saibamos.

— Ele continuará perambulando em meus pesadelos.

Chora Larissa o morto insepulto, sabendo que, de certa forma, ela o carregará para sempre como ferida aberta. Olha as fotos. O pai vivo, sentado naquela cadeira do seu padecimento. Naquele momento da foto ainda havia tempo de impedir o pior. Depois, o pai morto, sobre um metal frio, à espera do descarte do corpo. Se, ao menos, eles o tivessem entregue aos familiares... Seus olhos pousam no rosto do tio na foto, ao lado do pai. Ambos jovens. Nada trai o rosto. Como se recoberto com o mesmo uniforme previsível que vestia. De repente, seus olhos fogem das fotos para a porta que dá para a sala de jantar, onde, preparado para um confronto, Hélio ouve a conversa. Desde quando estava ouvindo, não se sabe.

Larissa nada diz do muito que teria a dizer. Seu rosto é só espanto. Ainda não sente raiva. É um torpor do qual sai com uma frase dita num fiapo de voz:

— Você matou o meu pai? Você fez parte disso?

Antônio interfere e avisa:

— Hélio, estou aqui como jornalista para ouvir você. Encontrei nas minhas investigações sobre desaparecidos estas fotos e quero saber o que você sabe da morte do pai de Larissa.

Hélio olha as fotos. Depois de um longo silêncio, responde para Larissa, ignorando Antônio:

— Não foi isso. Você não entende nem nunca entenderá. Sua mãe te criou contando meias-verdades. Eu tenho a consciência tranquila. O Exército tem boa imagem hoje, é respeitado no Brasil inteiro e não posso permitir...

A voz de Larissa fica firme e forte, como se algo do que o tio dissera tivesse alterado seu temperamento brando.

— Não enrole, não fuja da pergunta. Ao caralho, se o Exército tem boa imagem. Tem hoje, e daí? Eu te pergunto: nesse momento aqui, o que você fazia ao lado de um homem marcado para morrer, um homem numa sala de tortura, e que vinha a ser seu cunhado?

— Não era meu cunhado. Minha irmã estava grávida dele, mas não era casada no papel. Morava com ele. Eu nunca aprovei nem fui consultado. Seu pai não era nenhum anjinho, eu precisava proteger minha irmã, que não tinha nem vinte anos e havia se envolvido com comunistas da laia do seu pai.

— Cala a boca!!! Que direito você pensa que tem?

As lágrimas não apequenavam sua voz. Era Larissa, numa espécie de partição: metade chorava e metade lutava.

Ela havia amado o tio. Na adolescência, estranhava todo aquele rancor conservado em vinagre pela mãe dela. Qual o grande problema? Achava que o tio parecia estar pagando o preço que Alice deveria cobrar do Exército. Dos encontros que teve com o tio na infância, ficara a lembrança de uma pessoa divertida e carinhosa. Larissa cresceu dividida entre esses ódios. Gostava do tio que se dispunha a brincar com ela e que a avó admirava tanto. Pensou diversas vezes que a mãe exagerava por exigir dele um esclarecimento que teria que ser dado pela instituição. Quis, como a avó queria, a paz, afinal, na família. Tinha diferenças com Mônica, mas ótimo relacionamento com André. Coisas normais de uma família, em que existem pequenas rivalidades e afetuosas ligações.

— Eu posso explicar, minha sobrinha.

— Neste momento, nem sobrinha mais eu sou nem você tem sequer o direito de me considerar. O que sabe da morte do meu pai?

— Hélio, eu preciso perguntar oficialmente: o que você fazia lá nesse momento da foto e o que se lembra daquele dia? — pergunta Antônio, com o gravador digital na mão.

— Eu nunca soube da existência dessa foto. Nem me lembro de fotógrafo quando fui falar com Carlos. Vocês precisam entender o contexto. Jovens do Brasil estavam sendo financiados por grupos estrangeiros, da Rússia, Cuba e China, para traírem a própria pátria. A minha irmã tinha sido presa, e isso provocou, do que eu nunca vou perdoá-la, até a prisão da nossa mãe, Maria José. Mas Alice era minha irmã, eu tinha que protegê-la. Soube que Carlos estava sendo interrogado e acionei meus contatos para conseguir vê-lo. Eu precisava saber em que merda minha irmã estava envolvida.

Antônio registra a resposta, mas Hélio tinha falado olhando para Larissa.

Diante do fogão, Joana ajeita insistentemente as toras de madeira no fogo, como se isso ajudasse a pôr ordem no mundo ao avesso que emergia daquela conversa. Desenvolveu um carinho pela melancólica Larissa, sempre acordando tão cedo e demorando tanto com a xícara de café, como se precisasse daquele pretexto para conversar sobre os casos sobrenaturais que cercavam a Soledade de Sinhá. Sabia que o pai dela havia morrido misteriosamente. Agora, naquela conversa da qual estava excluída, mas da qual tudo intuía, entendia a dimensão da tragédia.

Caso de morte que envolvia pai e tio no mesmo enredo, como as tramas que o destino tecera naquela casa. A fazenda na qual Joana trabalhara sua vida inteira fora palco de histórias de danação eterna. Mais uma; esta era apenas mais uma. Joana ouve dissimulando o impacto. Se assim queriam os patrões, ela fingiria não ouvir para não provocar constrangimento, mas o que acabara de saber era de não esquecer. Como outras histórias que povoavam, ainda vivas, aquelas grossas paredes. Da mulher não amada que se matara para provocar remorsos no marido; de uma negra que alguns juravam ter visto pelos cômodos da casa eternamente à procura de algo que perdera; e agora da filha, que acaba de saber que o pai foi morto na polícia e que o tio tudo sabia. Sim, aquele seria um longo dia. Melhor escaldar as galinhas, guardar o sangue colhido para o molho pardo, depois depenar as aves e prepará-las para um almoço saboroso que a todos confortaria. Era o destino das galinhas. E o dela era o de manter o rosto ausente, de quem nada entendia dos dramas vividos pelos patrões.

Uma nova novela começava a ser revelada na sua frente. Desde que o rapaz, Antônio, entrou, ela sentiu que seria a testemunha silenciosa de novo segredo. Assim estava escrito. Ouviria mais uma história para comprovar a veracidade de todas as outras, quando, na escuridão, falaria sobre elas. A menina Larissa, nascida órfã, acabava de ser informada pelo marido jornalista que o tio sempre soube como o pai havia morrido. Poderia o tio ter evitado essa morte? É o que perguntaria, se pudesse entrar em conversa tão delicada.

— Larissa, eu não poderia ter evitado a morte do seu pai, se você quer saber nem mesmo sei do momento ou da causa da morte. Eu me expus, pedindo para ir vê-lo, porque queria tirar alguma informação com a qual pudesse proteger minha irmã, Alice. Eu não o torturei, Larissa. Apenas perguntei, e ele disse que sua mãe não tinha envolvimento em nada de grave. Fora presa por ser mulher dele. Por isso, e só por isso, sua mãe foi solta e você nasceu em liberdade. Talvez eu tenha ajudado a salvar sua vida indo lá e interrogado seu pai.

Depois, olhando para Antônio como se só então se desse conta de que ele estava ali profissionalmente:

— Não escreva nada disso. Não estou fazendo declaração à imprensa. Apenas digo que fui ao DOI unicamente naquele dia e apenas para tentar buscar alguma informação para proteger minha irmã.

Os três em pé na cozinha da fazenda, o céu ainda nublado, o pouco sol que aparecera tinha fugido. Na pia, galinhas mortas eram depenadas para o almoço, no gesto preciso e silencioso de Joana.

Foi apenas o gemido. Um leve gemido, interno, íntimo. Assim todos notaram que Alice havia entrado na cozinha. Seu rosto desfigurado e as lágrimas informando que ouvira o suficiente.

Em silêncio, ela vai até Antônio. Os três ficam estáticos com a chegada de Alice.

Joana dedica-se ainda mais às galinhas e às suas penas. Não criaria constrangimentos numa hora assim. Seu coração era de esperar os fatos com consternação e fatalismo. O ouvido atento. O que dirá agora a mulher do homem morto ao próprio irmão, que pode ter sido cúmplice da morte?

Alice pega as fotos e olha longamente, como se divisasse algo que os outros não eram capazes de ver. O silêncio pesa sobre todos. Qualquer palavra parece excessiva, fora de tom. Antônio explica a reportagem, diz o que soube de sua fonte e desculpa-se por chegar assim no meio da reunião de família, momento de comemoração, com aquela notícia. Mas nada poderia ser publicado sem ouvi-los, principalmente Hélio.

Quando Alice fala, parece em transe.

— Cada dia podia ser o último. A luta, a gente pensava só na luta. Estranha hora para se apaixonar. Nos retalhos do tempo, falávamos de nós, daquele amor sem futuro, que podia ser sacrificado a qualquer momento por uma missão que um de nós recebesse, ou se um de nós caísse. Olhem o rosto dele: mesmo machucado, morto, está bonito. Eles entraram no apartamento onde nós estávamos reunidos. Invadiram atirando. Morreram dois, outros dois foram levados feridos. Nunca mais foram vistos. Nós estávamos num quarto conversando e já de saída para a pequena casa em que morávamos, na periferia. Não deu tempo nem de entender o que se passava. Foi tudo tão rápido, em minutos estávamos algemados e sendo arrastados para fora do apartamento, jogados num camburão. Éramos sete, um fugiu. Na prisão, fomos separados. Ele só falou comigo uma vez, dias depois. Não sei quantos, tinha perdido a noção do tempo. Ele estava saindo do interrogatório e eu aguardava no corredor. Estava fraca demais, eu vi o rosto dele como uma miragem. Ele gritou que me amava e que protegesse nosso filho. Estranha hora para ter um filho, pensei. Entrei na sala de interrogatório para mais uma sessão. As feridas dos cigarros queimados ainda doíam no meu braço, peito, costas. Uma parte da tortura era não me dar comida. Pode alguém gerar outro ser quando não se alimenta? Eu achava que não sobreviveríamos, e a primeira a morrer seria a criança que eu esperava. Mas o grito dele de que eu protegesse nosso filho me fortaleceu. Ele nunca conheceu Larissa. Tudo foi há tanto tempo, mas eu ainda o vejo e ouço gritando seu amor. Descobri depois, foi a nossa despedida.

Olha para Larissa, de novo para Antônio, e só então parece sair do torpor. O desamparo some, o rosto volta a ter a dureza da Alice atual, que aprendeu a enfrentar e superar os inimigos. Alice pintada para a guerra. Olha de novo a foto em que Hélio está de pé ao lado de Carlos, sentado na cadeira com as mãos amarradas. Volta-se para o irmão e faz apenas uma pergunta num tom de quem interroga um criminoso:

— Por quê?

— Alice, eu...

— Por quê, Hélio? Como é possível? Nesses anos todos... eu nunca confiei em você, mas isso?! Nunca achei que você pudesse ter chegado a tanto. Descer tanto atrás das suas promoções. Quando foi isso? Quando você o encontrou?

— Eu fui procurar por você, fui tentar te proteger.

— Mentira! Mentiroso! Se foi procurar por mim, por que não me achou na mesma prisão? Não tive visita sua. Nem a nossa mãe você foi ver.

Alice se impacienta, balança a cabeça.

— Hélio, me diga, o que aconteceu com o pai de Larissa?

Larissa treme. Um tremor interno, fundo. Sente como se estivesse prisioneira de um daqueles pesadelos que a perseguiam sempre. Hélio ignora a pergunta de Alice e se dirige à sobrinha:

— Larissa, pelo amor de Deus, acredite: eu nunca torturei ninguém. Eu fui ver seu pai. Precisava saber até que ponto sua mãe estava envolvida. Ela nem tinha vinte anos quando foi presa, porra! Eu, como irmão mais velho...

— Me diga o que você sabe. O que aconteceu naquela prisão, naqueles dias? Como ele morreu? Onde foi enterrado? — pergunta Alice.

— Não sei. Não soube de mais nada. Fui lá uma vez. Pedi que o tratassem bem. Eu...

Antônio ouve aquela tempestade que ele havia provocado, dividido entre ser jornalista ou parte da família que ele mesmo arruinava. Em dúvida entre aprofundar o conflito, apurar a informação ou apaziguar os ânimos, sente o tremor de Larissa. Ela não está suportando a tensão daquele momento-limite. A mãe, Alice, parece uma fera enjaulada, andando pela cozinha com as fotos na mão. Hélio volta-se de novo para a sobrinha.

— Deixa eu te explicar, Larissa. Eu sou — era — um militar. Sou, na verdade sempre serei, nunca quis ir para a reserva. Gostaria de ter ficado até ser general de exército. Tenho orgulho da farda. Eu era da área de Estratégia, nunca fui da comunidade de informações. Eu não os culpo, era uma guerra, nós tínhamos que defender o país. Os terroristas também mataram muitos de nós. Mataram inocentes.

— Que crime o meu pai cometeu, meu tio? Que crime? Me responda, você que pode ter estado lá quando ele foi executado pelos seus companheiros de farda.

— Estou tentando te explicar que eu não sei. Essa foto foi da única vez que vi alguém sendo interrogado. Eu ouvia dizer que tinha preso nos lugares onde servi. Mas eram presos normais, que tinham vida normal. Quer dizer, tomavam banho de sol, quietos, recebiam visita. Eu ia embora no fim do dia para casa e ouvi dizer, algumas vezes, que tinha interrogatório à noite, mas nunca vi nada. O seu pai não estava no quartel onde eu servia. Eu ficava na Vila Militar, em Deodoro. O seu pai foi para a PE na Tijuca. Eu entrei lá essa única vez.

— Ledo — diz Antônio, lançando uma isca.

Tinha decidido usar técnica de entrevistador.

— O quê? — reage Hélio, lívido.

— Ledo Engano — completa Antônio, lembrando-se do que lhe contara Amaro.

— Do que você está falando? — pergunta Hélio, cada vez mais pálido.

— Era seu apelido, não era?

— Não entendo.

— Quem te deu o apelido de Ledo Engano?

— O que mais você quer, Antônio? Já destruiu esta família! — grita Hélio.

— Minha informação é que você...

— Sua informação é o caralho, jornalistazinho de merda. Você veio até aqui para fazer mais uma dessas matérias nojentas? De calúnia contra o Exército! — berra, lançando-se sobre Antônio.

Atraído pelos barulhos da cozinha, o resto da família vai chegando. Márcia, apavorada, tenta conter a fúria do marido. Mônica vai para perto da filha, Clara, que, espantada, aparece à porta da cozinha. Pega a mão da menina e propõe que saiam dali, para longe daquele escândalo. André desaba num dos bancos. Nunca se entendera com o pai, sente que aquela revelação impediria qualquer reencontro. Depois percebe Pedro e Maria com os olhos arregalados se aproximando e decide também tirar as crianças dali. Mais tarde explicaria aquele drama. Ou não.

— O que está acontecendo? — quis saber Márcia.

— Eu estou tentando esclarecer... — afirma Antônio.

— Essa víbora desse jornalista, olha o que ele fez!

— Víbora aqui só tem uma; é você, Hélio — responde Alice.

— Alice, como você pode falar assim do próprio irmão? — pergunta Márcia.

— Não é meu irmão, não o reconheço. Hélio, a pergunta de Larissa ainda não foi respondida. O que aconteceu com Carlos? Quando o mataram? O que fizeram com o corpo?

Joana corta a galinha com movimentos precisos. A faca afiada sabe os pontos exatos onde a articulação será facilmente vencida. Primeiro, as asas. Depois, as coxas. As sobrecoxas. Vai cortando, uma e depois outra galinha. Várias. Muita gente para o almoço. Haverá almoço? Não é da sua conta. Separa as partes das galinhas que irão para o fogo em breve. O que fizeram com o corpo do rapaz? O pai de Larissa foi morto assim? Que horror! Por isso ela carrega essa tristeza. Estranha, anda sozinha de noite. Parece falar com as paredes e os fantasmas. Joana, rosto impassível, alma atenta. Que história aquela!

Sônia entra em silêncio e vai direto falar com Joana. Pede que ela ignore toda aquela confusão e continue ali, como estava, focada na preparação do almoço.

— Eles sempre foram assim — diz, sabendo, contudo, que daquela vez era bem pior.

Tenta acalmar os irmãos.

— Alice, Hélio, essa briga eterna de vocês está arruinando o encontro que mamãe queria e que eu preparei com tanto cuidado. Investi nisso, juro, com esperança de que desta vez fosse diferente. E está pior do que nunca. Calma. Vamos ouvir o Antônio explicar a reportagem. Existe acusação direta contra Hélio?

Ninguém respondeu e até ela sabia, de tudo o que tinha ouvido, que era tarde demais. Tempo perdido. O encontro havia fracassado.

Marcos havia aparecido um pouco antes, carregando o violão. Ao entender parte do que estava sendo gritado naquela cozinha, decidiu recolher o instrumento. Foi dizer aos filhos, Felipe e Luisa, que nem tentassem tomar café, por enquanto. Mas ele mesmo quis voltar para a cozinha. Num canto, chorou baixinho, pela tragédia dos irmãos. Irremediável divisão. Como sempre, espectador. Como sempre, sem forças para impor alguma coisa aos mais velhos.

Maria José acordara tarde. A noite anterior fora a mais harmoniosa do encontro da família. Ela dormira como havia muito tempo não dormia. Ao aproximar-se da cozinha, ouve pedaços de gritos que contam o impossível. Flagra o momento em que Alice parece pular sobre Hélio.

— Responda, seu filho da puta, o que fizeram com o corpo de Carlos?

— Alice? Minha filha, essa sua loucura não vai acabar? O rapaz morreu há tanto tempo. Você ainda culpa o seu irmão?

— Desta vez, dona Maria José, eu quero saber se a senhora vai continuar tentando proteger o seu filhinho.

Alice exibe as fotos. Marcos se aproxima e ampara a mãe, como gostaria de ter feito naquele dia, aos quinze anos, em que a viu sair algemada e foi contido pelos policiais.

— Está vendo esse aqui? É seu filho. Este sentado, pronto pra ser torturado? O pai de Larissa, sua neta. E esta foto aqui é ele, morto. Entendeu a cena? Seu filho era torturador — grita Alice.

— Não grite com a mamãe — ordena Sônia.

— Não sou, nunca fui. Eu te processo por calúnia — responde Hélio.

— Eu te denuncio como torturador.

Maria José em completo desamparo. Seu sonho de reconciliação dos irmãos destroçado. Olha as fotos sem entender, olha para Antônio, marrom de barro. Era ele o mensageiro daquela tragédia? Larissa treme, como nas notícias de morte que chegam inesperadas. Maria José sente uma pequena vertigem e encosta a cabeça no ombro de Marcos. A paz, nunca mais. Não haveria paz. Joana enxuga as mãos no avental e traz um copo de água. Pobre mãe, pensa, compassiva. Como viver esse amor partido entre dois irmãos com tanto ódio?

Hélio repete inocência. Márcia abraça o marido. Antônio pensa nas frases daquela explosão que poderiam entrar na reportagem. Alice acusa, enfurecida. Larissa chora baixinho. Joana se concentra no preparado de sal, alho e ervas com o qual tempera as partes cortadas dos frangos na grande gamela de madeira. Maria José descrê dos santos a quem, por tantos anos, pediu pela paz em sua família.

18 / REUNIÕES DE FAMÍLIA

O tempo passou devagar e um silêncio caiu sobre a Soledade. Ficaram todos petrificados pela dúvida. Que razão poderia haver para Hélio estar naquela foto? A pergunta continuava sem resposta. André e Mônica decidiram fazê-la ao próprio pai. A filha do general nunca se interessara por política. Tinha desprezo infinito por todos os temas que deixam as pessoas tão apaixonadas. André discordava tão profundamente do pai em tudo que nunca achou que aquele fosse um assunto possível entre eles. Seu temperamento leve sempre fora interpretado como covardia por Hélio. A paixão de André era mergulhar nas pesquisas de física, preparar aulas e orientar teses. Estava convencido de que, naquela briga interminável, ninguém tinha razão total, mas conseguia entender o que havia levado os jovens dos anos 1970 ao desatino. Não compreendia a dureza do pai. Nem suas convicções, que permaneciam congeladas, desafiando os fatos e o tempo. A tentativa de Hélio de fazer dele um seguidor na opção militar fora desfeita logo na infância. Achava que o filho não herdara a sua têmpera. André sabia não ser o filho que seu pai gostaria de ter tido.

Hélio, seus filhos e sua mulher sentaram-se numa das salas da fazenda. Alice e Larissa foram embora com Antônio. No quarto, Maria José chorava um longo desconsolo, diante de Marcos, silencioso e solidário. Sônia achou que aquele confronto entre Hélio e os próprios filhos seria pesado demais para Clara, que amava o avô. Atraiu a menina, Pedro e Maria com um pretexto perfeito:

— Nasceu um bezerrinho novo esta noite, quem quer ver?

Joana olhou, compadecida, para a galinha em pedaços que esperava inútil na panela, no molho suculento. Morreram em vão, pobres aves. Almoço abandonado. Em silêncio, ela aguardava as ordens. Sempre aguardaria as ordens. Broa de milho? Agora mesmo, o forno está quente. Café? A água já está no fogão, passo num instante. Ninguém está com fome? Farei uma novidade para mais tarde. Viu chegarem Felipe e Luisa, para o café tardio, e se apressou a servi-los.

Márcia se aproximou do marido e pegou sua mão.

— Estarei sempre a seu lado. Já são 43 anos. Isso não vai mudar agora.

— Obrigado, mas não preciso ser consolado nem preciso de solidariedade — disse Hélio bruscamente, afastando a mão da mulher. — Não tenho vergonha de nada, de nada do que fiz.

Hélio encarou os filhos.

No seu olhar, não havia arrependimento. E sim uma exigência de que não o questionassem.

Não foi atendido. Cada um, à sua maneira, quis afastar dúvidas.

— Pai, mas você estar lá do lado do marido da tia Alice é meio caído. O que foi aquilo? — perguntou Mônica, balançando a cabeleira em sinal de reprovação.

— O que eu disse para aquele jornalistazinho cretino é verdade: fui procurar notícia da Alice, queria protegê-la, esses safados com os quais ela andava tinham um plano de tornar o Brasil uma grande Cuba, uma China. Os maiores crimes da humanidade foram cometidos...

André o interrompeu.

— Pai, sinceramente, qualquer que tenha sido o erro dos jovens daquela época, você acha ainda hoje que aquilo fazia sentido? Torturar até a morte um jovem? Por equivocado que ele estivesse, isso não é aceitável. Não sei se não teria feito o mesmo, se fosse jovem na década de setenta.

— Você, André, vive no mundo da lua. Dizem que isso é comum em cientistas. Não sabe o que enfrentamos. Ponha os pés no chão. Aquilo era uma guerra.

— Eu nem quero discutir circunstâncias. É só curiosidade. O que você estava fazendo naquele lugar horroroso? — indagou Mônica.

— Não fiz nada errado, não me arrependo de nada. A pátria está melhor agora que nós vencemos.

— Essa briga não me interessa a mínima, mas isso vai sair no jornal, vão me perguntar no trabalho, vão relacionar nossos nomes, e eu, sinceramente, não sei o que dizer. Esse papo de risco da pátria, de comunismo, é antigo pra caramba. O problema é que torturar... aí já é outra conversa. O que direi aos meus amigos? — insistiu Mônica.

— Não fui um torturador, mas seria mentir para a minha família se dissesse que nada sei, nada vi. Se soubesse de fatos sobre esse episódio não os diria por amor à farda e à pátria. Nada fiz de errado. Tudo o que aconteceu foi necessário. O Exército foi confrontado, ameaçado, o que vocês esperavam?

— Pelo amor de Deus, general — interrompeu André.

— Não o chame assim, ele tem orgulho de ser general, mas quando você fala nesse tom parece ofensa — disse Márcia.

— Eu vim para essa conversa porque meu pai chamou, mas não é para ouvir as mesmas baboseiras — cortou André.

— Me respeite.

— Não estou desrespeitando. Estou dizendo que não vim aqui ouvir o que sempre ouvi em casa, a mesma ladainha. Quero saber das circunstâncias, como é que você foi parar lá, num porão em que se torturava o pai da Larissa?

— Porão... como vocês adoram falar essa palavra.

— Vocês, quem?

— Vocês da esquerda.

— Eu? Eu nem tenho participação política. E essa definição é obsoleta. O que não dá é para ver uma foto do seu pai do lado de um homem condenado, que acabou morrendo, e não querer saber o que foi que houve. Você não tem resposta? Mas é melhor que tenha. A imprensa vai procurá-lo e você pode dizer que nada tem a declarar. As autoridades vão interrogá-lo, e você poderá levar advogados e não responder às perguntas. A democracia, com todos os defeitos que tem, dá aos acusados o direito de não formar provas contra eles mesmos. A sua família pergunta e você foge pela tangente. Nós não sabemos ainda o que você fazia naquele lugar, naquele dia. Mas, diante da sua consciência, que resposta você dará? Ela vai persegui-lo. Esse mundo no qual você vive já morreu, mas você é jovem, vai fazer 65 anos, pode viver bastante. O que responderá a si mesmo?

— Perdi a batalha, perdi a batalha aqui dentro de casa, Márcia — disse Hélio, olhando a mulher, que chorava baixinho.

— É que isso aqui nunca foi um campo de batalha, meu pai, é uma família. Nós podemos até apoiá-lo, mas eu, não sei quanto à Mônica, queria um pouco de sinceridade.

— A sinceridade que você quer é minha confissão, minha rendição. E isso você não terá.

Mônica interferiu:

— O que me importa é o seguinte: vão me perguntar sobre isso. E o que eu vou dizer? Já pensou? Vão dizer que sou filha de torturador. E Clarinha? Ela mora com vocês e pode ouvir coisas desagradáveis no colégio. Tudo isso é muito chato, queria que não tivesse acontecido.

— O passado passou, não se fala mais nisso — decretou Márcia. — Vamos pôr uma pedra sobre toda essa discussão. O pai de vocês sabe o que fez e por que fez. Ele não pode falar, era questão de segurança nacional. Ele cumpriu ordens, eram razões de Estado. Nem para mim ele contava, e eu nunca me preocupei com isso. Confio nele.

E assim ficaram, em silêncio. O sol brilhava sobre o verde revigorado da mata. A chuva que castigara tanto a todos irrigara a terra e permitia a renovação. A dúvida perseguiria André. Mônica temeria que aquilo a prejudicasse. Márcia não faria mais perguntas e renovaria sua eterna solidariedade. Hélio insinuaria razões sigilosas para as decisões tomadas e silenciaria. E o país continuaria dando a ele a chance de não responder.

Alice e Larissa haviam calçado suas botas, pegado a bagagem necessária e saído com Antônio. Larissa, dividida. Ficar com a avó ou com a mãe? Ficar com a magia que a prendera naquela visita à fazenda ou voltar à sua realidade e buscar informação sobre o pai? Que passado esclarecer? Estava na hora de pôr os pés no chão e ficar firme em sua realidade ao lado da mãe, que naquele momento precisava dela.

Foi.

Antes, falou com Sônia e Marcos. Um longo abraço nos tios que tentaram, cada um à sua maneira, unir os fraturados. Disse que saía com tristeza por deixar Maria José naquela situação, vítima, ela também, daquela divisão do país. Avisou a avó, depois de um terno aconchego, que iria visitá-la assim que fosse possível, mas que a hora era de ficar ao lado da mãe.

As duas andaram em silêncio pela estrada barrenta atrás de Antônio. O sol do dia ajudava a secar algumas áreas de alagamento, mas os carros ainda não passavam pela estrada interditada. Foram a pé até o local onde havia ficado a picape. Cada uma dialogava com suas lembranças e angústias. Antônio tentava quebrar o silêncio, conversando sobre temas banais com o funcionário da fazenda que fora junto, ajudando a carregar as bagagens das duas.

Em certo momento, Alice encarou Antônio com uma pergunta, quase exigência.

— Eu poderei conversar com a sua fonte? Você me apresenta para que eu possa interrogá-la?

— Não posso fazer isso, Alice.

— E por que não?

— Porque não funciona assim no jornalismo. Prometi confidencialidade.

— Você está encobrindo um assassino e negando informação à História do seu país.

— O jornalismo tem regras.

— E quando a regra profissional compromete valores maiores?

— Como assim?

— Neste caso, por exemplo. Uma pessoa foi assassinada covardemente. Várias pessoas. Você se aproveita desse contato para fazer a matéria, aparece, acumula pontos com os chefes, admiração dos colegas e eventualmente prêmios. Mas faz um pacto com o diabo para isso, porque vai proteger um assassino ou, na melhor das hipóteses, um cúmplice de crime.

— As coisas não funcionam dessa maneira. Pense que se eu não tivesse dedicado horas da minha vida a essa investigação, se não tivesse ido tão persistentemente atrás desse cara, você não teria essa informação e outras famílias não saberiam o que sabem agora.

— Mas depois que ele entregou a informação, que tipo de lealdade liga você a ele?

— É o meu compromisso. Ele acreditou em mim. Por pior que seja, não devo entregá-lo. Essa é a minha ética.

— A minha é outra. Ele é o inimigo, é o criminoso, torturador, precisa ser entregue à Justiça.

— Cada instituição faz o seu papel. Eu não sou policial, não sou juiz, nem procurador. Sou jornalista. Conto histórias, Alice. Lamento, mas nem nesse caso, em que tenho razões pessoais, posso ir adiante. No máximo, posso perguntar a ele se quer recebê-la, mas duvido que aceite.

Larissa ouvia em silêncio, sentindo o desconforto de concluir que os dois tinham razão de certo modo. Também queria se encontrar com a fonte, fosse quem fosse, e perguntar mais sobre o pai. Mas, como jornalista, entendia a lógica de Antônio.

Ao chegar ao Rio, Antônio deixou as duas na casa de Alice e seguiu para o jornal. Tinha que escrever as matérias e, pior, tinha difíceis conversas pela frente.

— Apareceu o desaparecido político! — ironizou Renata.

Antônio havia saído mais cedo na véspera, uma quinta-feira, e só voltava agora, na tarde da sexta, e era dele que se esperava a principal reportagem da edição de domingo da editoria. Entrou com a cara de muito a dizer.

— Renata, seguinte: fechei a apuração. Tive que fazer uma viagem no meio da noite para ouvir o outro lado, como você queria.

— Podia ter avisado, pelo menos?

— Consegui ouvir o general que está numa das fotos ao lado do torturado, agora dá para fechar a matéria, mas é meio enrolado.

— Tudo com você é meio enrolado. Desembucha.

E Antônio contou como, por ironia, em uma das revelações, o caso se aproximou dele.

— O general é tio da Larissa.

— E por que você não me disse desde o começo? Isso daí derruba a matéria. Tem conflito de interesses. Como é que você vai escrever uma reportagem em que está emocionalmente envolvido? Temos que levar esse troço pro Cesar decidir.

Atravessaram a grande sala da redação e entraram no escritório de vidro transparente do editor-chefe.

Antônio contou tudo e o chefe ouviu em silêncio.

— Eu separei as coisas, juro. Ouvi todo mundo, viajei ontem até a fazenda onde eles estavam isolados pelas barreiras que caíram nas estradas de Minas. Lá não tem telefone e celular não pega. Luz só de gerador.

— Numa merda de fim de mundo... — disse Renata.

Antônio ignorou e continuou:

— Eu aluguei uma picape e fui. Consegui chegar até lá fazendo uma parte do caminho a pé no escuro. A situação foi tensa, só que eu consegui separar os papéis. Nem tudo que ouvi eu vou escrever porque seria invasão de privacidade. Gravei uma pequena entrevista com ele e com a mulher da vítima.

— Ele é seu tio, e a mulher da vítima é sua sogra — reclamou Renata. — Acho que você não pode escrever essa matéria.

— É tio da minha mulher — corrigiu Antônio. — O morto é o pai da minha mulher, mas eu não saí atrás desse caso. O que você quer? Que eu não faça mais reportagens sobre os crimes do governo militar?

— Como você pôde entrevistar seu tio? Me diga!

— Você não disse, Renata, que eu tinha que ouvir o outro lado? O outro lado é esse general. Por ironia do destino, tem essa ligação indireta comigo. Eu não fui atrás dessa história.

Esbarrei nela. A minha fonte me deu documentos, fotos e gravou uma entrevista. Ele pediu para não dizer quem é ele. Tem medo de represália, mas faz acusações de que esse general esteve em outros interrogatórios e participou por uns tempos da turma da pesada.

— A matéria é maravilhosa — animou-se Cesar. — O problema é que se é *off*, a acusação de que ele participou de outros interrogatórios a gente não vai dar. Vamos só dar o que está na foto. Comprovado. Ele, ao lado do torturado que depois desapareceu.

Renata mudou de expressão, sempre preparada para concordar com o chefe:

— É, de fato, uma boa reportagem.

— O título pode ser por aí: "Fotos de desaparecido político revelam drama familiar." E a legenda da foto: "Preso político ao lado de cunhado militar durante sessão de tortura." Chama o Zé Luiz! — gritou Cesar.

O editor da edição de domingo entrou na sala.

— Cara, a matéria do Antônio cresceu. Vai ser a manchete de domingo, e como são várias histórias vai sobrar material para a segunda-feira, a continuação da série.

— Tô sabendo. São cinco desaparecidos que agora aparecem, as fotos com mortos no DOI, né isso?

— Pior, um dos denunciados pela fonte dele vem a ser o cunhado do morto, e ele está numa foto ao lado do torturado, olha aqui — disse Cesar.

— Puta merda, legal isso.

— Mas tem um detalhe. Como é que a gente vai fazer com o parentesco do Antônio? — insistiu Renata.

Zé Luiz se sentou.

— Epa, isso tá ficando animado. Você é parente do morto ou do torturador?

— De ambos — resumiu Renata.

— Como diria o Brizola, tio da mulher não é parente — brincou Antônio.

Na conversa, ficou decidido que a ligação do repórter com a trama seria explicada ao leitor, num pequeno boxe, escrito na primeira pessoa. Antônio diria que foi atrás de uma fonte e, por acaso, esbarrou com um pedaço da história da própria mulher.

— Conte que você não foi fazer jornalismo em causa própria, mas calhou de ter ligação. É da vida. O leitor precisa saber disso para fazer sua avaliação. Na matéria, cuidado com adjetivos. Faça um relato objetivo, fique nos fatos e publique só as frases do general que estão gravadas — orientou o editor-chefe.

Antônio foi para o computador e começou a escrever a matéria.

> Fotos inéditas a que o jornal teve acesso, parte do farto arquivo pessoal de um ex-agente da repressão, revelam que o líder estudantil Carlos Almeida Lara Viana, desaparecido em 1973, aos 23 anos, morreu num quartel do Exército no Rio de Janeiro, e disso sabia seu próprio cunhado, o hoje general da reserva Hélio Vieira Leite. O general de brigada foi para a reserva porque não foi promovido, e nunca esteve em listas de torturadores.
>
> Esta é a primeira reportagem de uma série que trará revelações sobre a morte de opositores do regime militar cujo paradeiro as Forças Armadas sempre alegaram desconhecer. As informações e as fotos foram entregues ao jornal por uma fonte que integrou a comunidade de informações e pediu que seu nome fosse mantido em sigilo.
>
> Confrontado com as fotos, o general admite que esteve no interrogatório, mas garante que tinha um motivo: "Eu era do setor de Estratégia do Exército e só fui ao DOI-Codi uma vez, procurar informações para tentar proteger minha irmã, de

menos de vinte anos, que estava presa, e fui com autorização do meu superior."

Alice Leite, irmã do general, mulher do militante morto, diz que não acredita na versão do irmão e quer investigar a fundo. Ela hoje é assessora especial do Departamento de Projetos Sociais do Ministério do Planejamento.

— Ô Antônio, quantos centímetros você quer para o boxe "Essa é a minha vida"? — gritou, sarcástico, o editor da página, sentado ao lado do diagramador.

— Não sacaneia, cara... não precisa ser grande.

Concluiu de madrugada o trabalho de escrever e fechar os textos. Ajudou o editor da página a redigir legendas e títulos naquela e em outras histórias. Conferiu a arte com alguns dos documentos que Amaro tinha dado. Depois, foi ao editor da edição de domingo ajudar a fechar a chamada da primeira página.

— Cara, tô virado. Já nem sei avaliar se tá bom. Amanhã eu volto e dou uma checada geral antes de rodar. Agora preciso dormir — admitiu para Zé Luiz.

Quando saiu da redação, havia pouca gente. Renata já tinha ido embora. A editoria dela iria brilhar de novo no domingo, mas nem uma palavrinha de apoio ele recebia. Ela saiu de lá sem nem lhe oferecer um tapinha nas costas.

Chegou em casa, engoliu um iogurte que encontrou na geladeira, tomou um banho e desmontou. Larissa não havia voltado da casa de Alice. Horas depois, Antônio acordou, comeu rapidamente numa lanchonete da esquina e foi para a redação, onde releu as matérias em provas impressas para ver se havia algum erro.

Domingo acordou com o telefonema de Larissa.

— Antônio, a matéria ficou boa. Manchete, né? Você conseguiu — disse com voz triste.

Em seguida, contou que a mãe lera o jornal e voltara para a cama. Alice não era de recolhimentos e fraquezas, por isso Larissa decidira ficar lá, ao lado dela, naquele domingo. Era uma espécie de funeral muito depois da hora e com um ingrediente inesperado. Ficaram juntas, em conversas entrecortadas em que, às vezes, Alice parecia ter de novo dezenove anos. Prisioneira do tempo.

Antônio leu as matérias publicadas. Ficou lendo e relendo o boxe em que ele virara personagem da própria reportagem. Com que cuidado escrevera aquele texto para dar a informação ao leitor e, ao mesmo tempo, ser o mais sóbrio possível. Até Amaro saberia apenas pelo jornal daquele elo entre ele e o que noticiara.

Na quinta-feira à noite, eu fiz a mais difícil viagem da minha vida. Tive que chegar até uma fazenda que estava isolada pelas barreiras que caíram nos temporais dos últimos dias em Minas Gerais. A dificuldade maior, no entanto, não era física. Eu fui lá para mostrar à filha de um desaparecido político a foto do pai morto e outra foto do pai dela torturado no DOI-Codi. Ao lado, o tio dela, cunhado do pai, assistia ao interrogatório.

Jornalistas enfrentam momentos dolorosos frequentemente. Mas a pessoa a quem eu mostrei a foto do pai morto e do tio, suposto cúmplice da tortura, é minha mulher, Larissa. Em quase quinze anos de jornalismo investigativo, jamais tinha vivido situação semelhante. Entrei nela de forma involuntária. Ao procurar informações de desaparecidos, descobri o fio que levou à família da minha mulher. Eu poderia me declarar impedido de fazer a reportagem, porém isso sonegaria às famílias informações relevantes porque obrigaria o jornal a refazer toda a investigação sem certeza de sucesso. O acesso ao material exigiu três meses de muito esforço, mas só soube o que continham os arquivos do ex-agente da repressão na última semana. Separei a emoção natural numa situação como essa do meu dever de jornalista. Tudo o que está publicado aqui foi gravado e comprovado com objetividade.

Caminhou até a padaria da esquina e tomou um café da manhã completo, pão amassado na chapa com manteiga, e voltou para a redação. Tinha que escrever as novas reportagens da série.

Abriu o bloco com as anotações, ouviu de novo gravações das famílias de desaparecidos. Sempre a mesma reação: o alívio de ver resolvida a incerteza sobre o parente desaparecido, o inconformismo com a longa impunidade, o desejo de saber o destino dos corpos.

Escreveu por horas seguidas, alimentando-se apenas do café que extraía da máquina da cafeteria. Esperava nova ligação de Larissa ou de Alice com comentários sobre o material no jornal do dia. Mas seu telefone permanecia mudo.

O que não esperava era aquele telefonema. O celular tocou e o visor indicou um número desconhecido.

— Antônio? — disse uma voz cavernosa.

— Sim, sou eu.

— Foi você que entrevistou o Amaro?

— Quem?

— Essas matérias que o jornal publicou, a fonte foi o Amaro, não foi?

— Essa informação é sigilosa.

Uma gargalhada do outro lado da linha tornou a voz ainda mais estranha. O interlocutor parecia usar algum equipamento que alterava o som, por isso a voz não parecia humana. A gargalhada cresceu como um ruído assustador.

— Vocês pensam que enganam quem está há cinquenta anos na putaria? Está falando com profissional, cara.

— Quem é você e o que quer de mim?

— Quem você acha que sou?

— Não sei, mas acho que a gente poderia conversar. Certamente você sabe detalhes dessa história que estou publicando. Eu não conto quem são minhas fontes. O que você acha de conversarmos?

Um longo silêncio desconcertante.

— Alô? Você está aí?

— Olha só, rapaz, a sua fonte não existe mais.

— Como assim?

— Isso que eu disse: sua fonte não existe mais. Foi apagada, entendeu?

— Continuo sem entender.

Uma nova gargalhada, e a ligação foi interrompida.

Antônio foi até a máquina de café, voltou, rodopiou na redação. Lembrou que Amaro lhe dissera que seus telefones estavam grampeados. Usou o ramal e telefonou para sua fonte.

— Amaro?

— Você caiu na armadilha — respondeu a voz estranha.

— Devo ter ligado errado... — Antônio tentou escapar.

Era tarde.

Do outro lado, a voz concluiu.

— Era só o que nós precisávamos para ter certeza de que executamos a pessoa certa. Sua fonte, caro repórter, como eu disse, não está mais entre nós, não é mais deste mundo. E quer um conselho, rapaz? Tem muita notícia atual, esquece o passado. Ficar remexendo nesse assunto é explosivo. Se é que entende o que quero dizer.

Não havia o que Antônio pudesse fazer.

Já terminara de escrever as reportagens da série com o que tinha apurado sobre as outras velhas mortes que ressurgiam das fotos e dos documentos de Amaro. Sentou-se ao lado de Renata em silêncio.

— O que houve? Que cara é essa? Desenterrou mais um parente?

— Minha fonte pode ter morrido.

Contou a conversa ao telefone, temendo que Renata suspendesse a publicação da série. Ela a manteve, o jornal já havia comunicado aos leitores sobre a continuação da reportagem, mas o recriminou novamente:

— Eu disse que você estava se envolvendo com um perigoso submundo. Melhor ir com cuidado.

No dia seguinte, a seção de polícia dos jornais trouxe a notícia: "Casal de idosos é encontrado morto."

> O coronel da reserva Amaro de Souza, 74 anos, sua mulher, Adélia, de 71 anos, foram encontrados mortos no apartamento em que moravam em Copacabana. A polícia foi à residência das vítimas após receber um telefonema anônimo e encontrou os dois corpos. O coronel, anos atrás, foi acusado por ex-presos políticos de ter comandado sessões de tortura no DOI-Codi do Rio. Ele recebeu ao todo nove tiros. A polícia trabalha com a hipótese de latrocínio, roubo seguido de morte, porque encontrou sinais de desordem na casa, mas não descarta que seja uma execução. A empregada, que não estava na casa no momento do crime, e dois filhos do casal estão sendo interrogados à procura de pistas que levem aos assassinos. Os vizinhos não ouviram barulho.

Atrás de mais detalhes, Antônio falou com o repórter que havia escrito a nota. Mas aquilo era tudo o que se sabia. Leu e releu a notícia. Depois, ligou do telefone fixo da redação para Larissa, que ainda estava na casa da mãe, ajudando-a a preparar a mala que ela levaria para as próximas semanas em Brasília.

— Larissa, veja na página 17 a matéria sobre um casal de idosos encontrado morto.

Ela leu e voltou minutos depois.

— É o que eu estou pensando?

— Exatamente. Foi ele que me deu a informação sobre seu pai.

— Assassinado? O que isso significa?

— Que eles ainda estão por aí.

— Onde?

— Por aí, soltos. Agindo.

— E eu estou, de novo, num fim de linha, Antônio.

A esperança magra que Larissa tivera nas últimas horas era de que daquela fonte saíssem mais informações sobre seu pai. Nunca vou saber toda a verdade, pensou.

Larissa teria que viver com aqueles retalhos de informação e a saudade visceral que nascera com ela. Não saberia onde o corpo havia sido enterrado. Concluía que ser filha de desaparecido político era uma sina ainda pior que ser parente dos oficialmente mortos pela ditadura.

— Eles tiveram o corpo, ao menos. Nós, nem isso — constatou.

Antônio ainda tentaria avançar na história, acompanhando as investigações do assassinato de Amaro. Seguindo orientação de Cesar, foi com um advogado do Jurídico do jornal à delegacia e contou o que sabia. Mas, depois de algum tempo, o caso foi arquivado.

Os assassinos eram profissionais, disse-lhe o delegado, não deixaram pistas.

19 / HORIZONTES DO RIO

Larissa acordou cedo, tomou banho, pegou uma xícara de café e debruçou-se sobre a beirada da varanda do apartamento de Botafogo. Admirou os detalhes da vista do Rio de Janeiro. De onde estava, conseguia ver o Cristo.

A beleza da cidade supera os erros sucessivos de seus moradores e governantes. O verde resistente é visível de pontos diferentes. O Cristo, de sua localização estratégica, tem múltiplos ângulos. Como se quisesse compensar a desigualdade social da qual sempre foi testemunha, o Rio oferece encantos a pobres e ricos, indistintamente.

No cume do morro Dona Marta, onde Larissa tinha ido semanas antes realizar um trabalho contratado por uma agência, ela perdeu o fôlego diante da visão esparramada em volta. Na subida do teleférico instalado no morro, que se estende por vários bairros da Zona Sul da cidade, inclusive Botafogo, ela viu, à direita, um verde dominante preservado por uma fundação. Do outro lado, uma parte ainda intocada do morro e, ao fundo, o Corcovado e o Cristo Redentor. Mais próximas dos olhos, no entanto, a desordem das casas e ruas sem planejamento e a desigualdade de imóveis bons, outros piores, todos mal-acabados, a maioria com alguma obra de ampliação. A ocupação desordenada permanecia, mas era um momento de esperança no Rio e naquele morro em especial. Uma nova política de segurança, a da Polícia Pacificadora, prometia pôr fim ao domínio do tráfico de drogas na área.

A agência para a qual fazia o texto queria se apresentar como a grande interlocutora de grupos sociais que haviam tido aumento de renda com o crescimento recente do país. Em 2012, vivia-se ainda uma onda de otimismo. Enquanto subia o morro, o que Larissa via, no entanto, era um bairro onde o maior patrimônio não decorria de alguma política pública recente, e sim da natureza sempre generosa do Rio.

Fugindo do roteiro, perguntou a uma das lideranças do local:

— E se as pessoas das partes ricas da cidade quiserem se instalar aqui? Se forem feitas boas ofertas financeiras aos moradores, eles vão vender? Ou seja, quem sempre esteve aqui, quando os bandidos dominavam, vai vender a casa?

— Estou tentando evitar o branqueamento da comunidade, só que as ofertas já estão aparecendo. E são muito boas. Eu digo pra eles: ficamos quando era carne de pescoço, vamos ficar para comer o filé-mignon, mas muita gente fica tentada pelas ofertas. Até porque eles pensam assim: depois é só guardar o dinheiro e ir ocupar outra área que ainda é mato.

Larissa começaria assim a matéria, se ainda escrevesse para jornal, entretanto, estava contratada para mostrar que aquele local seria um bom mercado de consumo para as empresas e as concessionárias de serviços públicos, já que estava pacificado. E, na esperança da época, assim permaneceria. As empresas queriam ouvir boas notícias, e a agência tinha pressa de dizer que era a melhor porta de entrada para a comunidade. Voltou ao tema que fora conversar com os moradores: como tudo tinha ficado melhor depois da chegada da Polícia Pacificadora. Eles entregavam algumas frases que caíam perfeitamente no que a agência encomendara.

Pensava nesse Rio dividido e cheio de ambiguidades quando Antônio chegou, de mansinho, e a abraçou por trás com o corpo ainda quente da cama.

— Estava pensando, Antônio, como o Rio ainda traz as marcas da escravidão. A História dividiu os moradores por bairros, mas todos usufruem a mesma paisagem. É diferente de outras cidades, em que os pobres foram para longe da vida dos bairros nobres. Aqui basta olhar e se vê a divisão por cor, porque os bairros de ricos ou de classe média são colados nas favelas. E o risco agora é que quanto mais as favelas melhorem, mais embranquecidas possam ficar.

— Talvez isso fique mais explícito para você pelos seus estudos recentes da escravidão no Brasil, mas não para todo mundo. Uma coisa é certa com você: se está quietinha pensando, é algo profundo. Gosto dessa inteligência toda nesse corpinho de menina — lisonjeou.

— Antônio, eu vivi uma experiência forte demais nos últimos dias e estou com minha cabeça num turbilhão.

— Você quer conversar sobre isso? Estamos precisando mesmo de um bom tempo para uma conversa solta. Hoje estou de folga porque trabalhei dois fins de semana seguidos.

— Nunca falamos direito sobre a matéria. Gostei dela, mas sangrou. Doeu. Eu me senti invadida e confusa. Você chegou na fazenda daquele jeito, eu não sabia se tinha ido lá por mim ou como jornalista.

— Comecei a investir em pautas sobre o passado político do Brasil logo depois que você teve um dos sonhos com o seu pai, porque ficou claro para mim que isso tudo precisava ser compreendido, trabalhado, revelado. Entendi que o país estava com uma ferida aberta. Minha chefe estava mais interessada em que eu fosse acompanhar a investigação da Operação Antígona.

— E no que deu aquilo?

— O ministro diz que não se lembra de nenhum pacote entregue a ele e nega o recebimento do dinheiro. As gravações das câmeras do corredor do ministério mostram que a hora exata da entrega confere com os diálogos ao telefone nos quais o empresário contou quando levaria dinheiro ao ministro. É fornecedor de serviços ao ministério. A imagem mostra: ele entra no gabinete do ministro com um embrulho e sai sem ele. O ministro garante que nada recebeu.

— O assessor foi preso e está ferrado, não?

— Este está porque há muitas provas.

— Por que, afinal, se chamou "Antígona" a operação?

— Há uma testemunha-chave que denunciou tudo. É irmã de um funcionário, no qual eles tentaram jogar a responsabilidade. Ele tinha morrido, todo mundo achou que dava para jogar a culpa no morto. Só que a irmã dele tinha documentos em casa. Ele estava se preparando para fazer a denúncia, guardou papéis e fitas, e contou para a irmã. Em seguida, teve um infarto fulminante. Quando viu que tentavam incriminá-lo, ela fez a denúncia para defender a imagem do irmão morto. Acho que o nome vem dessa ideia de defesa do irmão após a morte.

— Vai dar em alguma coisa?

— Eu já nem sei. Confesso que estou cansado desses escândalos que chegam de forma espalhafatosa no jornal, dessa briguinha de veículos de "quem deu primeiro o quê". Quase fui demitido porque a concorrência deu esse furo sobre a Operação Antígona. Quando eles publicaram a primeira matéria, a chefia aqui me culpou por eu não ter ido reforçar a equipe que corria atrás do assunto. Mas eu estava ocupado com outro tema, outra pauta: estava seguindo a pista dos desaparecidos. Claro que é preciso apurar todos os casos de corrupção, é um problema sério, mas isso não pode virar uma gincana entre jornais.

— Esse escândalo com o ministro não teria de ser coberto pela sucursal de Brasília?

— É claro, mas o político denunciado é do Rio, então tinha conexão.

— Bom. Esse aí está metido em tudo.

— Eu disse para a chata da minha editora que já estava nessa apuração dos torturadores. Percebi como é profunda essa necessidade das famílias de ter informações.

— O que você está me dizendo é que fez por amor a mim e não pela manchete?

— Não vou ser demagogo. Gosto de manchete, mas posso chegar lá com outros temas. Entendi, por amor a você, que há uma parte da história que vai continuar assombrando muita gente.

— Na verdade, tenho achado que você me ama cada vez menos. Nosso amor está morno.

— Você pensa que nos afastamos depois que saiu das redações. Engano. Passei a te amar mais ainda. Olho, às vezes, as mulheres à minha volta nas longas noites de plantão e penso se teria interesse em alguma. E é de você que sinto saudade, é com você que quero estar.

Larissa se lembrava do sonho ao qual ele se referira. Tantos tivera com o pai, no entanto aquele fora o mais angustiante. Sentiu um alívio quando foi acordada carinhosamente por Antônio. Não falava dormindo, mas, naquela noite, fora tirada do sonho quando gritava uma frase estranha: "É o sétimo, é o sétimo, não é o quinto!"

Nem ela entendeu o enigma do sonho. Ela entrava já adulta num quartel e via encostados na parede sete homens.

Sete rapazes. Seu pai era o quinto. Olhou o rosto bonito, para sempre jovem. Eles todos estavam parados como à espera de alguma coisa. Sérios e tristes. Perdidos.

Ela foi andando, depois, por um corredor e entrou em um lugar sombrio onde todas as camas eram de metal, como nos centros cirúrgicos e necrotérios. Sentou-se numa delas de frente para outra sala em que havia uma enorme pia de aço na qual as pessoas lavavam as mãos. Um homem saiu de lá, veio até ela e sentenciou, categórico e ameaçador:

— É o quinto!

Larissa sentiu que havia urgência em desfazer o mal-entendido. Que aquele momento era a chance que tinha de mudar a História. Que, se convencesse o seu interlocutor de que não era o quinto, e sim o sétimo, seu pai sobreviveria. Esse tipo de sensação que ocorre em sonhos.

Não que quisesse condenar à morte o sétimo, quem quer que fosse ele, mas apenas informá-los de que a ordem estava equivocada.

— Não é o quinto, é o sétimo — gritou em desespero.

O homem, impassível, insistia:

— É o quinto.

Outras pessoas vieram, e o diálogo se repetia. Ela, cada vez mais desesperada, sabendo que o tempo estava se esgotando. O desespero de não demover seus interlocutores nem tampouco conseguir convencer todos os que passavam de que havia um erro absurdo e trágico foi dominando seu sonho. Até que viu o pai saindo algemado e empurrado dessa sala. Passou por ela e a olhou como se não a visse. Era como se visse através dela. Ela gritou:

— Não pode ser o quinto, houve um engano! Um terrível engano! É o sétimo!

Chorara abraçada a Antônio ao acordar. Para se livrar do ambiente lúgubre do sonho, escreveu a cena, como se assim ela pudesse sair de seu corpo. Escreveu como quem se lava, antes de voltar para a cama e retomar o sono, na esperança do descanso. De manhã apagou o arquivo; a cena, contudo, nunca lhe saiu da lembrança.

Larissa olhou para o rosto quadrado, bem masculino, de Antônio. A pele dourada, os cabelos castanhos, em tom mais claro que os dela, e encaracolados lhe davam um ar juvenil, apesar dos quase quarenta anos. Fora paixão à primeira vista quando ele chegou à cidade, vindo de uma temporada como correspondente em Nova York. Ele, separado; ela, com um namoro desgastado, chegando ao fim. Foi apenas se verem numa festa, ficarem juntos e não se desgrudarem mais. Olhou para dentro do apartamento aconchegante que haviam montado com a rapidez de uma emergência. Gostava de tudo ali.

— Amo você também, Antônio. Aquele pesadelo foi horroroso, mas foi gostoso dormir depois, abraçada a você.

— Eu te prometi não dormir para vigiar seus fantasmas e impedir que eles chegassem.

— Mas dormiu — riu Larissa.

— Depois que enfrentei todos eles e lutei com meus cavalos contra os dragões e as maldades, protegendo o sono da minha princesa. Só depois adormeci.

— Está bem que aquele dia aceitei que você ficasse de vigia para eu não sonhar o mesmo sonho, mas nada de príncipes com cavalos salvadores. Sou eu que enfrento meus fantasmas.

— Como os que enfrentou na fazenda?

— Na fazenda foi mais complicado, Antônio.

— E por que aquela carta em que você disse que nosso amor tinha virado amizade e não deveríamos mais ficar juntos? Aquilo me assustou. Fiquei sozinho neste apartamento, lendo e relendo aquele texto enigmático e tentando entender o que você queria dizer com tudo aquilo.

— E o que entendeu?

— Não entendi exatamente. Senti. E te amei um pouco mais. O que amo em você é ser assim tão diferente de todo mundo que conheço. Independente ao extremo e, ao mesmo tempo, uma mulher da era do Romantismo. Parece ser de um futuro que ainda não chegou, mas tem sentimentos do século XIX. Sei que você pode agora virar-se para mim e dizer que está indo embora, apenas porque acha que nosso amor não tem mais a intensidade do início. Nada a prende, é como se não tivesse raiz, mas pode ser tragada pelo ambiente de uma fazenda e passar a sentir o que foi vivido ali. Entendi que, naquela carta, estava essa sua intensidade que pouca gente vê. Você acha que é frágil e desencaixada, mas, na verdade, é apenas diferente. Não segue roteiro. Não enfrentará os inimigos com armas no coldre como sua mãe. Vai vencê-los à sua maneira. O que amo em você, Larissa, é tudo isso. Você é complexa, densa, parece ter muitas vidas. O ordinário do cotidiano a derrota. Suas vitórias são menos visíveis. Entendi que a temporada na fazenda, com aquela chuva que manteve todos prisioneiros, permitiu a você viver a intensidade dessa sua paixão pelo passado, pelos detalhes reveladores. Você vê significado no que as pessoas pensam ser apenas decoração. Por isso surpreende sempre.

— Você não entendeu minha carta como uma despedida?

— Me assustei, me entristeci, mas depois me senti enamorado de uma escritora do século XIX, que molhava sua pena no tinteiro e escrevia algo belo e misterioso para o amante.

Larissa riu.

— Quem é o verdadeiro romântico aqui? A verdade é que eu não sou escritora e usei apenas uma esferográfica. Você é que fantasia. Mas, sim, estou com minha mente ainda ocupada pelo passado que vi naquela fazenda, naqueles dias, e quero compreendê-lo melhor. Preciso pensar em mim, no que quero fazer da vida, sem achar que sou uma derrotada. Aliás, esse sentimento está ficando sem sentido. Estou me sentindo plena. As ideias passam pela minha mente, tem horas que vejo cenas sequenciais como se fosse um filme.

— Escreva. Pare de ter medo do seu talento.

— Sobre o que escrever?

— Sobre seus pais, talvez isso te ajude a exorcizar a figura de um pai para sempre ausente, talvez seja um tributo que você sempre quis fazer a ele, as flores que não pode pôr sobre o túmulo de local ignorado.

— Talvez escreva um dia sobre um jovem com seus sonhos, seus equívocos e a terrível tragédia que encerrou sua vida curta. Um menino de 23 anos. Hoje ficaria tentada demais a reconstituir um passado com uma precisão que não posso. Sei tão pouco sobre ele. Acho que a geração dele é que está ainda com a palavra. Gostaria de ver minha mãe tendo a coragem de visitar essa dor, de se despir da armadura, de refazer o caminho. Minha mãe precisa temperar esse amargo que ficou. Ela também busca os fragmentos que se perderam como se eles não estivessem todos em sua alma. Na casa onde meu pai e minha mãe moraram, no curto romance que viveram, tudo foi confiscado quando a polícia foi lá, atrás de provas do que eles chamavam de crimes contra a segurança nacional. Dois meninos! Que segurança nacional era aquela que temia duas crianças? Cartas, fotos, documentos, pessoais e políticos, tudo foi levado e nunca mais visto. Minha mãe pediu insistentemente ao meu tio que procurasse na burocracia militar aqueles arquivos privados. Jamais foi ouvida. Entre as mágoas dela com o Hélio, está essa resposta negativa a um pedido simples: queria apenas os retalhos da sua vida que ficaram prisioneiros em alguma gaveta da burocracia militar. No início, Hélio dizia que os documentos tinham sido todos queimados, como tantos outros. Me lembro de ouvir respostas assim: "Entenda, Alice, a ordem escrita era: depois de dez anos, destruir os documentos. Eu nunca soube onde foram parar esses registros que você diz que foram tirados da sua casa, mas posso garantir que foram destruídos porque essa era a ordem. Não para esconder nada, era para limpar os armários. Uma década é o suficiente." Depois, Hélio passou a dizer a ela que procurasse, agora que ela estava no governo. Se os documentos sobreviveram, deveriam estar em algum lugar. Que ela se virasse, já que fazia parte da turma dos poderosos. Confesso que gostaria de ter essas fotos e os bilhetes trocados entre eles, no tempo em que se amaram. Mas o que me persegue sempre é a dúvida de como morreu meu pai, e a pergunta mais aguda: o que foi feito do corpo? Onde foi enterrado? Essa angústia me perseguirá, ainda que mantenha uma réstia de esperança de que, algum dia, mais um desses homens da repressão, que estão vivos, tenha algo a mostrar que esclareça. Eu sou da geração que teve que construir a imagem do pai, do tio, da mãe, a partir dos retalhos que nos ficaram, muitas vezes fantasiando, é verdade. Mas a geração que tem que contar o que houve é a que viveu de frente esse tempo louco. Eu tenho a minha obsessão pelo encontro com os diversos passados encobertos deste país. O que me incomoda é essa atitude de fuga, como se o passado mal resolvido não fosse cobrar sua conta. E essa urgência do resgate ficou aguda na fazenda. Escravidão, ditadura militar, nada foi encarado com coragem. Ainda tento processar e entender tudo o que vi, sonhei, senti e pressenti naqueles dias que passei na Soledade de Sinhá, porém já sei que eles foram momentos definitivos na minha vida.

Os dois se abraçaram e, no longo beijo que se seguiu, Larissa revisitou o prazer de ter o corpo de Antônio colado ao seu. Sim, ele tinha razão, a relação dos dois estava viva, ela é que, em seus sentimentos revolvidos naqueles dias de escavações febris dos vários passados, quisera se distanciar do presente.

Quando se afastaram, Larissa voltou ao assunto do pai.

— Entendo que você foi procurar informações sobre esse passado da ditadura. A minha história, na verdade, permanece inconclusa. E talvez eu volte a sonhar com o meu pai; espero que sejam bons sonhos.

— O país vai continuar buscando esses fatos, Larissa, e nem todos encontrará. Achará fiapos de uma trama subterrânea. Os militares de hoje são de outra geração, porém há um pacto entre eles. Os da reserva comandaram os que estão hoje na ativa. O governo civil nunca se impôs. Como você diz, é da natureza do Brasil fugir do passado. Há documentos por aí nas casas de velhos torturadores. Eles foram acobertados por seus superiores ou colegas e, ao mesmo tempo, alijados de tudo. Amaro era um ressentido. Quem o matou? Quem também tem culpa, documentos e ressentimentos. Eles continuam aí pensando que lutam a sua guerra imunda. A questão deles agora é a interminável tarefa de apagar os milhões de vestígios de seus crimes. Os militares eram tão burocráticos que criaram um aparelho clandestino das Forças Armadas, só que documentaram as ordens. Vou continuar nessa pauta. Não por você, e sim porque aprendi com você a não aceitar o silêncio sobre o passado. Ah, eu tenho um presente para você.

Tirou da mochila um volume fininho, ainda dentro do envelope já aberto do correio internacional, e entregou a ela.

Larissa tirou dele um pequeno livro, pouco mais que um opúsculo, e leu na capa: Antigone, in a version by Bertolt Brecht. Translated by Judith Malina.

— Como conseguiu?

— Estou atrás dele faz um tempo, consegui naquele sebo virtual em que já achei outras pérolas. Eu tinha lido muitos anos atrás na biblioteca pública de Nova York. Marquei para você ler esse diálogo entre Ismene e Antígona na página 18.

Ela leu em inglês e depois repetiu em voz alta fazendo uma tradução livre das partes sublinhadas por Antônio.

Ismene: Irmã, eles vão pegá-la sem defesa.
Antígona: Mas não me pegarão sem fé.
Ismene: [...]. Esqueça o passado.
Antígona: Porque você é mais jovem, tem visto menos horror. Quando nós nos esquecemos do passado, o passado retorna.

— Incrível, Antônio, isso é perfeito para o que eu quero escrever. Falei de Antígona na fazenda, tenho pensado na força dessa tragédia que magnetiza tantos, há séculos. Eu nem sabia que precisava exatamente desse livrinho.

— Eu sabia — disse Antônio, com um belo sorriso no rosto.

Abraçados, olharam o Cristo vendo o iluminado do dia sobre a cidade que permanecia bela. Larissa constatou mais uma vez a enorme afinidade com Antônio. Compartilhar sentimentos é raro. Deixou-se ficar no aconchego daquele abraço na manhã do Rio de Janeiro.

20 / AS FLORES CHEGARAM TÃO TARDE

Larissa parou em frente à casa e conferiu o número. Estava certo. Foi até a esquina e voltou a ler o nome da rua. Era aquela mesma. Observou em volta, o casario antigo daquela rua da Gamboa, no Centro do Rio. Casas baixas e parecidas, outras de dois andares com a arquitetura dos séculos XVIII e XIX. Algumas tinham até uma data em relevo na fachada.

Bateu na porta e esperou um longo tempo. Indecisa, quis ir embora. Olhou as flores que trazia, pensando meio encabulada que nada daquilo fazia sentido.

Ela ouviu finalmente passos se arrastando dentro da casa. Continuou esperando, ansiosa. A porta se abriu e uma senhora de rosto branco e sereno, roupas bem soltas, cabelos desalinhados, entregou a ela um sorriso bom.

— Dona Ana?
— Sim.
— Ana Maria De La Merced Gonzales Graña Guimarães dos Anjos?

— Sim, sou eu — respondeu, rindo da pomposidade do próprio nome.

— Posso entrar?

Ana abriu mais a porta, como quem convida. Larissa entrou na sala retangular, muito longa. Foi atrás dela. No meio da sala havia uma mesa redonda e duas cadeiras. Ana se sentou e fez um gesto para que Larissa também se sentasse.

Larissa ficou com a estranha sensação de que sua visita era esperada.

— Eu vim para...

— Já sei. Quer uma água? Um café?

— Não, queria apenas ir lá e ficar um tempo sozinha.

Ana Merced sorriu, compreensiva.

— Fica à vontade, a porta é ali — e mostrou um local onde não havia propriamente porta, mas um umbral aberto, dando passagem a outro cômodo.

Larissa entrou. As paredes estavam preparadas como numa exposição. Ao fundo, inúmeros nomes escritos em preto sobre a parede branca: Eva, Rita, Manoel Congo, Maximiliano da Nação Benguela, Joaquim, Maria. Nomes que haviam sido encontrados nos registros de óbitos da Freguesia de Santa Rita, que estavam no Arquivo da Cúria Metropolitana do Rio de Janeiro, nas pesquisas do historiador Júlio Cesar Medeiros da Silva Pereira. Larissa havia terminado naquela manhã a leitura do livro de Júlio, *À flor da terra: O Cemitério dos Pretos Novos no Rio de Janeiro*, baseado na dissertação de mestrado que ele defendeu sobre o cemitério em 2006. Ele calculara, com base nos arquivos, que 6.119 pessoas escravizadas haviam sido sepultadas naquele espaço exíguo, apenas entre 1824 e 1830, mas o local de descarte dos corpos do Valongo funcionou por décadas. Em linguagem acadêmica, descreveu a brutalidade do que ocorrera ali. O orientador de Júlio, professor José Murilo de Carvalho, elogiou o aluno que, "forçado a enfrentar a intensa carga emocional no tema, soube manter a sobriedade". Segundo José Murilo, do ponto de vista dos pretos novos "o dano moral causado pelas práticas usadas no cemitério era irreparável".

No chão, havia duas escavações na forma de quadrados, como as que os arqueólogos fazem nos sítios que estão estudando. Larissa se abaixou para ver melhor. Ossos saíam da terra. Podiam se reconhecer pedaços de fêmur, arcadas dentárias, costelas e fragmentos tão quebrados que não era possível identificar a que parte do esqueleto pertenciam. No segundo recorte, havia ainda mais ossos. Não eram restos de pessoas enterradas numa vala comum. Nem vala fora cavada. Os ossos apareciam quase na superfície.

Ela olhou longamente. Na parede, um texto assinado por Ana Merced reverenciava os mortos e tinha como título "Enfim, o respeito".

O local aonde Constantino quis tanto ir, quando estava preso num armazém do Valongo, no começo do século XIX, estava ali diante dos olhos de Larissa. A cidade sepultara o cemitério e o escondera da vista de todos por mais de um século e meio. Anos atrás, o cemitério brotara do chão, por acaso, na face dos proprietários da casa, Ana Merced e Petrucio. Uma história tão espantosa que parecia ficção.

Eles começaram a quebrar o chão para uma reforma, quando então se depararam com ossos, muitos ossos. Comunicaram as autoridades, interromperam as obras e suspenderam os planos. Os arqueólogos da prefeitura concluíram seus estudos, convictos: ali era o cemitério dos pretos novos, local descrito por vários viajantes estrangeiros que vieram ao Brasil no começo do século XIX e que vinha sendo procurado havia muito tempo por historiadores. Cavando em torno, eles viram que os ossos estavam concentrados apenas onde fora construída a sala da casa. Na sala ao lado, encontraram o que chamavam de "sítio de contato", no qual foram descobertos artefatos indígenas e louças europeias. A História do Brasil na sala da casa.

Os textos dos viajantes relatam que os africanos que morriam na chegada eram jogados sobre a terra, e, de vez em quando, os ossos eram quebrados e compactados para abrir espaço para mais corpos. Às vezes, eram queimados para melhor aproveitamento do local. O mar, hoje aterrado, quando subia, retirava a pouca terra que recobria os cadáveres recém-chegados. O nome antigo da atual rua Pedro Ernesto havia sido Caminho do Cemitério, antes Caminho da Gamboa.

Larissa chorou baixinho diante da dimensão da maldade vivida ali e começou a falar olhando para os ossos.

— Eu não sei seu nome, e hoje lhe trouxe flores. Você é apenas uma pessoa entre os milhares de homens, mulheres e crianças cujos corpos foram lançados aqui. Segundo os viajantes estrangeiros, seus corpos ficavam à flor da terra. Não sei se você gostaria das flores que eu trouxe, nem se era comum nos funerais da sua terra. Sei tão pouco. Trouxe flores em nome do seu filho, ele quis muito ter vindo cobrir seu corpo logo após o desembarque. Teve medo de que a mãe jamais tenha encontrado os ancestrais. Sei que, no navio, sua filhinha, irmã dele, morreu, e dos seus braços foi arrancada e lançada ao mar. Que, no desembarque, você caiu nas pedras do cais e olhou para ele em silêncio, enquanto era arrastada. Ele entendeu aquele olhar de despedida como prova de que foi amado. O que você deve ter pensado ao cair? Que estava morrendo e que era preferível isso a viver escravizada longe da terra amada? Ou que morria preocupada com o filho que a olhava em desespero? Ele não tinha certeza nem mesmo de que você estava morta quando foi lançada junto aos corpos na carroça que te trouxe para cá. Não trago consolo, ele não existe. Apenas gostaria que soubesse que você jamais foi esquecida por seu filho, que recebeu o nome de Constantino, nem por seus netos. E só por isso eu sei da sua existência. Você é uma pessoa entre milhares lançadas aqui. Que todos recebam o respeito, mas eu vim hoje chorar por você e trazer estas flores para enfeitar o túmulo que você não teve o direito de ter. Seu neto, Bento, acha que a dor anônima é a mais cruel, porque não deixa registro. A sua dor é anônima. Como disse, nem sei seu nome. Mas sei sua história. Hoje, no começo do século XXI, eu, pessoa do meu tempo, venho lhe trazer notícia do amor do seu filho, dos netos que você não conheceu e estas flores. Queria que as aceitasse para diminuir minha vergonha. Descanse em paz.

Quanto tempo Larissa ficou ali olhando aqueles ossos expostos e falando sozinha ela não saberia dizer. Quando voltou para a outra sala, Ana Merced a aguardava.

— Eu precisava...

— Não precisa explicar, entendo. Convivo com isso há muito tempo.

— Você tem um cemitério dentro da sua sala, não é estranho?

— No início, achei, depois me acostumei. Compramos esta casa em 1990 e, depois, a do lado. A ideia era reformar esta para alugar. Anos depois, quando pudemos fazer a reforma, encontramos os ossos. Decidimos parar tudo. Foram muitos anos até eu e meu marido conseguirmos criar o Memorial dos Pretos Novos e o Instituto, para preservar essa memória. Comecei abrindo a casa nos dias 13 de maio e 20 de novembro. Sempre aparece gente aqui. Eu abro a porta e nada pergunto. Volte. Meu sonho é manter tudo aberto.

— O que você pensa quando vê isso? — perguntou Larissa.

— Penso que aí está a prova de um holocausto. Foi isso que tivemos. O nome é este — disse Ana Merced, emocionada.

Tantos anos depois, ela ainda se emocionava.

— Deixei flores lá. Quando ficarem velhas, jogue fora, por favor. Por enquanto gostaria que elas ficassem. Coloquei para alguém muito especial.

— Entendo.

— Aqueles ossos expostos chocam.

— O projeto é cobrir com pirâmides de acrílico ou vidro. Assim eles ficarão protegidos, mas visíveis. As pessoas precisam ver e pensar nessa história de dor e desrespeito.

Larissa ficou pensando no que estudara. Os corpos jogados naquele local eram de recém-chegados. Há cemitérios de escravizados pelo Brasil, mas naquele local há certeza de que eram todos africanos que morreram logo após o desembarque. Os estudos de Júlio mostraram que apenas 247 dos enterrados no período analisado eram "ladinos", ou seja, estavam adaptados, tinham nome. A maioria era o que eles chamavam de "boçal". Nada entendiam daquele mundo no qual desembarcavam.

— Não é uma carga forte demais para se carregar? — quis saber Larissa.

— Às vezes, eu me pergunto... Como é mesmo o seu nome?

— Larissa. Eu já fui jornalista, hoje sou historiadora.

— Duas profissões que me encantam — disse com mansidão carinhosa. — Às vezes eu me pergunto: por que eu? Me sinto fraca para tarefa tão grande.

Larissa entendeu profundamente o que ela dizia.

— A maioria não vê a dimensão do que foi vivido nesse passado exposto na sua sala.

Para quebrar clima tão denso, Larissa fez uma observação banal:

— Seu nome é estranho. Ana Maria De La Merced Gonzales Graña. Por quê?

— Na Espanha, terra da minha mãe, não é um nome estranho.

As duas riram. Ela continuou:

— Meu pai, português, minha mãe, espanhola, vieram para o Brasil e eu nasci aqui.

— Que bom para nós — disse Larissa.

— Sou católica. Respeito a fé de outras pessoas, mas tenho a minha. O que vejo aqui é um patrimônio histórico a ser preservado — contou Ana Merced.

Bateram na porta e Ana foi abrir.

Entraram várias crianças negras e alguns adultos. Passaram por Larissa com olhares curiosos e se instalaram no último ambiente da sala retangular, onde havia alguns sofás. Os adultos começaram a encher bolas de soprar.

Larissa ficou curiosa.

— São seus parentes?

— Não.

— Eles estão preparando uma festa?

— Estão. Eles pediram para fazer uma festa de aniversário aqui. Sempre aparece gente que pede para fazer festa aqui, e eu deixo.

— Por quê?

— Muitas crianças foram jogadas ali onde agora é o Memorial. Elas morriam ao chegar pelos maus-tratos e doenças contraídas na viagem. No cemitério dos pretos novos estão os restos desses pequenos. Por isso, acho que festas só podem ser coisa boa. Sinto que devo deixar as crianças comemorarem a vida onde tantas a perderam.

Larissa se despediu de Ana. A mulher a acompanhou até a porta. Ela agradeceu e pediu desculpas pela invasão sem aviso prévio.

— Volte. No dia 20 de novembro eu vou oferecer um feijão para quem vier.

Larissa saiu, admirando a beleza do casario que tanta história testemunhara. Olhou a hora e apressou o passo pelas ruas da antiga Zona Portuária do Rio de Janeiro.

21 / A QUARTA DIMENSÃO

A paz não brota em tempos extremos. Há escolhas e preços. Conflitos. A paz chega um dia, como os rios correm calmos após vencer as cachoeiras e o tumulto das corredeiras. Primeiro, as águas se precipitam no vazio como suicidas; em seguida confrontam as pedras; por fim, o rio se acalma. Impossível a paz logo após as grandes quedas, porque é o momento em que o solo é revolvido e lavado. Hora da luta dos contrários: rio e pedra. Depois vem, quem sabe, a conciliação.

Duas mulheres olham as pedras com as quais se calçaram o cais do porto do Rio de Janeiro. Duas mulheres tristes, de belezas contrastantes. Uma alta, esguia, negra, pescoço longo e um rosto de onde sobressaem olhos pretos e inquisidores, boca de lábios grossos e cabelos entrevistos nas pontas do turbante colorido. Nas orelhas, brincos em pingente quase chegam aos ombros. No pescoço, um curto colar de contas brancas. Usa um vestido de algodão e renda que contorna o corpo de tronco fino, marca a cintura, exagera os quadris largos e vai até o chão escondendo as longas pernas. A outra, mais baixa, pele clara, cabelos em corte de harmonioso desalinho, olhos cor de folhas do outono, boca bem desenhada, exibe seu corpo numa camiseta curta e jeans justo e de cintura baixa, que deixam ver uma sedutora tatuagem. Nos pés, sapatilhas. O único enfeite é uma corrente de ouro no tornozelo. Nas costas, uma pequena mochila.

Um século e meio separam Paulina e Larissa, paradas no mesmo porto do Rio. No silêncio interposto pelo tempo, elas se entendem, num diálogo que mantêm sem saber, mas pressentem.

Paulina vê o chão de pedras uniformes e organizadas do Cais da Imperatriz, feito para esconder o velho Cais do Valongo, local onde seu pai, Constantino, e seus avós pisaram no desembarque do desterro. Os sinais do longo tráfico foram varridos e o local foi enfeitado com o Monumento Chafariz, de cantaria. A História foi camuflada quando desembarcou no Brasil a noiva do imperador. Tudo foi refeito para que a Princesa das Duas Sicílias, uma Bourbon, pudesse pisar em chão plano e seguro. Ironia foi a princesa ter aquele andar desnivelado, que desencantou seu príncipe. A verdade teria sido escondida pelos conselheiros do imperador? A triste informação sobre o que acontecia no cais do Valongo foi escondida dos olhos da princesa desembarcada. É natural, nestas terras, esconder certas verdades, mas Paulina consegue ver a dor soterrada. Ainda guarda a descrição detalhada do pai, que pisou ali mais de 35 anos antes, onde a mãe dele o olhou; olhar definitivo. No tempo em que Paulina caminha pelo cais, o tráfico de africanos estava proibido, mas continuava clandestinamente. O comércio interno de negros permanecia liberado e ela aprendera quão doloroso era estar entre as "peças" oferecidas à venda.

Larissa olha as obras da revitalização do porto do Rio para a chegada das Olimpíadas. Tudo está mudando e o passado vindo à tona. Depois da reforma para a construção do Cais da Imperatriz, em 1843, foi feita uma nova mudança no começo do século XX. Em 1911, tudo foi soterrado em outra obra de modernização. Tanto o Cais do Valongo quanto o da Imperatriz caíram no esquecimento. Um século depois, em 2011, nas escavações da reforma para os Jogos Olímpicos, a História reapareceu. O Valongo tão procurado pelos historiadores emergiu. Havia sido o maior ponto de chegada do tráfico de africanos no país que mais recebeu pessoas escravizadas.

O lugar que Larissa vê na praça Jornal do Comércio está cercado por estacas, faixas e tapumes na desordem natural das reconstruções. Tudo fora descoberto havia pouco mais de um ano. As obras foram suspensas para adaptar o projeto aos alertas dos arqueólogos e historiadores de que os dois cais tinham que ficar visíveis para que a população visse seu passado. Depois elas foram reiniciadas.

Larissa contorna o canteiro até encontrar o ângulo em que consegue ver os três níveis do tempo: o asfalto atual já quebrado e escavado, o nível abaixo de pedras harmoniosas do Cais da Imperatriz e, mais fundo, as pedras de tamanhos diferentes nas quais pisaram centenas de milhares de escravizados em desembarque aflito e desamparado. A vida em três tempos, a História em camadas superpostas, prestes a ganhar nova cobertura, a quarta dimensão. Com a obra parada por um feriado, ela decide entrar onde os operários trabalham durante a semana. Anda sobre as pedras. Abaixa e as toca levemente, como um carinho tardio. Nota uma presilha de amarrar barcos. Pensa em Constantino. Terá sido ali que foi amarrada a barcaça que o trouxe? Ele pisou aqui, pensa.

Lembra os fatos recentes que separaram definitivamente os filhos de sua avó e as aflições vividas no Brasil dos anos 1970, década em que nasceu. E pergunta mentalmente, como se falasse com alguém:

— O que fazer com os fatos dolorosos já passados? Cobrar eternamente e nunca viver o tempo presente? Escavar as dores até que elas voltem a sangrar? As ordens tirânicas dividem eternamente pessoas, famílias, países. Bento enfrentou a escravidão e morreu. Minha mãe enfrentou a ditadura e, mesmo hoje, permanece, de certa forma, prisioneira. A ferida ficou, o ódio não cessa. Hélio decidiu servir a uma ordem autoritária alegando que fazia isso para evitar o mal maior. Acabou cúmplice de crimes. O mal estaria nele desde sempre, e a ocasião havia sido apenas o álibi libertador dos instintos? Paulina achou que poderia contornar o bloco de impossíveis instalado entre sua vida e suas ambições. Pensou que se usasse a exuberância da sua inteligência, o conhecimento adquirido furtiva e tenazmente, poderia furar o bloqueio. Acabou vendida como mercadoria. E depois? O que veio depois?

Paulina responde, parecendo ouvir a pergunta feita em tempo muito à frente do seu:

— Depois daquela noite da grande tragédia, tive que me despedir do meu pai sabendo que ele morreria em breve. Eu ainda me pergunto: qual foi a melhor escolha? A de Bento, que se jogou contra a escravidão disposto a ser livre ou morrer? Acabou encurtando a vida. Ou foi melhor a minha, de tentar aderir ao inimigo para escapar dele? Bento não é mais prisioneiro; eu ainda sou. Ele nunca teve que viver a humilhação de ser vendido num leilão na praça. Eu queria morrer, tão imensa era a minha vergonha naquele dia da exposição para a venda. O leiloeiro me exibia, os homens me pegavam, me apertavam, abriam minha boca para olhar meus dentes. Fui vendida para ser humilhada e punida, mas, no fundo do poço, eu achei a alegria. No Rio, pude encontrar minha mãe, que, como eu, tinha de sair à rua para conseguir dinheiro para os senhores. Também eu saio à rua, para vender meus quitutes e prendas. Também eu consigo guardar algum dinheiro. Deixei a Soledade de Sinhá arrastada, aos gritos, como minha mãe, ao ser vendida. Me senti condenada a repetir o mesmo enredo. Vi o meu pai pela última vez. Ele gritou que eu resistisse, que procurasse sua Januária no Rio. E me endereçou o último carinho: "Seu irmão é livre, minha filha Paulina, graças ao seu sacrifício, ele foi enterrado e encontrou a paz." Antonieta implorou que eu não fosse vendida, mas o pai e o noivo ficaram irredutíveis: eu tinha que sofrer pelo meu atrevimento. Fui chorando pelo caminho. Quando a dor era grande demais, me conformava pensando que meu pai ia parar de sofrer em breve e meu irmão estava dançando com os que vieram antes de nós. A mim, coube carregar a vida e seu fardo, procurando eternamente a saída daquele labirinto.

— Se Paulina veio para o Rio, talvez tenha encontrado a mãe. Nas ruas, principalmente aqui do Centro, os chamados "escravos de ganho" se cruzavam no mesmo trabalho de conseguir renda para seus donos. Eles ficavam com uma parte do dinheiro. Isso permitiu a muitos a compra da liberdade. Terá conseguido? Se elas se encontraram nas ruas do Centro do Rio terão se reconhecido? — quer saber Larissa.

— Minha mãe teve dúvidas quando eu a abordei. "Paulina?", perguntou ela, incrédula. "Sim, sou Paulina, minha mãe." Seu rosto tinha mudado menos que o meu, por isso foi minha a iniciativa de perguntar se ela era a Januária que um dia tinha sido vendida na fazenda Soledade de Sinhá, de Minas, por ambição do marido de sua dona. Passamos a nos ver quando possível. Pela manhã, limpo a casa, preparo o almoço e, de tarde, venho vender doces e frutas; e volto para mais trabalho na casa dos meus senhores. Nas ruas, encontro muitos negros, cativos como eu. Eles cantam às portas das casas, ou se juntam nos poucos momentos de descanso. Belas e tristes canções de saudades. Uma até aprendi:

A vida de preto escravo
É um pendão de pená.
Trabaiando todo dia,
sem noite pra descansá.

E Paulina prossegue:

— Pior é ver corpos de negros boiando na orla. São os que se mataram por não terem mais esperança. No início, me sentia desterrada aqui. Hoje temos uma à outra nos encontros da lida diária pelas ruas da cidade. Mas eu ainda procuro as respostas que nunca encontrei. Quando tudo isso termina? O que virá depois de nós? Seremos todos livres um dia? Que novos acontecimentos aguardam essa cidade bela, manchada e marcada? Quando todo esse sofrimento acabará?

— Por volta de 1860, quando Paulina veio para o Rio, a liberdade ainda estava longe. Por isso muitos trabalhavam a vida inteira para comprar a própria alforria ou a dos filhos. Principalmente as mulheres buscavam esse caminho. Quando, enfim, a Abolição chegou, ainda não era o fim do sofrimento. O tempo passa lento demais por aqui. A liberdade chega aos poucos, como se fosse necessário aos que sofreram ir aplainando o chão, conquistando palmo a palmo o caminho. Nenhuma opressão acaba no seu fim oficial. Nada é como nas datas dos livros de História e dos feriados nacionais. Ela permanece em seus vestígios e ardis, em seus nunca ditos e sempre negados. Fica com os tentáculos aprisionando os viventes. Uma liberdade assim incompleta valerá a pena? — duvida Larissa.

— A liberdade, mesmo incompleta, mesmo com amarras, é a liberdade, como dizia meu amado irmão Bento. Com ela andarei por aí, apenas por andar. Morarei numa pequena choupana, mas todo o dinheiro do meu ganho será meu. Com ela, vou sonhar um dia ter um piano, no qual tocarei para ouvir a música que carrego em meu coração. Com ela, poderei casar e meus filhos serão livres e vão estudar. Minha vida será minha. Se ela chegar aos poucos, que importa? Será a liberdade, e com ela tenho sonhado. A escravidão é a inutilidade do sonho, bem sei. Eu costurei dia após dia um projeto que, se tivesse dado certo, me daria a alforria. Quando estava para vencer, conheci o avesso do sonho. Que boba eu fui! Meu corpo sabe as dores que carrego e as violações que sofri. Hoje sei que sou capaz de tudo, como Bento. A morte será bem-vinda se livre eu não for. O que fazer depois da liberdade? Ora, depois será a liberdade, o tempo que inventarei.

— O depois nunca é como foi imaginado pelos que viviam sob tiranias. A República não educou os filhos dos libertados pela Abolição. Como cometemos tal erro? Ainda carregamos como uma bola de ferro atada aos nossos pés o peso desse erro. Da mesma forma, a Nova República, que começou em 1985, teve medo de procurar a verdade do regime militar, e ainda estamos aqui, amarrados pelos fios de um novelo que nos constrange. Por que é sempre tão tardia e lenta e limitada a liberdade nesta terra?

As duas mulheres pensam e aguardam. Dialogam numa paralela do tempo. Elas se encontraram no ambiente mágico de uma fazenda esquecida no desvão do tempo, um encontro que parece agora impossível. São irmãs que nunca se viram. Ou se viram? Mistérios de Minas. Saber ao certo ninguém sabe. Desconfia-se.

E o que fazem as duas no mesmo lugar ao entardecer de dias tão distantes? Paulina olha o sol e se inquieta. Tem que voltar. Larissa olha o relógio e confere o atraso. Duas mulheres aguardam numa área do Rio onde os rios da História convergem. Separadas pelo tempo, o que esperam as duas mulheres naquele ponto de encontro?

* * *

Alice chega atrasada e desculposa. Não foi culpa sua, o trabalho a prendeu, estava numa reunião que não terminava. Sim, claro, é feriado. Supostamente não tinha que trabalhar. Mas os políticos de oposição estão criando problemas; os aliados estão perturbando com seus pedidos. A imprensa quer saber tudo, fala do que não entende. Distorce. Também, que ideia é essa de um encontro em local tão estranho?

— Tudo bem, mãe. Já entendi. Não sei por que você pede tantas desculpas, se está sempre atrasada.

— Você é irritantemente pontual, a verdade é essa — ri Alice.

— Eu me habituei a chegar sempre na hora, contando com o trânsito e o imprevisto.

— O que eu não entendi foi você vir ao Centro do Rio e me chamar para um encontro aqui num dia assim, sem qualquer motivo, em pleno feriado.

— E por que não? Você estava aqui perto. Além disso, por que os cariocas visitam tão pouco o Centro do Rio? Por que passam apressados pisando sobre a História do país? Bem próximo daqui fica o ponto do desembarque de dom João, a igreja na qual ele agradeceu o fim venturoso da viagem na missa, ao som da música do maestro negro José Maurício Nunes Garcia. O palácio em que imperadores despachavam. O balcão de onde a princesa Isabel acenou para o povo abaixo, no 13 de Maio, no auge da glória e perto do fim. Numa rua próxima daqui fica o cemitério onde eram jogados sem sepultamento os corpos dos africanos que morriam na chegada. No Centro também fica o local onde os militares proclamaram a República. A História passou pelo Rio. Tudo aqui tem os sinais de momentos marcantes na vida do Brasil. Não tão longe, em bairro próximo ao Centro, no Catete, o pijama de Getúlio ainda está guardado num quadrado de vidro, e a arma com a qual ele acabou com a própria vida e com seu segundo governo. Eu escolhi esse ponto do Rio porque queria olhar de novo aquelas pedras que foram reveladas pelas obras do porto. Foi só começar a escavar para a reforma, e a História brotou. Ela está transbordando. São essas pedras que os arqueólogos e historiadores procuraram tanto: as do Cais do Valongo. O país escolheu soterrar seu passado, mas ele é teimoso, reaparece. No Rio, podem ter desembarcado, talvez, um milhão de negros escravizados. Eles eram vendidos logo ali, em casarões na Gamboa. Em cima, viviam as famílias, embaixo havia os galpões com negros, a maioria crianças, à venda.

Larissa fala, empolgada, apontando para várias direções, a mãe ri do discurso longo só para justificar o encontro no meio de uma obra. As duas conversam ora andando, ora parando para olhar um ou outro detalhe que brotava da reforma.

— A banalidade do mal. Maldades cotidianas vão tirando a sensibilidade, talvez. Realmente, criar filhos em cima e vender filhos dos outros na parte de baixo da casa exige uma capacidade brutal de alienação da realidade — concorda Alice.

— Eu marquei este encontro porque vou contar novidades, mas, primeiro, quero saber como você está.

— Ainda tento pôr a cabeça em ordem. Revivi tudo depois de ver aquelas fotos do Carlos. Não está sendo fácil. Voltou tudo o que estava reprimido. Me sinto jovem encontrando Carlos de novo, lindo, livre. Uma vida assim não podia simplesmente se esvanecer no ar. Decidi que entrarei na Justiça contra o Hélio para acusá-lo de ser um dos responsáveis pela morte do Carlos. Ele faria isso por mim, se fosse ele o sobrevivente.

— Mãe, o tio Hélio é seu irmão.

— Ele deveria ter pensado nisso quando desceu tão fundo.

— E se for verdade que ele apenas tentou te proteger? É o que tem dito à imprensa.

— Não pedi proteção a esse preço. E, sobretudo, Larissa, tudo vai além de mim. Estou convencida de que temos que abrir essa ferida, e se a minha é pior do que a dos outros, porque os dois lados estão dentro da minha família, não posso recuar por isso. Sempre vou pensar no coletivo.

— Vovó ficará ainda mais sofrida.

— Nada posso fazer. Ela perdeu a esperança de qualquer reconciliação entre nós dois. Antes eram apenas opiniões divergentes, agora a guerra está declarada. Antes eu o evitava, hoje sei que não estarei no mesmo lugar que ele. Minha mãe terá que superar mais essa dor.

— Às vezes, você parece fria demais, dura demais. Ela tem quase noventa anos.

— Não tive escolha, Larissa. Sou uma mulher do meu tempo. Lutei minha guerra, me feri, perdi o homem que eu amava na juventude e hoje tenho que acusar meu irmão num tribunal. O Hélio terá que dizer em que circunstâncias esteve no local onde Carlos morreu, quem estava com ele. Torço para que, no final, ele prove que foi lá acidentalmente. Que visitou aquele inferno uma única vez. A ditadura acabou há quase três décadas e só agora tentam buscar as informações. Seu tio escolheu ficar onde ficou, eu estive entre as vítimas. Não é o meu processo que vai nos separar, foi a vida que cada um escolheu. Estamos separados há quatro décadas. Fizemos escolhas, temos que pagar por elas.

— Mas ele era militar, era a carreira dele, o que poderia fazer?

— Não aceitar, muitos disseram não. Pedir baixa. Era um homem talentoso, poderia fazer outra coisa. Não estava condenado a descer naquele porão onde Carlos morreu e nos esconder isso a vida inteira. Não aceito a desculpa sempre usada nas tiranias de que o soldado e o baixo oficialato só cumprem ordens. Alguns escolhem compactuar. Foi o que o Hélio fez.

— Tá bom. Imagine que ele seja julgado, apesar de já ter se passado muito tempo e a jurisprudência ser a favor de que a Lei da Anistia tudo apagou. Imagine até que ele seja condenado. O que você ganha com isso?

— A verdade. Os fatos. Se ele revelar o que foi aquela cena flagrada na foto da reportagem do Antônio, eu descansarei. Mas enquanto viver tentarei saber o que realmente se passou com Carlos e seu corpo. Ele me deu você, a filha que tenho. Nós duas temos temperamentos muito diferentes. Sou exigente e sei que a magoei muitas vezes com minhas cobranças. Mas você é a pessoa que mais amo no mundo. É filha dele. Não ficarei em silêncio. Ele não ficaria, se fosse eu a morta naquele tempo louco.

— Curioso como você fala tão pouco isso.

— Isso o quê?

— O que todas as mães falam: que me ama.

— Larissa, nunca tive muito jeito para declarações melosas. Mas o que eu faço agora é também por amor a você. Ele era seu pai.

— Estarei sempre a seu lado, mas acho que a sua geração, às vezes, parece prisioneira desse passado, como se quisesse viver assombrada. É um passado que me emociona, não podia ser diferente. Meu pai morreu por esse sonho. Mas é hora de ir adiante. Há problemas demais no Brasil. A corrupção precisa ser enfrentada.

— Não vamos recomeçar. Não foi para dizer isso que me chamou aqui. Você disse que queria me contar algo e me chamou para conversar no meio dessa confusão que está o Centro do Rio. Você e suas esquisitices, Larissa. Sim, a História passou por aqui. Tanta passeata foi feita na Cinelândia, na avenida Rio Branco. Tenho muitas lembranças, inclusive de encontros com Carlos. Mas você é tão contraditória que começou essa conversa falando que o Centro do Rio lembra que o Brasil não enfrenta as dores da escravidão, e, depois, diz que minha geração vive assombrada. Se somos assim é pela dificuldade de o país olhar de frente esse passado.

— Concordo com você mais do que imagina, na verdade. Mas a conversa hoje era para saber de você e falar de mim. Eu também precisei ficar em silêncio um pouco comigo mesma. Por várias razões, a estada na fazenda me fez repensar muitas coisas...

— Por exemplo... — brinca Alice.

— Não vou fazer meu doutorado agora. Sei que está tarde, mas tenho outro projeto mais urgente.

— Ah, não acredito! Mais uma mudança de rumo?

— Não sei se quero ser historiadora, apesar de amar História.

— Chegará uma hora em que você vai saber o que vai ser? Você já cresceu, Larissa, e há muito tempo, quero lhe informar. Alguma coisa a minha geração fez de errado na criação dos filhos. Vocês não querem crescer.

— Como você disse, já cresci, mãe. É assim que sou e sempre serei. O que quero contar é que levantei dados de um drama de dois irmãos que escolhem, na escravidão, caminhos opostos para lutar contra ela. Encontrei documentos que contam essa história e, com eles, comecei um projeto de tese cujo título seria: *Negociação ou confronto: Estratégias de luta contra a escravidão*.

— Maravilhoso. Por que não mergulhar nisso? Encontrou a história síntese e pesquisará os dados para desenvolver sua tese... Vai desistir depois de tudo na mão?

— Não é desistir. É adiar. Talvez, mais tarde, eu faça um texto acadêmico, mas essa história é viva demais e exige de mim outro caminho. Não é tese o que quero escrever agora.

Tenho outra urgência. Esses irmãos que estudei viraram pessoas vivas para mim. Eles — não me pergunte como — me fizeram ver que não queriam ser vítimas anônimas de uma ordem trágica. Nas grandes dores coletivas, o que fica registrado é o que fizeram os líderes. Inúmeros episódios de bravura e renúncia nunca são contados. Meus personagens não aceitaram o anonimato e, ao fazerem isso, me mostraram que eu estava fugindo do meu próprio sonho. Quero escrever sobre eles, e ser o que sempre quis ser na vida: escritora. Quero parar de fugir do que mais desejo, por medo e insegurança. Já comecei a escrever. Talvez, um dia desses, mostre a você alguns trechos, assim que achar que o texto está mais maduro.

— Seu pai também queria ser escritor, e que belo escritor teria sido. Qual é o nome do livro?

— Ainda não tenho.

— Você foge da tese que tem projeto definido e título perfeito e vai para o desconhecido mundo da ficção sem nem ter ainda o título do livro que está escrevendo.

— Mas será que é ficção? — indaga Larissa, com ar misterioso.

— Ao menos, me diga o nome dos seus personagens, você fala como se eles fossem reais.

— Bento e Paulina. O pai dos dois, Constantino, pisou aquelas pedras, olha lá, ao desembarcar. O corpo da mãe dele foi jogado num local bem próximo, hoje rua Pedro Ernesto, onde eles descartavam os restos dos que morriam ao desembarcar. Era o cemitério dos pretos novos. As descrições dos viajantes são aterradoras. No cemitério, negros entravam e tentavam, de vez em quando, jogar um pouco de terra nos corpos, mas em geral os mortos eram empilhados insepultos. Um desses estrangeiros que escreveu um precioso relato, que está em várias teses acadêmicas, conta, por exemplo, que os que sobreviviam à viagem eram depositados em locais próximos ao cemitério, e às vezes conseguiam ver os corpos dos malungos, os companheiros de viagem, sofrendo esse último desrespeito. Constantino carrega a dor do ultraje à mãe. Paulina acabou vindo para o Rio. Você ficará surpresa quando descobrir onde Bento e Paulina nasceram. Deixarei esse mistério para outro dia. Há personagens de outras épocas difíceis se misturando nesses dilemas de escolhas opostas. Precisamos conversar mais sobre isso.

— Você já foi informada de que é muito difícil viver como escritor no Brasil?

— Mais difícil para mim seria viver sem escrever. Outro dia, ouvi uma palestra da escritora Ana Maria Machado. Ela disse que a gente tem que se perguntar, antes de tudo, se quer escrever para publicar ou se escrever é uma necessidade pessoal. Isso me libertou. É por mim que escrevo, e por eles, meus personagens. Ninguém mais.

— Bom, poético e pouco prático, como sempre. Já me irritou muito a diferença entre nós. Hoje não quero brigar. Não sei se seu projeto dará certo, mas pelo menos você tem um. Vamos lá, coragem para executá-lo. A dor de reviver a morte do Carlos e lembrar o asfixiante período do regime militar me mostrou que permaneço em estado bélico desde sempre, em conflito com tudo e todos. Eu preciso de um pouco de paz. Em algum momento, alguma paz.

Alice termina de falar em tom suave. As duas se abraçam no meio da confusão da cidade. Um abraço raro. Alice sempre em guarda, poucas vezes se entrega. A reabertura da ferida a fragilizava e ela, naquele momento, deixava sua filha entrever as cicatrizes que, para sempre, carregará. Pessoas caminham por ali apressadas e nem veem que há passados expostos à luz do sol, em camadas. O sol bate, iluminando o caminho de pedra do Valongo, redescoberto pelas obras do porto. Brilham as pedras nas quais os africanos pisavam e onde certamente entendiam que já era tarde demais, e que a terra que amavam ficara eternamente longe, depois do oceano.

Paulina se inquieta com a demora da mãe, Januária, até que a vê chegando num passo lento e cansado.

— Foi difícil sair hoje, estou ficando cada dia pior, mais fraca — diz Januária.

— Que não seja essa febre que anda matando tantos nesta cidade. Tudo vai melhorar, minha mãe, quando juntarmos nossas economias. Elas darão para comprar sua liberdade. Trouxe tudo o que consegui juntar.

— Não, filha, não compraremos a minha liberdade.

— Mas não foi o que combinamos? Tenho trabalhado com essa certeza. Quando o cansaço é grande, penso: minha mãe será livre e um dia eu mesma serei. Nós falamos sobre a sua alforria...

— Você disse que seria assim, eu nunca concordei. Eu aceitei juntarmos nossas economias. As minhas estão sendo guardadas há muito tempo. Tome. Junto com as suas será dinheiro suficiente para comprar uma alforria. Não será a minha a ser comprada, e sim a sua.

— Você está velha e precisa descansar.

— Exatamente por isso. Estou velha, em breve vou descansar. Ontem passei mal e ouvi uma conversa entre os senhores sobre me levar para a Santa Casa de Misericórdia. Eles têm medo de eu estar doente e contaminar os outros escravos. Sabe o que isso significa?

Lágrimas fazem duas listras no rosto de Paulina. Sim, ela sabe onde os senhores do Rio despejam os negros perto da morte: na Santa Casa. Depósito de moribundos onde apenas a misericórdia atenua as dores finais. Quando tudo parecia perdido, havia encontrado a mãe, por sorte. E agora a perderia de novo.

— Minha filha, não chore e aceite o destino. De todos nós, só você escapará, só você terá futuro. Seu pai morreu cativo longe dos que amava. Seu irmão foi morto em combate. Do seu avô, não se sabe, talvez tenha morrido aqui ou fugido para algum canto das matas. Quem saberá? Sua avó morreu na tristeza do desembarque em terra estranha. Eu, dos meus pais, nunca soube. Desde que me entendo por gente estou trabalhando. É tarde para mim, mas não para você. De todos nós, você será a primeira a ter a liberdade. E a terá com orgulho. Não a alcançará pedindo pela alforria como pensava, quando cercava Antonieta de mimos. Será fruto do meu trabalho e do seu. Será a sua liberdade.

Mãe e filha, escravizadas, se abraçam sabendo que se aproxima o tempo de decisões e despedidas. No Centro do Rio elas sonham com o futuro que só uma delas verá.

Larissa e Paulina, duas mulheres afagam suas mães no porto do Rio. O mesmo gesto, tempos diferentes. Duas mulheres abraçam suas mães e as confortam de dores que sempre hão de sangrar. Abraçam como se suas mães filhas fossem. Desamparadas e feridas. Duas mulheres pensam nas armadilhas que capturaram suas mães e prometem a si mesmas dias melhores.

Saem, Paulina e Larissa, do local onde a História passou em muitas dimensões, andando as duas na mesma direção. Januária e Alice saem pelo lado oposto ao de suas filhas. Cada uma voltará ao trabalho que as aprisiona nas suas rotinas.

Andam Paulina e Larissa pelas ruas do Rio. Elas vão pensando em seus projetos. A liberdade. O livro.

Paulina consegue vislumbrar o futuro no qual construirá sua vida de liberta. Não é mais a menina que, na fazenda Soledade de Sinhá, achou que ganharia, por caridade alheia, uma vida de sonhos. Sabe que é uma sobrevivente e que agora aceitará a renúncia da própria mãe para começar uma vida nova. Mas é tamanha a sua força, que seus olhos brilham intensamente, a cabeça se afasta ainda mais do ombro, alongando o pescoço. Paulina conseguirá o que busca. Com um dia a cada dia, ela traçará o caminho até seus sonhos.

Larissa sente conforto de ser o que é, depois de muito tempo. Superou a sensação de eterno desencaixe. Nas dores vislumbradas no passado remoto e nas que se abateram sobre sua família ela encontrou o fio que separa, e guarda, o essencial. Entendeu-se. Pensa em Bento e Paulina, em Hélio e Alice, e nas tramas que os separaram definitivamente. Um passado assim intenso não descansa. Lembra-se de Constantino como de um velho amigo. Vê o belo rosto de Paulina ainda vivo em sua memória, pensando no misterioso encontro nas noites da fazenda Soledade de Sinhá. Lembra-se do pedido de Bento:

— Então, se nada nos pode trazer, leve a dor de cada um de nós.

Larissa compreende seu privilégio: ela viu passados de dores dilacerantes, mas não os viveu. Entendeu sua lógica e seu dilema, e amou os que caíram em suas teias. Esteve em espaços assombrados, mas apenas como viajante. Tentará, nos meses e anos seguintes, achar palavras que contem as histórias que uniram dois universos de séculos diferentes.

Entende, afinal, a pena que recai sobre os viventes dos tempos extremos.

FIM

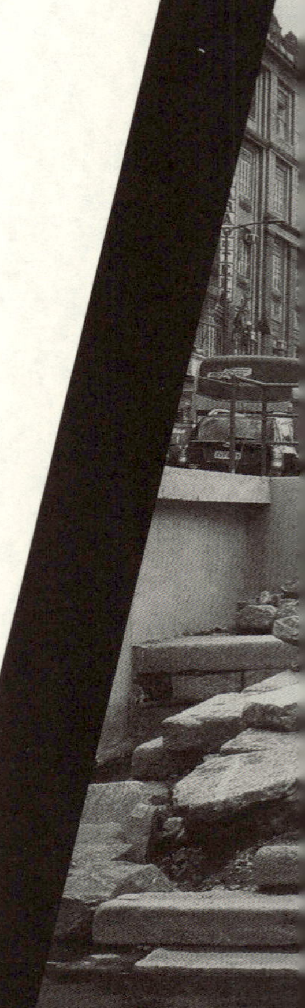

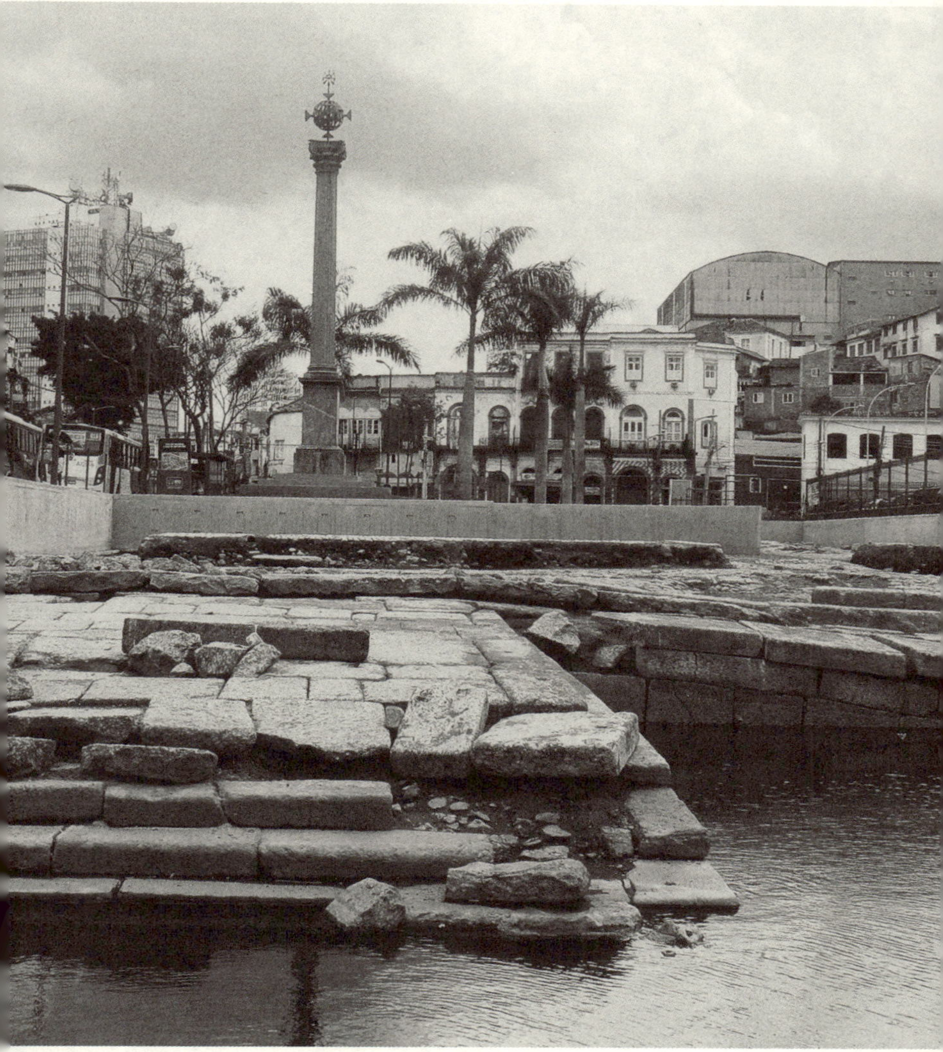

AGRADECIMENTOS

Uma fazenda mítica de três andares, no interior de Minas, jamais me saiu da memória. Eu nunca a vi, porque ela foi vendida e demolida antes de eu nascer. Era da vovó Sinhá. Minha irmã mais velha, Beth, e minha mãe, Mariana, falaram tanto dela que construíram em mim a lembrança inexistente. Duas outras fazendas de Minas estão guardadas em meu coração. Foram por alguns anos propriedades de outra irmã, Ana, e do meu cunhado Elmar. Nas várias visitas eu recolhia, sem saber, elementos para este romance. Agradeço a eles por terem me mostrado o que eu precisava ver.

Escrever uma ficção adulta era um sonho inconfessado. Um atrevimento que eu temia. Agradeço às pessoas que me estimularam a vencer o bloqueio e me disseram que era possível.

Vivi um dos tempos extremos aqui relatados: o da ditadura. A pesquisa para entender o outro tempo, o da escravidão, eu fiz ao longo de anos. Não foi um estudo deliberado para escrever um livro, apenas segui o interesse pelo tema lendo obras que me marcaram. Destaco A *vida dos escravos no*

Rio de Janeiro, de Mary Karasch, mas muitas se alternaram na minha cabeceira. Recebi de Marcos Sá Corrêa um mimo: *Uma parisiense no Brasil*, de Adèle Toussaint-Samson. Ganhei de Hédio Silva o livro de Keila Grinberg, *Liberata*, mesmo nome da minha avó paterna, descendente de escravizados.

Sérgio Abranches foi um incansável parceiro. Ele me deu quase todos os textos sobre escravidão e racismo nos quais me debrucei para a pesquisa que fazia, sem saber que um dia seriam úteis para construir esta narrativa. De obras de teoria e ensaios a relatos de contemporâneos daquele período, como *Cinquenta dias a bordo de um navio negreiro*, de Pascoe Greenfell Hill, e o valioso *Diário de uma viagem ao Brasil*, de Maria Graham.

Fiz reportagens que me auxiliaram. Aproveitei as conversas paralelas e as impressões que elas me provocavam. Agradeço a Claudio Renato Ferreira por ter feito essas reportagens comigo. No documentário para a Globonews *Uma história inacabada*, que fiz com Cristina Aragão e Claudio Renato, as conversas e as entrevistas com os três filhos do deputado Rubens Paiva — Marcelo, Vera e Eliana — me permitiram intuir a dor dos filhos de um desaparecido político. Obrigada aos três por compartilharem sentimentos comigo. No programa especial *Arqueologia da escravidão*, andei com os historiadores Claudio de Paula Honorato e Júlio César Medeiros da Silva Pereira pelo Valongo, antigo cais e mercado de escravizados, e pelo cemitério dos pretos novos. O Valongo e a casa de Ana Maria De La Merced e Petrucio Guimarães dos Anjos me inspiraram. As pedras do velho cais e os ossos expostos no cemitério são imagens fortes. Fui rever os locais algumas vezes. Ao entrevistar Keila Grinberg, estiquei ao máximo a visita ao Arquivo Nacional, a conversa com ela e o manuseio dos documentos das ações de liberdade para entender melhor a força e a persistência dos negros em sua luta.

A Fundação Casa de Rui Barbosa foi providencial na construção dos personagens e do enredo deste livro, com a montagem, em 2012, da exposição *Registros Privados da Escravidão*. Agradeço a ajuda de Claudia Altschuller e as explicações da chefe do Arquivo Histórico e Institucional, Lucia Velloso, para que eu pudesse entender cada um dos documentos ali expostos. Foi generoso o tempo que me deram para visitar a mostra, fora do expediente. Eu pude, ao ler os documentos, sentir o passado vivido dentro das famílias naquele tempo extremo.

Muitos me ajudaram a corrigir os defeitos e a compor detalhes da trama. Destaco o auxílio dos meus irmãos Beth, Ana, Cláudio, Ulisses e Simone e dos meus filhos Vladimir e Matheus. O Sérgio fez pacientes leituras e releituras do texto e me encorajou nos momentos em que eu quis fugir do livro.

Agradeço também as correções na primeira versão completa de Débora Thomé e Ana Resende.

Minha amiga e agente literária Luciana Villas-Boas acreditou em *Tempos extremos* desde o início, me incentivou e deu sugestões que acatei.

Na reta final, a parte mais árida de qualquer trabalho, tive ao meu lado a zelosa e competente Kathia Ferreira e a editora Livia de Almeida. A ambas agradeço por terem abraçado meu livro.

Dediquei a obra a "eles". Os que "vieram do nada". São meus personagens. Numa rara tarde de ócio eles me pegaram desprevenida e me puxaram para a história. Comigo ficaram até o ponto final; intensos e insistentes. Mesmo sendo quem são — seres imateriais —, me ajudaram a realizar um sonho concreto e antigo.

Nesta segunda edição também tenho agradecimentos a fazer. A Intrínseca aceitou imediatamente a ideia de republicar o livro, com as revisões necessárias, o que demandou trabalho de todas as pessoas envolvidas e o cuidado de encomendar uma nova capa. Agradeço também ao jornalista e crítico literário José Castello, por quem nutro grande admiração. Ele publicou uma crítica quando o livro foi lançado. O texto de Castello agora se transformou no Prefácio. A editora Rebeca Bolite e Heduardo Carvalho fizeram sugestões delicadas e inteligentes. E, como sempre, tive a companhia da Kathia Ferreira.

CRÉDITOS

EPÍGRAFES
p. 5 Mario Vargas Llosa. *Verdades das mentiras*. São Paulo: ARX, 3ª ed., 2003, p. 17.
p. 5 João Guimarães Rosa. "Nenhum, nenhuma", in *Primeiras estórias*. Rio de Janeiro: José Olympio, 3ª ed., 1967, p. 49.

IMAGENS
pp. 6-7 Centro do Rio de Janeiro, Zona Portuária, Cais do Valongo encoberto. Foto de Augusto Malta, 1904 (Acervo Arquivo Geral da Cidade do Rio de Janeiro).
pp. 292-3 Centro do Rio de Janeiro, Zona Portuária, Cais do Valongo redescoberto. Foto de Míriam Leitão, 2013.

TRANSCRIÇÕES DE LIVROS
pp. 35-36 Virginia Woolf. *Profissão para mulheres e outros artigos feministas*. Tradução de Denise Bottmann. Porto Alegre: L&PM, 2012, p. 17.
p. 48 Cecília Meireles. "Romanceiro da Inconfidência", in *Poesia completa*. Rio de Janeiro: Nova Aguilar, 4ª ed., 1993, p. 540.
p. 60 Sófocles. *A trilogia tebana*. Tradução do grego e apresentação de Mário da Gama Kury. Rio de Janeiro: Zahar, 10ª ed., 2002, p. 162.
p. 266 Sófocles. *Antigone*. Adaptação de Bertolt Brecht. Tradução para o inglês de Judith Malina. New York: Applause Theatre Book Publishers, 1990, p. 18.
p. 268-269 Júlio César Medeiros da Silva Pereira. *À flor da terra: O Cemitério dos Pretos Novos no Rio de Janeiro*. Prefácio de José Murilo de Carvalho. Rio de Janeiro: Garamond/Iphan, 2007.

CANÇÕES

p. 52 "Ô maravia, ô maraviá" etc., versos de "Maravia", de Dilu Melo e Jairo José, cantada por Ceumar.

p. 52 "O amor dos outros chega e o meu não quer chegar", verso de "Maravia", de Dilu Melo e Jairo José, cantada por Ceumar.

p. 55 "Iracema, eu nunca mais que te vi" etc., versos de "Iracema", de Adoniran Barbosa.

p. 95 "Black is the color of my true love's hair" etc., versos de "Black is the color of my true love's hair", canção popular originária do sudeste dos Estados Unidos. Sua mais famosa intérprete é Nina Simone, que gravou várias versões.

p. 170 "— Se entrega, Corisco" etc., versos de "Perseguição — Sertão vai virar mar", de Sérgio Ricardo e Glauber Rocha.

p. 171 "Farreia, farreia, povo" etc., versos de "Perseguição — Sertão vai virar mar", de Sérgio Ricardo e Glauber Rocha.

p. 172 "O sertão vai virar mar" etc., versos de "Perseguição — Sertão vai virar mar", de Sérgio Ricardo e Glauber Rocha.

p. 173 "Tá relampiano" etc., versos de "Relampiano", de Paulo Moska e Lenine.

p. 174 "Há que endurecer" etc., versos de "Relampiano", de Paulo Moska e Lenine.

p. 174 "Não posso ficar nem mais um minuto com você" etc., versos de "Trem das onze", de Adoniran Barbosa.

p. 175 "Se eu perder esse trem" etc., versos de "Trem das onze", de Adoniran Barbosa.

p. 175 "Sou filho único" etc., versos de "Trem das onze", de Adoniran Barbosa.

p. 176 "Ô maravia, ô maraviá" etc., versos de "Maravia", de Dilu Melo e Jairo José, cantada por Ceumar.

p. 176 "Quando ele aparecer meu coração vai parar", verso de "Maravia", de Dilu Melo e Jairo José, cantada por Ceumar.

p. 177 "Que destino ou maldição" etc., versos de "Maldição", de Alfredo Duarte e Armando Vieira Pinto, cantada por Maria Bethânia.

p. 178 "Esses moços, pobres moços" etc., versos de "Esses moços", de Lupicínio Rodrigues.

p. 179 "Os óio da cobra é verde" etc., versos de "Sodade, meu bem, sodade", composição de Zé do Norte incluída na música "It's a long way", de Caetano Veloso.

p. 179 "Eu vi Mamãe Oxum na cachoeira" etc., versos de "Mamãe Oxum", de Zeca Baleiro e Chico César, a partir de ponto de umbanda.

p. 180 "No Abaeté tem uma lagoa escura" etc., versos de "A lenda do Abaeté", de Dorival Caymmi, incluídos na música "It's a long way", de Caetano Veloso.

pp. 180 "Ê areia do mar" etc., versos de "Mamãe Oxum", de Zeca Baleiro e Chico César, a partir de ponto de umbanda.

p. 183 "Lá vem a força, lá vem a magia" etc., versos de "Raça", de Milton Nascimento e Fernando Brant.

p. 183 "É um lamento, um canto mais puro" etc., versos de "Raça", de Milton Nascimento e Fernando Brant.

p. 184 "O amor é velho, velho, velho" etc., versos de "O amor é velho-menina", de Tom Zé.

p. 184 "O amor zomba dos anos" etc., versos de "O amor é velho-menina", de Tom Zé.

p. 186 "O amor zomba dos anos" etc., versos de "O amor é velho-menina", de Tom Zé.

p. 279 "A vida de preto escravo" etc., versos de velha canção escrava citada em Mary Karasch, A vida dos escravos no Rio de Janeiro — 1808-1850. Tradução de Pedro Maia Soares. São Paulo: Companhia das Letras, 2000, p. 323.

Copyright © 2024 by Míriam Leitão

PREPARAÇÃO
Kathia Ferreira

REVISÃO
Eduardo Carneiro
Vania Santiago

PROJETO GRÁFICO
warrakloureiro

DIAGRAMAÇÃO
Ilustrarte Design

DESIGN DE CAPA
Bloco Gráfico

ILUSTRAÇÃO DE CAPA
Odyr Bernardi

CIP-BRASIL. CATALOGAÇÃO NA PUBLICAÇÃO
SINDICATO NACIONAL DOS EDITORES DE LIVROS, RJ

L549t
2. ed.

    Leitão, Míriam, 1953-
        Tempos extremos / Míriam Leitão. - 2. ed. - Rio de Janeiro : Intrínseca, 2024.
    21 cm.

    ISBN 978-85-510-1033-4

    1. Romance brasileiro. I. Título.

24-88199   CDD: 869.3
                                CDU: 82-93(81)

Gabriela Faray Ferreira Lopes - Bibliotecária - CRB-7/6643

[2024]
Todos os direitos desta edição reservados à
Editora Intrínseca Ltda.
Av. das Américas, 500, bloco 12, sala 303
22640-904 – Barra da Tijuca
Rio de Janeiro - RJ
Tel./Fax: (21) 3206-7400
www.intrinseca.com.br

2ª edição	ABRIL DE 2024
impressão	SANTA MARTA
papel de miolo	PÓLEN BOLD 70 G/M²
papel de capa	CARTÃO SUPREMO ALTA ALVURA 250 G/M²
tipografia	SERIA PRO